Ein anderes Land

Short Storys aus Neuseeland

Herausgegeb
von Bill Manh

Aus dem Englischen von
Saskia Bontjes van Beek
Miriam Mandelkow
Tarek Münch
Jörn Pinnow
Barbara Schaden

Deutscher Taschenbuch Verlag

Editorischer Hinweis:
Wörter und Redewendungen aus dem Maori sind im Text kursiv gesetzt und werden im Anhang (Glossar) erläutert.

Der Verlag dankt dem New Zealand Ministry for Culture and Heritage für die Förderung der Übersetzung.

BEVOR ES BEI EUCH HELL WIRD

NEW ZEALAND
Ehrengast der Frankfurter Buchmesse 2012

Ausführliche Informationen über unsere Autoren und Bücher finden Sie auf unserer Website
www.dtv.de

MIX
Papier aus verantwortungsvollen Quellen
FSC® C019821
FSC www.fsc.org

Originalausgabe 2012
Deutscher Taschenbuch Verlag GmbH & Co. KG,
München

Ein Großteil der Erzählungen entstammt dem Band ›Some Other Country‹, herausgegeben von Marion McLeod und Bill Manhire.
Detaillierte Angaben im Autoren- und Quellenverzeichnis ab S. 308.
Die Übersetzungen von Jörn Pinnow wurden mit einem Arbeitsstipendium des Landes Nordrhein-Westfalen unterstützt.
Umschlagkonzept: Balk & Brumshagen
Umschlaggestaltung: Wildes Blut, Atelier für Gestaltung, Stephanie Weischer unter Verwendung eines Fotos von plainpicture/Arcanagel
Gesetzt aus der Fournier
Satz: Gaby Michel, Hamburg
Druck und Bindung: Druckerei C.H. Beck, Nördlingen
Gedruckt auf säurefreiem, chlorfrei gebleichtem Papier
Printed in Germany · ISBN 978-3-423-14155-0

Inhalt

Bill Manhire

Vorwort

Die erste Anthologie mit neuseeländischen Short Storys wurde 1930 von O.N. Gillespie herausgegeben – bei einem Londoner Verlag. Damals hatte das Land 1,5 Millionen Einwohner, und zwischen Europa und Neuseeland lag eine siebenwöchige Seereise. Heute nähert sich die Bevölkerung der Fünf-Millionen-Grenze (abgesehen von einer etwa eine Million zählenden Diaspora), und man reist nur noch 24 unbequeme Stunden im Flugzeug dorthin oder in Sekundenschnelle übers Internet.

In seiner Einleitung schrieb O.N. Gillespie, in Neuseelands »hundertjähriger« Geschichte sei es »unserem Volk nur um eines gegangen: Man trachtete einst und trachtet nach wie vor danach, das Heimatland, das man hinter sich gelassen hat, auf diesen Inseln nachzubilden«. An anderer Stelle kam er auf die dortigen Ureinwohner zu sprechen, denen es angeblich freistand, sich an diesem Nachahmungsversuch zu beteiligen:

> »Vielleicht sind ja unsere Maoris unsere Rettung, von denen etliche Erzählungen in diesem Buch handeln. Ob an der Universität, im Parlament oder in der Regierung, überall leben sie mit uns

> in vollkommenem Einvernehmen und vielleicht werden sie uns ja im Laufe der Jahrhunderte im Zuge ihrer Integration einen zarten goldenen Glanz verleihen und unsere Verehrung des Praktischen durch die Liebe zu einer starken poetischen Bildwelt mildern.«

Als Marion McLeod und ich im Jahr 1984 die erste Auflage von ›Ein anderes Land‹ herausgaben, schien Neuseeland längst nicht mehr so überschaubar zu sein wie noch 50 Jahre zuvor, wovon natürlich auch seine besten Short Storys zeugten. Der Titel unserer Anthologie stammt aus Dan Davins im vorliegenden Band nicht enthaltener Erzählung »The Quiet One«, deren junger Erzähler Ned von »einem anderen Land« träumt, in dem »die Menschen das sahen, was ich tatsächlich war, und nicht bloß das, was ich schon immer gewesen war«. Diese Sehnsucht nach einem idealen Ich, das sich möglicherweise als wahres Ich herausstellt, klingt durchaus vertraut, und zwar nicht nur im Zusammenhang mit Heranwachsenden; sie ist bezeichnend für die Stimmung etlicher neuseeländischer Prosatexte der jüngeren Vergangenheit. Neuseeländer sind daran gewöhnt, sich als Bewohner eines »neuen« Landes zu sehen. Manche sprechen nach wie vor von »God's Own Country«, das gelegentlich zu »Godzone« abgekürzt wird. Wir halten an einer mehr oder weniger utopischen Vorstellung davon fest, wie sich die Dinge entwickeln könnten, sind uns aber zugleich ihrer tatsächlichen Entwicklung sehr wohl bewusst, das heißt, Sehnsucht und Scheitern sind uns gleichermaßen vertraut. So ist es weder verwunderlich, dass ein Großteil unserer Literatur von Initiationsriten und Mythen des Verlusts beherrscht ist, noch dass beides nicht selten als identisch empfunden wird. Die Älteren büßen ihre Funktion und Leistungsfähigkeit ein, die Kinder ihre Unschuld.

Damals, im Jahr 1930, glaubte O.N. Gillespie noch mit Recht behaupten zu können, Neuseelands Geschichten seien »von leisem Humor durchdrungen«. Natürlich haben die Neuseeländer sich ihren Humor bewahrt, vor allem den der lakonischen, selbstironischen Sorte – man denke etwa an die Comedy-Serie ›Flight of the Conchords‹. Unsere Geschichten jedoch sind düsterer geworden. Wenn Short Storys, wie es so oft heißt, mit Fotos gleichzusetzen sind, dann sind die aus Neuseeland stammenden nicht etwa Landschaftsaufnahmen, sondern eher Schnappschüsse von Personen, wie Damien Wilkins sie in seiner Erzählung »Die Welt der Kinderbücher« beschreibt:

> »... Fotos, [denen ähnlich], die entstehen, wenn man zu früh oder zu spät auf den Auslöser drückt. Bilder, die man gewöhnlich aussortiert. [...] Kindergesichter, die Verwirrung spiegelten, angespannte Konzentration oder einen obskuren inneren Konflikt.«

Mit anderen Worten: Ein Titel wie ›Ein anderes Land‹ impliziert eine Alternative zur üblichen Sicht auf Neuseeland. Neuseeland ist weder sauber noch grün. Es ist nicht, wie unsere Tourismusindustrie es gern sähe, »hundertprozentig unverfälscht«. Das Land, das Sie auf diesen Seiten entdecken werden, ist ein anderes als das in Hochglanzbildbänden oder wirtschaftlichen Steckbriefen päsentierte. Es ist ein sehr realer Ort oder vielmehr eine ganze Reihe von Orten, eine Mischung aus Authentizität und Vorstellungskraft, wie sie allein die der Sprache und Erfahrung verpflichtete Fantasie hervorzubringen vermag. Und wie die beste Literatur lassen diese Erzählungen nicht nur eine Identität erkennen, sie bereichern sie auch – wobei die Bereicherung der Identität, wie Janet Frame schrieb, etwas ist, »das uns weder die ›Landschaft‹ … noch unzählige Schafe noch die berühmte Erforschung von Gräsern zu geben vermögen …«

Die Short Story hat in Neuseeland eine Blütezeit erlebt, und wir haben – zu Recht oder zu Unrecht – angenommen, darin Großes zu leisten. Schon möglich, dass sich die meisten Prosaschriftsteller anfangs in Short Storys versuchen. Das heißt aber noch lange nicht, dass die Popularität dieses Genres in Neuseeland ein Indiz dafür ist, dass unsere literarische Landschaft von lauter Anfängern bevölkert wird. Vielmehr sahen sich die meisten neuseeländischen Autoren seit Generationen gezwungen, als Teilzeitschriftsteller zu arbeiten. Sie können sich nur in ihrer Freizeit, abends und am Wochenende, dem Schreiben widmen – und solche Bedingungen begünstigen nun einmal die kürzere Form. Die ungewöhnliche Vitalität der neuseeländischen Short Story rührt gewiss auch daher, dass unsere besten Autoren einen Großteil ihrer stärksten Texte in diesem Genre verfasst haben. Katherine Mansfields Ruhm in Übersee und Frank Sargesons beharrliches Schaffen in der Heimat sollten die imaginären Abenteuer späterer Autoren nachhaltig prägen.

Dabei hätte ich noch vor etwa einem Jahrzehnt eher vermutet, dass die neuseeländische Short Story ihre besten Zeiten hinter sich hat. Aus vielerlei Gründen – nicht zuletzt wegen der Herausbildung einer tatkräftigen hiesigen Verlagslandschaft und des Erfolgs von Keri Hulmes Roman ›The Bone People‹ (dt. ›Unter dem Tagmond‹) – erlebte damals der Roman eine Zeit der Blüte, während die neuseeländischen Lyriker entgegen allen Erwartungen die interessantesten englischsprachigen Gedichte weltweit hervorbrachten. Short-Story-Autoren wie Maurice Gee und Joy Cowley hatten sich inzwischen längeren Prosatexten zugewandt. Die neuseeländische Short Story ist jedoch – welch freudige Überraschung – zu neuem Leben erwacht. Das mag damit zusammenhängen, dass immer häufiger Kurse in Kreativem Schreiben angeboten werden, für die sich das Genre der Short Story besonders eignet. (Der erste Studiengang in Kreativem Schreiben wurde 1997 an der Victoria University von Wellington eingerichtet.) Es mag auch mit der regelmäßigen Ausschreibung landesweiter Preise für Short Storys und mit Radio New Zealands unermüdlichem Engagement für dieses Genre zusammenhängen und damit, dass für eine Publikation im Internet eher kurze als längere Erzähltexte in Betracht kommen. Auch wenn wöchentlich und monatlich erscheinende Zeitschriften sich nicht länger für diese Form einsetzen, so liest sich doch die jährlich erscheinende Ausgabe des führenden literarischen Magazins ›Sport‹ wie eine Anthologie zeitgenössischer Kurzprosatexte.

Die neuseeländische Tradition stand etliche Jahre lang vor allem im Zeichen des sozialen Realismus. Im August 1945 veröffentlichte der ›New Zealand Listener‹ (der früher zwei Erzählungen pro Woche abdruckte, heutzutage hingegen keine einzige mehr) eine Erzählung von Sam Rix mit dem Titel »The First Leaf Falls«. Es ist die Geschichte eines Piloten auf geheimer Mission. An Bord seines Flugzeugs befindet sich eine neue Superbombe, die in Sekundenschnelle eine ganze Stadt zu zerstören vermag. In einer einleitenden Anmerkung heißt es, die Erzählung sei ursprünglich abgelehnt worden: »Wir erhielten diese Erzählung ein oder zwei Monate vor der Nachricht vom Atombombenangriff – und lehnten sie als zu unwahrscheinlich ab. Jetzt drucken wir sie doch. Auch wenn keine Trägerrakete zum Einsatz kam, ist der Rest der Geschichte alles andere als weit hergeholt.« Es hat schon triftigere Gründe dafür gegeben, eine Erzählung abzulehnen, aber diese Offenheit ist nicht nur erfrischend, sondern auch aufschlussreich.

Der Hang zum Dokumentarischen – von O.N. Gillespie die »Verehrung des Praktischen« genannt – ist nach wie vor bezeichnend für den neuseeländischen Nationalcharakter. Er ist gepaart mit einer eher zurückhaltenden, pragmatischen Herangehensweise. Die meisten Neuseeländer versetzen den Dingen mit Vorliebe einen Tritt und fragen dann, *wozu* sie gut seien. Das Pragmatische sowie das Dokumentarische sind in so unterschiedlichen Erzählungen wie Damien Wilkins' »Die Welt der Kinderbücher« und Eleanor Cattons »Zwei Gezeiten« zu finden. Eine komische Version davon steckt in Kirsten McDougalls Short Story »Saubere Hände«, die Eltern kleiner Kinder auf ganz praktische Weise grundlegende Überlebenstaktiken nahebringt. Wir müssen immer wieder *hinter* dem vermeintlichen Tonfall dieser Geschichten heraushören, was tatsächlich vor sich geht – so wie das Kind aus Anna Taylors »Mädchen für alles« versuchen muss, »die tiefe, ruhige Stimme« des Nachrichtensprechers zu entschlüsseln.

Vieles in ›Ein anderes Land‹ wird all denen, die sich in neuseeländischer Literatur auskennen, vertraut vorkommen: das Gefühl von Beklemmung und Unbehagen, eine ungewöhnliche Mischung aus Ungeschlachtem und Elegantem, die wiederkehrende Thematik des einsamen Mannes. Es sind aber auch neue

Klänge zu vernehmen – meinem Eindruck nach vor allem Ängste, die um Themenkomplexe wie Erinnerung und Authentizität und Generationswechsel kreisen, Ängste, wie sie in Craig Cliffs beunruhigender Erzählung »Kopien« angesprochen werden. Es gibt aber auch noch andere, positivere Beispiele der Nachahmung, bei denen es nicht um die bloße Kopie einer Form von »Englischsein« geht oder um das ungute Gefühl, bloß zweitrangig zu sein. Tina Makereti malt sich auf ihre Weise die Erschaffung der ersten Frau durch den Waldgott Tane Mahuta aus, dem sie menschliche Züge verleiht; Pip Adams Short Story »Der Kuss« ist eine Neubearbeitung von Tschechows gleichnamiger Erzählung vor einem ziemlich trostlosen neuseeländischen Hintergrund.

Wahrscheinlich würde O.N. Gillespie das Neuseeland dieser Anthologie nicht als das von ihm im Jahr 1930 gepriesene Land wiedererkennen. Die hier geschilderte Gesellschaft ist weitaus vielfältiger und die Art und Weise, wie die neuseeländischen Autoren sie ergründen, facettenreicher. Vor allem würde er sich über die starke Präsenz der Maori wundern. Die unterschiedlichsten Stimmen erklingen, meist verhalten und ein wenig ratlos, dann wieder eher großspurig und überschwänglich. Die Geschichten sind nicht länger »zu unwahrscheinlich«. Und selbst wenn es, wie etwa in Alice Tawhais Short Story »Maori-Kunst«, um Verlust und Entfremdung geht, bescheren sie uns doch am Ende Momente der Kontinuität und führen uns an Orte menschlicher Verbundenheit.

Übersetzt von Saskia Bontjes van Beek

Kirsten McDougall

Saubere Hände

Nein, sagte ich.

Der Älteste kletterte über den Vordersitz und stellte sich auf die Einkäufe, während ich den Kleinen anschnallte, mit Verrenkungen, die meinen Rücken jede Sekunde zur Strecke bringen konnten. Und es war brüllend heiß – eine Hitze, in der man sich am liebsten alle Haare abrasieren und auf den Badezimmerboden legen würde.

Du kriegst keinen Keks, bis wir zu Hause sind und du Hände waschen kannst, sagte ich.

Wir hatten gerade eine Woche mit Erbrechen und Durchfall hinter uns. Eine weitere Runde würde ich nicht riskieren. Ich war erledigt und brauchte ein bisschen Ruhe und Frieden.

Leck mich, sagte mein Erstgeborener. Der erst nach sechsunddreißig Stunden mithilfe eines Messers rausgekommen war.

Ich fixierte ihn, um mich zu vergewissern, dass ich richtig gehört hatte. Er ist erst vier. Ich sah diesen Blick – den er von seiner Mutter hat und von deren Mutter. Eine lidschwere Selbstgerechtigkeit.

Der Zweijährige fing an, von hinten gegen meinen Sitz zu treten. Meiner! Ruckses! Meiner!

Das ist das Problem mit den Kleinen: können noch nicht richtig reden, aber eine Situation treffsicher anheizen. Ich mühte mich redlich, meine Mutter zu imitieren.

Hier bekommt keiner was, bevor nicht alle die Hände gewaschen haben, sagte ich.

Diese Stimme – ich war keine Mutter, sondern eine Irre mit Waschzwang. Der Gedanke wuchs in mir, nahm einen unverhältnismäßigen Stellenwert ein. Um des lieben Friedens willen hätte ich nachgeben sollen, aber so beweglich war ich nicht. Ich war das eherne Gesetz. Ich war die wandelnde Fantasielosigkeit. Immerhin, redete ich mir zu, retten saubere Hände Leben. Aber beide heulten, selbst der Vierjährige, der ängstlich hätte schweigen sollen.

Genau. Keine Kekse, sagte ich.

Das erhöhte nur die Lautstärke.

Ein Wagen hielt neben uns, mit Freunden. Sie haben keine Kinder. Folglich trinken sie nicht vor sechs und haben eine gesunde Verdauung. Sie lächelten und winkten. Ich lächelte und winkte zurück. Aber nicht von Herzen. Alle Fenster waren offen, sodass das kindliche Aufbegehren gegen Ungerechtigkeit weithin zu hören war.

Lucy sagte etwas. Ich sah, wie sich ihre Lippen bewegten, konnte aber bei dem Radau nichts verstehen.

Ich hob die Hände, um zu signalisieren, dass es sinnlos sei.

Ich hatte Dreck unter den Nägeln, und die Bräunungscreme, die ich am Morgen aufgetragen hatte, schlängelte sich orange um meine Fingerknöchel. Das war mein Bemühen um Körperpflege. Davon hatte ich in der Sonntagsillustrierten gelesen – Jahre und Kilos weg mit Bräunungscreme! Nun muss man sagen, dass meine Hände schon immer eher faltig waren. Ein Exfreund von mir hatte sie mal wie zwei Musterexemplare hochgehalten und kleine Schimpansenhände genannt.

Lucy, Engländerin und immer höflich, fasste sich mit einer bleichen Hand ans glatte Haar. Mir wurde sofort klar, dass die Illustrierte falsch lag und Lucy richtig.

Sie sagte etwas zu Grant, wahrscheinlich so was wie *Siehst du*, und mit einem erneuten Lächeln fuhren sie winkend davon.

Ich setzte rückwärts aus der Parklücke.

Wir nahmen den langen Heimweg, am Meer entlang. Ich wollte uns einen Horizont bieten. Wir lebten am Rand einer wunderschönen Stadt. Die Südküste, wo ich versuche, diese kleinen Bastarde zu glücklichen Männern zu erziehen, sieht aus, als hätte das Meer seine Zähne ins Land geschlagen. Schiffe sind hier untergegangen. Fischer ums Leben gekommen. Einmal, auf einem Spaziergang mit dem Kleinen, habe ich einen toten Pinguin gefunden. Ich wollte, dass die Kinder davon erfahren, wollte ihren Blick weiten und mir einen Weg durch die aufziehende schlechte Laune bahnen. Außerdem habe ich festgestellt, dass weinende Kinder, wenn man sie mit Informationen überrascht, zuweilen verstummen.

Ich hielt an und zeigte auf das Wasserpumpwerk.

Hier bringen sie Schiffbrüchige unter, sagte ich.

Der Vierjährige fragte schniefend: Was? Der Zweijährige hörte beinahe auf zu weinen und sah den Vierjährigen an.

Wenn ihre Boote an den Felsen zerschellen und sie an Land schwimmen müssen, sagte ich.

Das mit dem Zerschellen war mir wichtig.

Sie haben ihr Hab und Gut verloren und ihre halbe Familie, und hier wohnen sie, sagte ich. Und schniefte auch ein wenig.

Wir konnten es alle spüren: eine Welle, die über unser Auto schwappte. Wir hielten kurz in respektvollem Schweigen inne. Das ist das Schöne an Kindern, dass sie sich so bereitwillig umorientieren.

Der Vierjährige sah misstrauisch aus. Und was essen sie?, fragte er.

Er ist praktisch veranlagt, besitzt einen Überlebensinstinkt. Der wird es weit bringen, selbst bei so einer Mutter.

Kekse, sagte ich.

Ich befreite die Kinder aus den Gurten, und wir gingen zu den gefährlichen Felsen. Ich hob sie hinauf, dann saßen wir in der Nachmittagssonne, und unsere nackten Arme wurden langsam rot. Die Meeresbrise blies uns ins Haar, das genau dieselbe Farbe hat; so sahen wir also aus – eins zwei drei, eine Familie.

Still futterten wir ein paar Kekse. Die Fähre kam rein. Sie glänzte so hell, dass man kaum hinsehen konnte. Die Kinder durften die restlichen Kekse auf die Felsen streuen, für den Fall, dass sie unterging.

Übersetzt von Miriam Mandelkow

Craig Cliff

Kopien

Das Leben ist eine Aneinanderreihung unvollkommener Wiederholungen. Das sagte mir der Trauerbegleiter meiner Mutter – und jetzt wiederhole ich es hier, unzureichend – bei unserem einzigen Gespräch. Als ich Sarah noch nicht kannte, noch nicht studierte, als die Träume noch frisch waren. Dass sie mich verfolgen, das habe ich dem Trauerbegleiter vielleicht gesagt, ich weiß es nicht mehr. Ich weiß nur noch, dass es in seinem Wartezimmer keine Zeitschriften gab, nur einen *Calvin-und-Hobbes*-Sammelband, und dass er kaum etwas sagte. Und wenn doch, war es etwas Nebulöses, das er im Raum verklingen ließ, sodass die Stille mich wieder zum Reden zwang. Als er allerdings sagte: »Das Leben ist eine Aneinanderreihung unvollkommener Wiederholungen«, ganz sanft, als sollte es mich erleichtern, wurde mir klar, dass der einzige Mensch, mit dem ich reden wollte, der Mensch war, mit dem ich nicht mehr reden konnte.

Mein Vater, der Künstler.

Auf der Höhe seiner Laufbahn bestand das Handwerkszeug meines Vaters aus einem Stapel Kopierpapier und einem alten Kopiergerät, das er bei einer Polizeiauktion erstanden hatte. Er kaufte viele Sachen bei Polizeiauktionen. Er fing an, Meisterwerke der Kunst aus Büchereibänden zu kopieren. Reproduktionen von Reproduktionen. Damals war ich etwa sechs.

Eins seiner ersten Projekte war eine Fotokopie der Abbildung der *Mona Lisa* aus *Meister der italienischen Renaissance*. Die erste Kopie machte das Bild schwarz-weiß – und wurde dadurch bereits zu etwas anderem –, dann nahm er die Kopie, legte sie auf das Glas und kopierte sie. Immer wieder kopierte er die Kopien, und jedes Mal wurde das Bild etwas verschwommener, dem Original etwas unähnlicher. Nach ungefähr zehn Kopien erschien eine horizontale Linie gleich unter ihren Händen. Der Fotokopierer war schon ziemlich abgenutzt, als mein Vater ihn erstand, und fügte den Reproduktionen gern seine eigene Note hinzu. Nach weiteren zehn Kopien war die Linie in andere Teile des Gemäldes geschwommen und sah so authentisch aus wie das Modell oder die Brücke im Hintergrund, die inzwischen vollkommen schwarz war. Muster bildeten sich heraus, wo zuvor keine gewesen waren. Der Schal der Mona Lisa, oder was immer es war, sah allmählich aus wie ein Aztekenponcho. Mein Vater kopierte die Kopien weiter, bis das Ries Papier aufgebraucht war. Fünfhundert Kopien. Die letzte Kopie ähnelte nur deshalb dem Original, weil man wusste, wonach man suchen musste. Man erkannte ein dunkles Dreieck in der Mitte der Seite mit einer helleren Spitze in der oberen Ecke, die ihr Gesicht darstellte. Aber es war nur ein Gesicht in dem Sinne, in dem der Mond ein Gesicht hat.

Die früheste Erinnerung an meinen Vater ist wahrscheinlich wie diese Kopien: eine Folge von Erinnerungen, die nach dem Stille-Post-Prinzip vom Ursprungsmoment – so der je stattgefunden hat – zu meiner aktuellen Erinnerung weitergereicht werden und sich mit jedem Mal, da ich sie herausfische, leicht verändern. Die Erinnerung ist einfach eine Nahaufnahme seines Tattoos. Er muss auf dem Bauch gelegen haben und ich auf seinem Rücken, denn in meiner Erinnerung nehmen die Buchstaben seiner Tätowierung mein gesamtes Blickfeld ein. In Wirklichkeit waren die Buchstaben klein: Er konnte das ganze Tattoo zwischen den Schulterblättern verschwinden lassen, wenn er die Arme ganz nach hinten streckte, als wollte er einen Riesen-Totara umarmen. Ich weiß, dass ich die Wörter auf dem Rücken meines Vaters nicht habe lesen und verstehen können, weil ich gerade erst zu krabbeln anfing, aber meine erste Erinnerung ist von späterem Wissen getrübt. Und daher liest das Kleinkind meiner ersten Erinnerung an meinen Vater: *Welch irdischer Drang?*

Obwohl ich diese Worte – so scheint es mir jedenfalls – schon mein ganzes Leben lang kenne, weiß ich nicht, was sie bedeuten beziehungsweise meinem Vater bedeuteten. Sie hängen einfach da wie eine misslungene Pointe.

Mein Vater nahm die fünfhundertste Kopie eines berühmten Kunstwerks und zeigte sie Leuten. Er fragte sie, was ihrer Meinung nach darauf zu sehen sei, und verwendete zuweilen die beste Antwort als Titel seiner endgültigen Version. Die Leute sahen alles Mögliche in der *Mona Lisa*. Das Bild sagte schließlich sehr viel mehr über den Betrachter aus als über das betrachtete Objekt. Ich zitiere hier meinen Vater beziehungsweise die Broschüre zu einer Ausstellung seiner Fotokopien im Jahr 1994. Ich bezweifle, dass mein Vater auch nur die Hälfte der Dinge behauptet hat, die man ihm in dieser Broschüre zuschrieb, aber näher komme ich nicht heran an eine erwachsene Unterhaltung mit ihm über seine Kunst.

In der Frühphase seines Kopierprojekts durfte ich meinem Vater assistieren. Ich riss neue Riese auf, ordnete Kopienstapel, füllte sein Wasserglas nach, worum auch immer er bat, aber die meiste Zeit saß ich einfach auf einer Kiste Kopierpapier und sah ihm bei der Arbeit zu.

Er kopierte und kopierte *Les Demoiselles d'Avignon*, bis es aussah wie die Kinderzeichnung eines Stegosaurus.

Er kopierte und kopierte *Nighthawks*, bis es aussah wie eine Pforte zum Tageslicht.

Er kopierte und kopierte *Der Schrei*, bis er aufhörte zu schreien, ohne jedoch jemals zu lächeln.

Natürlich sind das nur meine Eindrücke. Meine getrübten Erwachseneneindrücke.

Ich bin der ältere von zwei Brüdern. Wäre es nach meinem Vater gegangen, hätte ich wahrscheinlich vierhundertneunundneunzig Geschwister, jeweils eine Variation von ihm. Aber es gab nur Sebastian und mich. Nebenbei bemerkt sehe eher ich meinem Vater ähnlich. Ich habe seinen dunklen Teint, sein glattes Haar, seine Nase (die er seinen »Fliegenlandeplatz« nannte, meine Großmutter hingegen die »Kirby-Nase«). Sebastian ist eine blassere Version von mir, seine Hände etwas zierlicher, sein Haar lockig wie das meiner Mutter.

Man hat mir schon sehr früh nachgesagt, ich hätte auch die Schwermut von meinem Vater. Als Sechsjähriger verfiel ich eher ins Grübeln, als auszuflippen, wollte keine neuen Menschen kennenlernen, versteckte mich lieber hinter meiner Mutter und zeigte sogar meiner Großmutter die kalte Schulter, weil ich sie, so ihre Behauptung, dafür verantwortlich machte, dass meine Mutter wieder arbeiten ging.

Auch wenn er nur die fünfhundertste Kopie ausstellte, bewahrte mein Vater alle Kopien eines Bildes auf. Er plante, sobald er auf einer Polizeiauktion eine brauchbare Super-8-Kamera fand, aus den Kopien Kurzfilme zu machen, zu zeigen, wie sie sich unter dem Kopierer verzerrten. In der Zwischenzeit stapelte sich kistenweise gebrauchtes Kopierpapier um den Kopierer.

Als er keine Lust mehr hatte, Gemälde zu kopieren, nahm er sich Fotos aus seiner Kindheit vor.

Er kopierte und kopierte das Hochzeitsfoto seiner Eltern, bis es aussah, als würden zwei Menschen sich voneinander abwenden.

Er kopierte und kopierte seinen fünfzigsten Geburtstag, bis es aussah, als würde in der Mitte des Tisches, wo die Torte gestanden hatte, ein Atompilz explodieren und drumherum statt Partygästen Grabsteine sitzen.

Nach den Familienfotos fing mein Vater an, Dinge zu kopieren, die nicht ganz flach waren. Seine Hand, einen Stein, mein Skateboard. Das Problem war, dass schon mit der ersten Kopie alles flach wurde. Es wurde für ihn zu einem Spiel, so stelle ich mir vor, nach neuen Objekten zu suchen, die auf einer Kopie am besten herauskamen. Dinge, die die beste Geschichte erzählten, wenn sie in zwei Dimensionen sprangen und dann in unvorhergesehene Richtungen abzischten. Diese Fixierung hatte zur Folge, dass die Suche nach einer Super-8-Kamera vernachlässigt wurde, wenngleich er die Kisten mit gebrauchtem Kopierpapier noch immer in seinem Arbeitszimmer hortete. Selbst wenn er beschlossen hätte, diese Zwischenkopien nie zu verwenden, hätte er sie, glaube ich, nicht weggeworfen. Die enorme Kraft der fünfhundertsten Kopie speiste sich zu einem großen Teil aus dem Wissen, dass es anderswo vierhundertneunundneunzig Kopien gab. Dass diese Kopien das Original und die letzte Kopie zusammenführen konnten.

Sein Arbeitszimmer füllte sich mit derart vielen Kopien, dass er über die Kisten steigen musste, um hineinzukommen. Beim Kopieren saß er auf Kisten. Manchmal kletterte er hinauf, um in dem Zwischenraum unter der Zimmerdecke zu schlafen, der zu klein war für eine weitere Kiste, in den er aber passte, wenn er auf dem Rücken lag und die Füße nach außen drehte.

Wenn ich ihm in dieser Phase beim Kopieren zusehen wollte, musste er mich über die Kisten in der Tür heben und auf drei aufeinandergestapelte Kisten auf der anderen Seite des Kopierers setzen, auch wenn ich inzwischen groß genug war, um den grünen Lichtstreifen über eine Kopie wischen zu sehen, die ein neues Original wurde. Manchmal blätterte ich blitzschnell durch ein Ries und ließ einen toten Vogel sich vor meinen Augen zu einem düsteren T zersetzen oder einen handgeschriebenen Brief auseinanderfallen, bis er nichts weiter war als fleckiges Grau.

Obwohl er mit seinen Kopien von Kopien so erfolgreich war wie noch nie in seiner Laufbahn, schien mein Vater häufiger in Schwermut zu verfallen. An manchen Abenden aß er, ohne zu reden, als kostete ihn unsere Gesellschaft Mühe. So fühlte es sich an, jedenfalls in meiner Erinnerung, denn jedes Mal, wenn ich eine dieser Erinnerungen hervorhole, lasse ich das grüne Licht darüberwischen, und sie verzerrt sich noch ein wenig mehr.

Manchmal erschien mein Vater gar nicht zum Abendessen, sondern blieb tagelang in seinem Arbeitszimmer hinter verschlossener Tür, aber er kopierte nicht. Das weiß ich, weil ich nach Einbruch der Dunkelheit nach unten schlich, durch den Spalt unter der Tür lugte und sah, dass kein Licht brannte und der Kopierer nicht leuchtete. Aber ich hörte ihn drinnen schwer atmen.

Hin und wieder wird mir mein eigener Atem bewusst (*Schnaufen* trifft es eher), und dann werde ich an meinen Vater erinnert. Die düstere Version. Meinen eigenen Atem zu hören wird stets von der Frage begleitet: Warum ist es wieder passiert? Warum rutsche ich in dieselbe Schwermut wie er, genauso machtlos wie er, in dem Wissen, dass ich diese Neigung wahrscheinlich meinem Sohn weitergeben werde und er seinem Sohn und so weiter und so fort? Aber genauso gut könnte ich fragen: Warum immer wieder das Cover des weißen Albums von den Beatles kopieren? Oder: Warum träume ich immer und immer wieder von einem Ehering in einem Kohlkopf?

Als sich mein Vater wieder einmal eingeschlossen hatte, saß ich auf der Treppe zu seinem Arbeitszimmer und hörte etwas hinter der Tür, das wie ein Tierjaulen klang. Ein kurzer, hoher Laut, so wie ein Hund macht, wenn man ihm auf den Schwanz tritt, bevor er wimmert und einen anfleht, nicht noch auf was anderes zu treten. Meine Mutter hatte das Jaulen wohl in der Küche gehört; sie kam runter und lockte mich mit Rhabarberkuchen und Eis von der Tür weg.

Kurz darauf verlor mein Vater seinen Ehering. Da war er gerade nicht düsterer Stimmung: Er hatte bei offener Tür kopiert, erneut begeistert von den endlosen Originalen, die er mit Kopien erzeugen konnte. Als er sich zum Abendessen zu uns an den Tisch setzte, lächelte er und tat uns allen Kartoffeln auf. Er aß Maiskolben aus unserem Garten, als meine Mutter fragte, wo sein Ehering sei. Er sah auf seine linke Hand, als erwartete er, ihn dort zu sehen, den Mund voller Maiskörner, die Lippen butterglänzend.

Meine Mutter fing an zu weinen, bevor er den Bissen runterschlucken konnte. Ich hatte sie noch nie weinen sehen. Mein Vater sagte, der Ring sei wahrscheinlich in seinem Arbeitszimmer – vielleicht habe er ihn abgenommen, als er den Toner nachfüllte, und danach vergessen. Darauf musste sie noch heftiger weinen. Dann beruhigte er sie, er werde die Kisten durchsuchen, der Ring sei bestimmt in die letzte offene gefallen. Er ließ seinen Maiskolben halb gegessen liegen und ging nach unten, doch in den Kisten fand er nur Kopien von Kopien. Als er die neueste Kiste durchsuchte – mit Dingen aus unserem Garten: Stangenbohnen, gelbe Zucchini, Kohlblätter –, jaulte er auf. Ich saß auf der Treppe wie beim letzten Mal, als ich das Jaulen hörte, aber diesmal war die Tür offen, das Jaulen tiefer und leichter zu erklären.

»Ich hab mich am Papier geschnitten«, sagte mein Vater, halb zu mir und halb zu sich selbst. Er saugte das Blut vom Zeigefinger und fügte hinzu: »Das passiert mir sonst nie.«

Als er eine weitere Kiste öffnete – mit Kopien meiner G.I.-Joe-Figuren – und die Hand hineinsteckte, grunzte er, weil er sich erneut geschnitten hatte, schob die Kiste beiseite und öffnete die nächste. Ich weiß nicht, ob er hektisch wurde, weil er sich auf einmal in die Finger schnitt oder weil meine Mutter seinetwegen weinte und er nichts dagegen tun konnte.

Er fand den Ring in keiner seiner Kisten und schnitt sich so häufig, dass er eine Woche lang nicht kopieren konnte, solange die Hände ausheilten. Als die Schnitte an seinem Ringfinger weg waren, ging er zu einem Juwelier und besorgte sich einen Ersatzring. Er sah so aus wie der alte, außer dass er rundum gleich dick war. Das Original war nach Jahren des Tragens auf der Innenseite verjüngt. Jahrelanges Klatschen, Fäusteballen, Hände-in-die-Tasche-schieben. Manchmal frage ich mich, wo das verlorene Gold hin ist. Wurde es vom Ringfinger meines Vaters aufgenommen? Oder hat es eine winzige, unmerkliche Goldspur hinterlassen?

Als mein Vater starb, habe ich seine Leiche nicht gesehen. Es hieß, er sei eines Nachts, ohne meine Mutter zu wecken, aus dem Bett geschlüpft und im Pyjama in die Stadt gelaufen. Obwohl es windig war, schaffte er es, auf einen achtstöckigen Rohbau zu klettern. Bestimmt denken die meisten, er sei da hin, um zu springen oder zumindest, um es sich zu überlegen. Um schon mal zu üben. Ich erinnere mich nur an Bruchstücke von Zeugenaussagen aus der gerichtlichen Untersuchung, aus denen hervorgeht, dass es sich um einen Unfall handelte. Sicher ist, dass mein Vater in einen Fahrstuhlschacht fiel und starb, als ein Wachmann mit seiner Taschenlampe zu ihm hochleuchtete. Ich wachte am nächsten Morgen auf, und mein Vater war tot, wobei es einem jungen Polizeibeamten – der viel schniefte, obwohl er nicht erkältet wirkte – überlassen blieb, meiner Mutter, Sebastian und mir eine Kurzfassung der Geschichte zu übermitteln. Fünf Tage später hielt ich einen der sechs Griffe des Sargs, in dem auf jeden Fall eine Leiche lag, aber wessen? Der Sarg war geschlossen wegen des Zustands der Leiche nach dem Sturz, es hätte also irgendjemand darin liegen können.

Auch wenn mir der Tod meines Vaters völlig unwirklich vorkam, während ich den Sarg zum Leichenwagen trug, wollte ich heulen. Stattdessen lächelte ich die Menschen am Ende der Sitzreihen an, weil mir einer der Sargträger gesagt hatte, so könne man sich am besten das Heulen verkneifen. Alle lächelten zurück. Es war sehr verwirrend.

Und hier muss ich in Träume abgleiten. Ich weiß, dass man über seine Träume nicht reden soll, dass sie konstruiert wirken, wenn man versucht, sie nachzuerzählen, aber für mich sind Träume einfach nur Kopien von Kopien von Kopien des Wachzustands. Und außerdem habe ich für diesen Teil der Geschichte nur Träume.

Schon wenige Monate nach der Beerdigung träumte ich häufig, dass mein Vater wieder in mein Leben trat. Zuerst war es wie in schlechten Fernsehfilmen: Ich entdeckte ihn zufällig, vielleicht irgendwo im Urlaub, und fing an, ihm nachzuspüren. Wenn ich ihn gefunden hatte, stellte sich heraus, dass er mit jemand anders verheiratet war, zu einer anderen Familie gehörte. Manchmal leugnete er, mein Vater zu sein, aber ich riss ihm das Hemd herunter (was mit jedem Traum leichter ging, weil das Hemd immer mehr wie Seidenpapier wurde), drehte ihn herum, zeigte auf die Tätowierung zwischen seinen Schulterblättern und sagte: »Doch, bist du. Bist du.« Wenn es gut lief, in den letzten Augenblicken vor dem Wachwerden, schaffte ich es, mich mit ihm zu unterhalten, aber nur über Nebensächlichkeiten wie mein Cricket-Spiel am Wochenende oder meine gute Mathearbeit.

Langsam nutzte sich die Fahndung nach meinem Vater ab, und übrig blieb, dass er freiwillig auftauchte und sich dafür entschuldigte, seinen Tod vorgetäuscht zu haben. Dann fiel das mit der Vortäuschung weg, und er kehrte einfach in das Haus zurück, in dem wir gewohnt hatten, als er starb, und es gab nur diese unausgesprochene Entschuldigung. Einen verlegenen Blick.

Die Suche nach meinem Vater wurde durch Träume ersetzt, in denen ich in meinem Zimmer hocke und mir ausmale, meinen Vater zur Rede zu stellen, was zum Teufel er getrieben habe, seit er uns verlassen hat. Ob er noch Künstler sei? Ob er weitere Kinder bekommen habe? Er war zurück, aber er fehlte mir noch immer, und ich war noch immer wütend.

Irgendwann fanden alle meine Träume in jenem Paralleluniversum statt, in dem mein Vater seinen Tod vorgetäuscht hatte, schließlich zurückkam und wieder einzog – wobei er nicht in jedem Traum auftauchen musste, es konnte auch um etwas anderes gehen.

In einem dieser anderen Träume gieße ich den Gemüsegarten, und die Kohlköpfe sind so groß wie Goldfischgläser, also nehme ich einen mit rein, damit meine Mutter Krautsalat machen kann. Sebastian und ich sind da und blicken ihr über die Schulter, während sie den Kohlkopf aufschneidet – und da, im Herzen des Kohls, steckt der Ehering meines Vaters. Er ist nicht glänzend und golden wie in einem Märchen. Er ist stumpf und angeschmuddelt, wie ein Dichtungsring, der ausgetauscht werden sollte. Als meine Mutter ihn allerdings aus dem Kohl zieht, dessen Blätter sich um den Ring schmiegen wie Windeln um ein Baby, und ihn gegen das Licht hält, sehe ich, dass er an einer Seite dünner ist als an der anderen. Es ist ganz sicher Vaters Ring. Das Original ist zurück. Weil mein Vater in diesem Traum aber noch lebt, legt meine Mutter den Ring einfach beiseite, und Sebastian und ich setzen uns wieder an unsere Hausaufgaben, bis er von seinem Halbtagsjob zurückkehrt – dann werden wir es ihm erzählen. Und sein erstauntes Gesicht sehen. Wir werden darüber spekulieren, wie der Ring im Herzen des Kohlkopfs gelandet ist – über seine Reise vom Eiscremebehälter voller Essensreste neben der Spüle zum Komposthaufen, in die Erde ...

Während meine Träume sich unvollkommen wiederholten, sich weiterentwickelten, heiratete meine Mutter wieder. Das erste Mal einen Schulfreund meines Vater, zu dem sich der Kontakt mit den Jahren verflüchtigt hatte, der aber zur Beerdigung wieder aufgetaucht war und es sich zur Aufgabe gemacht hatte, meiner Mutter in ihrer Trauer beizustehen. Er war in vielerlei Hinsicht wie mein Vater: still, entschlossen bis zur Achtlosigkeit, aufbrausend. Meine Mutter ließ sich scheiden, weil er achtlos und aufbrausend war – den Mut zu einem solchen Schritt hatte sie erst nach Vaters Tod bekommen.

Kürzlich hat sie noch mal geheiratet (ich habe mich nie getraut, sie zu fragen, ob ihr die Ironie der Abfolge von Ehegatten bewusst ist), diesmal einen Mann, der von der Ladefläche seines Pick-ups Fisch verkauft, aber erstaunlich wohlhabend ist.

Mit jeder Eheschließung zieht meine Mutter ins Haus ihres neuen Mannes. Der erste Umzug war schwer, das Haus meiner Kindheit zu verlassen, das letzte Haus, in dem mein Vater gelebt hatte und das gepflastert war mit Erinnerungen an ihn; da allerdings all meine Träume dort spielen, bin ich eigentlich nie wirklich fortgegangen. Dann zog ich zum Studium nach Hamilton, meine Mutter ließ sich scheiden und zog in ein neues Haus, kurz bevor sie zum Fischhändler zog.

Meine Mutter nimmt den Ersatzring meines Vaters bei jedem Umzug mit. In jedem Haus kann ich diesen Ring in der obersten Schublade ihres Nachtschränkchens in einer rosa Klappschatulle für Ohrringe finden. Aber das ist bloß die Kopie. Dieser Ring hat keine Zeit gehabt, sich an der Innenseite zu verjüngen, bevor er meinem Vater vom Finger gezogen und mit den restlichen Sachen meiner Mutter übergeben wurde. Der Ring, von dem ich träume, ist das Original, ist der Ring, der nicht zurückkehren wird – oder schlimmer, der meiner Überzeugung nach zurückkehren *wird*, nur werde ich nicht da sein, um ihn zu finden.

Manchmal ist mir, als hätte ich so viel Zeit damit verbracht, von dem Paralleluniversum zu träumen, in dem mein Vater noch lebt, dass es sich mit meinem echten Leben vermischt, was es schwerer macht, Träume und Erinnerungen auseinanderzuhalten. Mein Vater, der sich bei der Suche nach seinem Ehering an Papier schneidet, und ich, der den Ring in einem Kohlkopf findet, haben nach meinem Gefühl denselben Ursprung. Doch das eine ist passiert, das andere wird nicht passieren. Es ist, als hätte mein Gehirn die Mauern zwischen Wirklichkeit und Einbildung eingerissen.

Und nun hat mir Sarah vor zwei Tagen eröffnet, dass ich Vater werde.

Das kommt mir immer noch vor wie ein Gerücht. Der einzige Beweis, den ich habe, ist Sarahs Beteuerung, dass sie den Schwangerschaftstest richtig gedeutet hat und dass sie es *weiß*. Der Beweis wird noch kommen – ihr Bauch wird wachsen, es wird Ultraschallbilder geben, und ich werde die Tritte spüren –, momentan allerdings fühlt sich die Existenz eines Fötus in meiner ersten und einzigen längeren Beziehung an wie die Tatsache, dass mein Vater nicht existiert.

Noch während Sarah mir erzählte, dass wir ein Kind bekommen, hatte ich das Gefühl, das habe nichts mit mir zu tun. Als wäre es eine weitere Szene in der Geschichte meines Vaters. Der Geschichte, die ich ohne ihn schreibe. Weshalb ich meine Erinnerungen und Träume aus tiefsten Tiefen für ihn heraufFische. Weshalb ich ihn mehr denn je vermisse, mehr als die vergangenen fünf, zehn Jahre. Weshalb ich vor dem Spiegel stehe und nach dem Gesicht meines Vaters suche, wie es auf meinen Kinderfotos war. Ich fühle mich ihm jetzt näher denn je, näher als zu irgendeinem anderen Zeitpunkt seit seinem Tod. Näher als damals, als ich seinen Sarg trug oder von ihm träumte oder Fotoalben durchsah. Ich fühle mich, als sei er in mir. Dass die letzte Kindheitshülse demnächst abplatzen wird, um meinen Vater freizulegen wie in einer umgekehrten Matrjoschka.

Ich habe zwei Tage Zeit gehabt, mich an den Gedanken zu gewöhnen, dass ich Vater werde, und in den kurzen Momenten, da ich das Gefühl hatte, dass der Groschen fällt, hatte ich Angst. Angst um meines Kindes willen, dass ich eine zu perfekte Kopie meines Vaters werde. Dass meine depressiven Schübe häufiger werden, jeder eine Kopie des vorangegangenen, verzerrend, verdunkelnd, mit immer weniger Details, sodass es immer schwerer wird, mich herauszuziehen, bis ich gar nicht mehr zurück kann. Davor habe ich am meisten Angst. Doch er war auch der Vater, der Stabheuschrecken fing und in ein leeres Nutellaglas mit durchlöchertem Deckel steckte und mir schenkte, aber nur für eine Stunde, bis er die Heuschrecke wieder auf denselben Ast zurücksetzte, von dem er sie aufgelesen hatte. Der Vater, der jedes Lied aus dem Radio auf der Mundharmonika spielen konnte, sich aber weigerte, irgendetwas von Dire Straits zu spielen, weil ihre Songs alle gleich klängen. Der Vater, der mich über Kisten mit Fotokopien gehoben und mich zu seinem Assistenten gemacht hatte.

Allerdings denke ich dann über seinen Tod nach – das Prosaische dieser ganzen Geschichte. Was trieb er im Pyjama im achten Stock einer Baustelle? Der gerichtlichen Untersuchung ist nicht zu trauen: Der Wachmann war der Mann von Sebastians Lehrerin, und der Gerichtsmediziner, der die Untersuchung leitete, ein Freund meiner Großeltern. Nie konnte bei meinem Vater etwas eindeutig sein.

Wenn ich entsprechend gelaunt bin, habe ich einen unendlichen Vorrat an Gründen, böse auf ihn zu sein. Wegen Dingen, die er nie für mich tun wird, und Dingen, die ich nie verstehen werde, weil ich ihm zu nah und zugleich zu fern bin. Ich kann *Welch irdischer Drang?* nicht lesen ohne das Wissen um den Tod meines Vaters, ein Wissen, das er nicht hatte, als er sich diese Worte in den Rücken tinten ließ. Aber es ist noch da, wie eine Stichelei meines zurückgekehrten Vaters in meinen Träumen.

Ohne Antworten muss ich wohl oder übel zwischen Zorn und Zuneigung pendeln. Kein Ende in Sicht – wie auch mit einer weiteren Kopie im Anmarsch –, doch ich will all die ungeklärten, bohrenden Geheimnisse noch immer als Hebel, als Anhaltspunkte betrachten, die ich ordnen und als Ganzes begreifen kann. Ich will sagen, das Leben meines Vaters sei eine Aneinanderreihung unvollkommener Wiederholungen gewesen und seine Tätowierung und sein Tod bloß verschiedene Kopien derselben Sache. Verschiedene Perlen an einer Kette. Ich will beweisen, dass das Leben – die Existenz einer ganzen Spezies – auch eine Aneinanderreihung unvollkommener Wiederholungen ist. Ich will auf der Straße angesprochen und für meinen Vater gehalten werden. Ich will die natürliche Fortsetzung seines unnatürlich verkürzten Lebens sein. Ich will ein Tattoo an derselben Stelle wie er. Ich will mein Kind auf meinen Rücken setzen, damit es dieselbe Botschaft liest, die ich gelesen habe. Ich will den zweiten Ehering meines Vaters tragen – die Kopie –, der sich unter meinem Finger verjüngen soll. Eine goldene Spur hinterlassen soll, aber für mein Kind.

Denn wenn ich wie ein Echo meines Vaters bin, fühle ich mich ihm am nächsten.

Diese Echos zu begrüßen ist für mich die einzige Möglichkeit, meine Liebe zu ihm auszudrücken, und die einzige Hoffnung, ihn noch mal kennenzulernen.

Übersetzt von Miriam Mandelkow

Anna Taylor

Mädchen für alles

Im Sommer 1985 verbrachte Ellie fast jeden Tag zwei Häuser weiter bei Mr Fin. Es war heiß in jenem Sommer, ungewöhnlich heiß, und überall in der Straße liefen die Sprinkleranlagen, Tag für Tag, lange Wassersträhnen, die träge über die Rasenflächen wischten.

Ellie hatte zu Weihnachten ein neues Fahrrad bekommen, ein richtiges mit zwei Rädern, und jeden Morgen vor dem Frühstück fuhr sie damit runter zur Jefferson-Ecke und zurück. Einmal waren ihre Schwester und sie weiter gefahren, den Hügel hoch an Mr und Mrs Mildenhall vorbei, und als sie auf dem Rückweg waren, wendete ein Mann seinen schepprigen Wagen und fuhr langsam neben ihnen her, den bloßen Arm aus dem offenen Fenster baumelnd, eine qualmende Kippe im Mundwinkel.

»Wer schneller ist«, zischte Laura. »Wer schneller zu Hause ist.« Und obwohl Ellie damals noch ihr altes Fahrrad hatte, mit Stützrädern, wusste sie, dass es kein Spiel war, und trat mit aller Macht in die Pedale, dass die Muskeln in ihren Beinen heiß und wie Gummibänder gedehnt wurden.

Mr Fin war Ende 1982 eingezogen, als Ellie vier war. Sein Grundstück war das vorletzte in der Straße, das verkauft wurde. Es lag direkt hinter Mr Fords geschlängelter Kiesauffahrt, neben dem Bambusgehölz. Ellie konnte den Bambus von ihrem Zimmer aus sehen, und vor Mr Fins Einzug war sie dort manchmal in Gummistiefeln hingegangen, um durch die Pfützen zu planschen. Da drüben war alles Lehm mit stoppeligen Grasbüscheln entlang des Zauns, und nach einer heftigen Regennacht war der Boden glitschig – mit einer seidigen Schicht –, und sie konnte so rutschen und schlittern, dass der Matsch sich in den geriffelten Sohlen ihrer Gummistiefel aufrollte und ihre Beine bespritzte.

Zwei Wochen, nachdem der VERKAUFT-Zettel auf das Schild vor der Nummer 38 geklebt worden war, klopfte Mr Fin an ihre Tür. Laura war mit Mumps zu Hause, und Ellie durfte nicht in den Kindergarten. Sie lümmelten im Wohnzimmer herum, wo viereckige Placken Morgensonne auf dem Fußboden lagen; ihre Mutter war noch im Morgenrock, das Haar dunkel und feucht von der Dusche. Das Klopfen schreckte alle auf. Wer mochte das sein?

Ellie ging nachsehen.

Da stand Mr Fin, eine Schulter lässig an den Türrahmen gelehnt. Er füllte die Tür ganz aus, versperrte den Blick auf die Betonplatten mit den Rasenflächen zu beiden Seiten und das Gartentor und die Straße. Sie blinzelte zu ihm hinauf.

»Morgen, Miss«, sagte er und reichte ihr die Hand.

Sie nahm sie nicht an. Sie fummelte am Türknauf herum.

»Ist deine Mum da?«

Ellie wusste nicht, was sie sagen sollte. Sie trat von einem Fuß auf den anderen und atmete ganz leise. Sie dachte, Laura würde jetzt Ja sagen, Ja-ist-sie, Einen-Augenblick-bitte. Aber sie fand die Wörter nicht; ihre Zunge war dick und schwer.

»Vielleicht«, sagte er leise lächelnd, »bist aber auch du die Dame des Hauses, hm?«

Ellie nickte. Das schien ihr das Beste zu sein. Aber darauf lachte Mr Fin nur.

»Dacht ich mir«, sagte er, »dacht ich mir.«

Und dann war Schweigen. Er räusperte sich.

»Also, ich wohne hier die Straße runter«, sagte er und zeigte in die Richtung, »und man kann wohl behaupten, ich war gerade in der Nähe.« Er lachte wieder.

»Ich sollte wohl einfach gehen, Hoheit«, sagte er. »Ist wohl das Beste.«

In dem Augenblick schlurfte es den Gang hinauf, und Ellies Mum erschien, fertig angezogen, zu ihrer Rettung. Sie hatte ihr feuchtes Haar zurückgebunden und Lippenstift aufgetragen.

Er streckte die Hand aus, und sie ergriff sie.

»Die Dame des Hauses und ich haben ein wenig geplaudert«, sagte er. »Ich heiße Finley. Dachte, ich komme mal rüber, um mich vorzustellen.«

Ellies Mum strahlte. »Wie schön!«, sagte sie. »Gott, entschuldigen Sie die Unordnung.«

Sie lud ihn auf einen Tee ein.

Mr Fin trug eine Tasche mit Werkzeugen über der Schulter und roch nach Holz und noch etwas Stärkerem – Hefebrot. Sein Unterhemd hing nachlässig herunter und schlabberte unter den Armen. Er trat ein und lehnte sich gegen die Bank. Ellie und Laura hörten seine Stimme durch die Küchenwand brummen. Die von ihrer Mum, etwas schrill und angespannt, war glockenklar.

»Es ist ein angenehmes Viertel«, sagte sie. »Sie werden sich hier bestens einfinden.«

Sie gingen auf die Veranda.

Ellie und Laura blieben drinnen und lauschten dem Klirren des Porzellans. Staubkörnchen, von der Sonne angestrahlt, kreiselten langsam durch die Luft. Laura holte die Spiele heraus, und da hinein vertieften sie sich.

Als er zurück ins Zimmer kam, schob Mr Fin seine Knie und die dicken braunen Schenkel beinahe in ihr Puzzle.

»Verzeihung«, rief er aus. »Zwei so anmutige junge Damen, die geradezu mit dem Teppich verschmelzen.«

Ellies Mutter lachte. »Mitten im Zimmer«, sagte sie. »Genau im Weg.«

»Aber wie konnte ich sie übersehen«, sagte er. »Solche jungen Damen. Bei einem Puzzle von …«, er blinzelte, »von …«

»Der schiefe Turm von Pisa«, sagte Laura zuvorkommend.

»Der schiefe Turm von Pisa, sieh einer an.« Er hockte sich zu den beiden, sodass Ellie das Kinn an die Brust klemmen und wegsehen musste.

In der Hocke schaukelte er hin und her.

»Sieht aus wie ich«, sagte er, »nach einer rauen Nacht, wenn ich die Stadt unsicher gemacht habe. Was ich natürlich nicht mehr tue, Ma'am.« Er schnalzte mit der Zunge, als Laura den Kopf einzog. »Aber nein!«

»Waren Sie schon mal dort?«, fragte Ellies Mutter. »Beim Turm, meine ich.«

Mr Fin klopfte mit den Fingern auf den Boden. Er antwortete nicht.

»Also«, sagte er, »wollt ihr euch das hier mal ansehen?« Er

hielt inne und hob ein paar Mal die Augenbrauen. »Was habe ich hier drin?«

Ellie sah nicht hin, jedenfalls nicht direkt, doch aus dem Augenwinkel bekam sie mit, wie Mr Fins Hand in die Hosentasche wanderte und mit einem, dann zwei fest eingewickelten Bonbons herauskam. Sie funkelten auf seiner Hand wie kleine Edelsteine.

»Sagt Danke«, forderte ihre Mutter, und Laura sagte Vielen-Dank, doch Ellie saß stocksteif, die Beine ordentlich untergeschlagen, und bedankte sich selbst dann noch nicht, als Mr Fin den Bonbon neben ihr Knie auf den Boden legte, so nah, dass ihre Finger sich langsam nach dem knisternd roten Papier strecken konnten.

*

1985 war das Jahr, in dem Ellie in Mr Slaters Klasse war, und auch das Jahr, in dem ihre beste Freundin nach Australien zog, von wo sie dann und wann Briefe mit üppigen bunten Briefmarken schickte. Aber davon wusste Ellie noch nichts – noch steckte sie in diesem endlosen Sommer voller Sonne und Langeweile fest. Ein Mädchen namens Katie-Ann Small verschwand in diesem Sommer, in einer Stadt, von der Ellie noch nie gehört hatte. Sie schnappte eines Abends einen Zipfel der Nachrichten auf, bevor ihre Eltern hastig den Fernseher ausschalteten, auf dem sie – diese Katie-Ann – in einem rosa Sommerkleid mit weißer Bordüre zu sehen war und einem derart breiten Lächeln, dass es aussah, als hätten die Zähne überhaupt keinen Halt und könnten ihr jederzeit wie Perlen einer kaputten Kette aus dem Mund purzeln.

Irgendjemand, dem das nicht zustand, hatte sie mitgenommen – das sei mit Entführung gemeint, erklärte Ellies Mutter. Laura steckte sich jetzt immer, wenn sie irgendwohin ging, eine Nagelschere ein. Für den Fall, dass jemand auch sie entführen wollte.

Jeden Sonntag mähten alle außer Mr Fin ihren Rasen. Das Summen und Brummen der Rasenmäher stimmte ins Gezirpe der Zikaden ein, und davon, so Ellies Mutter, konnte man beinahe taub oder verrückt werden, von diesem ganzen Krach. Ellies Dad brachte am Wochenende den Ventilator aus dem Büro mit nach Hause, sie bauten ihn im Wohnzimmer auf und stellten sich abwechselnd davor; das stetige Trommeln der Rotorblätter, die sich drehten und drehten, vermischte sich mit den Geräuschen in ihrer Brust. Ellie sah gern zu, wie der Kopf hin und her schwenkte, als würde er Nein sagen, und ging immer näher heran, bis ihre Mutter mahnte: »Vorsicht. Was, wenn deine Haare sich verfangen?« Und hob eine Augenbraue. »Stell dir das mal vor, Ellie.«

Es war ein silbergrauer Ventilator mit drei roten Knöpfen, und von da an verwandelte er sich in etwas, das mit G anfing – G für Gefahr. Ellie mied ihn, so gut es ging. Wenn sie durchs Zimmer lief, dann mit so viel Abstand wie möglich. Jeden Freitag, wenn ihr Dad damit in der Tür stand, mit dem kühlen Metall des Ventilators im Arm, spürte sie ihn überall, bis zu den Zehen. Wenn er ihn anschloss und auf den Knopf drückte, fühlte sie sich davon angezogen, spürte, wie ihr Haar sich flatternd darin verfing, wie sie vom Boden gehoben wurde, dem Klacken und Surren entgegen, geradewegs hinein in den trommelnden kalten Wind.

Mr Fin mähte sonntags seinen Rasen nicht, weil er keinen hatte. Er *glaube* nicht an Rasen, hatte er Ellie einmal erklärt. Aber eigentlich, so dachte sie, lag es daran, dass er vorne auf dem Grundstück sein Haus baute und hinten in einem Einzimmer-Verschlag hauste. Bei all dem Hin und Her hatte der Rasen schlicht keine Chance – die Grashalme wurden jedes Mal, wenn sie sich durch die trockene, rissige Lehmschicht zu quetschen versuchten, in den Boden zurückgetrampelt. Mr Fins Haus brauchte Ewigkeiten. Weil er alles selber machte, sogar die Klempnerarbeiten. Eigentlich war es nur ein Gehäuse, von außen wirkte es komplett, aber sobald man durch die Tür trat, sah man, dass es hohl war. Der Boden war aus Zement, mit Holzspänen bedeckt, und es gab keine Wände, nur Tragebalken um die Toiletten und das Bad herum, eine Treppe ohne Geländer und einen Stapel Backsteine, wo der Kamin hinkam. Wenn man die Augen fest zusammenkneife, sagte Mr Fin, könne man es sich fast im fertigen Zustand vorstellen, es *sehen*. Ellie nicht. Sie versuchte es ein Mal, und alles sah aus wie sonst, nur verschwommen.

Neben Mr Fin wohnten Wayne Hiles und seine indische Frau Jhumpa. Sie hatten das größte Haus in der Straße, eine Stuckvilla mit großem Holzportal. Für Ellie war Jhumpha die schönste Frau überhaupt. Ihr Haar war dicht und schwarz und schien ganz von alleine in einem fetten Dutt zu halten. Sie trug keine Saris wie die indischen Frauen, die Ellie in dem Geschenkeladen in der Main Street gesehen hatte, aber golddurchwirkte bunte Oberteile und dazu passende Röcke und Schuhe, die beim Gehen klackerten. An einem Arm hatte sie goldene Armreifen fast bis hinauf zum Ellbogen und Ringe an jedem Finger. Ellies

Mum sagte, sie verstehe nicht, was Jhumpa mit Wayne Hiles wolle – der überhaupt nicht hübsch war –, aber es könne durchaus mit G zu tun haben. Geld.

Sie hatten einen Goldfisch, der beinahe so groß war wie Ellies Kopf, den fütterten sie mit Kuchen, direkt vom Teller.

In jenem Sommer fing Jhumpa an, am offenen Badezimmerfenster zu singen – Mr Fin zum Gefallen, wie allgemein angenommen wurde. Laura sagte, Jhumpa sei doch bloß glücklich, denn wo sie herkomme, sei es immer heiß, und diese dichte, schwere Hitze erinnere sie an zu Hause, sodass sie ihren Mund aufmachen müsse, um die Freude rauszulassen. Es war allerdings merkwürdig, dass sie immer um halb zehn anfing, wenn Mr Fin gerade in seinem schlabberigen Unterhemd und den schmuddeligen Shorts und groben Arbeitsschuhen hinaustrat. Und auch, dass sie mindestens eine Stunde lang sang, wenn der Duschdampf schon längst nicht mehr in weißen Wolken aus dem geöffneten Fenster wallte.

Ellie dachte über Indien nach und warum der Gedanke an dieses Land – wo es dieses dickflüssige süße Getränk gab, das Jhumpa ihr einmal zum Probieren gegeben hatte, und die pfannkuchenrunden öligen Cracker – einen Menschen zu so viel Singerei verleiten konnte.

*

Anfang Januar begann an den Nachmittagen der Teer am Straßenrand zu schmelzen. Um diese Zeit herum nahm Ellie die Gewohnheit an, Mr Fin zu besuchen. Die Ferien hatten irgendwie ihren Reiz verloren. Laura war zu sehr mit ihren Freundinnen beschäftigt, um von ihr Notiz zu nehmen; auf einmal wollte sie nicht mal mehr morgens mit ihr Fahrrad fahren, obwohl Ellie doch ein neues Rad mit Klingel hatte. Ellies Mutter wurde immer schlapper – wegen der Hitze, wie sie sagte – und legte sich oft auf die Wohnzimmercouch.

Eines Morgens, als sie zum dritten Mal vorbeifuhr, sprach Mr Fin Ellie an.

»Ellie H«, rief er. »Frische Luft schnappen?«

Er begutachtete sein Haus von der Bordsteinkante aus, einen Becher Kaffee in den Händen.

Sie sorgte sich um ihre Bremse, die so kräftig war, dass Ellie schon zwei Mal fast über den Lenker geflogen wäre, also hielt sie nicht an, nickte nur energisch und fuhr weiter.

Am nächsten Tag war er allerdings wieder vorm Haus und pflanzte Sträucher als Einzäunung.

»Du fräst noch Rillen in den Gehweg, Ellie H«, sagte er, »wenn du den ganzen Tag so rauf und runter fährst. Brauchst du einen Job?«

Ellie, die nicht glaubte, dass eine Sechseinhalbjährige etwas war, das irgendjemand um sich haben wollte, stieg auf die Bremse und kam abrupt zum Stehen.

»Ja, bitte. Vielen Dank«, sagte sie. So, wie ihre Mutter es ihr beigebracht hatte.

An diesem Morgen half sie Mr Fin beim Pflanzen. Er grub ein Loch, und sie stand neben ihm mit einem Minibaum in den Armen, dessen wächserne Blätter ihre Brust streiften. Wenn das Loch tief genug war, zog er an der schwarzen Plastikmanschette, die um das Pflänzchen gebunden war. Gemeinsam drückten sie die Erde fest.

»Erzähl mir was, Ellie H«, sagte er.

Und Ellie, die dachte, dass Reden vielleicht auch zu ihrem Job gehörte, erzählte ihm von Tom Birch, der Probleme in der Brust hatte und eines Tages auf dem Sportplatz umgekippt war, einfach so mit dem Gesicht voran. Er wurde vom Seilspringen befreit, das sonst für jeden Pflicht war, und durfte stattdessen Bücher lesen. Sie hätte auch gern Probleme in der Brust.

Mr Fin lachte.

»Was ist dein Lieblingsland?«, fragte er.

Sie sagte, das wisse sie nicht genau.

»Wenn du Flügel hättest« – er langte an ihr vorbei nach der Gießkanne –, »wo würdest du hinfliegen, kleine Miss E? Egal, wo auf der Welt.«

Ellie wusste nicht viel über die Welt und über Flügel. Flugzeuge hatte sie bisher nur im Fernsehen gesehen. Sie überlegte. Sie dachte an Jhumpa.

»V'leicht Indien«, sagte sie.

»Indien, hm? Magst du Elefanten?«

Sie nickte.

»Na, ich sag dir was, Ellie H«, sagte er. »Wenn ich das nächste Mal nach Indien fliege, stecke ich dich in die Jackentasche. Da nehme ich dich einfach mit.«

Mr Fin hatte beinahe eine Frau. Beinahe – weil sie noch nicht verheiratet waren, irgendwann aber heiraten würden. Sie hieß Mindy Malone und lebte in Jacksonville, Amerika, wo sie auch herkam. Mr Fin sagte, er baue das Haus für sie, für Mindy. Wie der Typ mit dem Taj Mahal. Er nahm Ellie mit zu sich, wühlte unter seinem Bett und fand einen Atlas mit einem Bild vom Taj

Mahal. Es war schneeweiß und sah aus wie ein Schloss. Sie berührte es mit den Fingern. Mr Fin hielt die Seite mit seiner großen behaarten Hand.

»Drinnen«, sagte er, »ist es immer kühl, selbst bei Hitze.« Er deutete zur offenen Tür hinaus. »Heißer als hier, kleine Miss E.«

Er las die Bildunterschrift vor. »Das Taj Mahal ist das größte Monument der Liebe«, hieß es da. »Einige nennen es das romantischste Bauwerk der Welt.«

Mr Fin machte ein zustimmendes Geräusch in der Kehle und blätterte zu den Karten vor.

Die Vereinigten Staaten von Amerika waren groß und dick mit vielen verschiedenen farbigen Vierecken und einer schmalen blauen Umrandung. Er zeigte auf einen winzigen Punkt an der Kante.

»Genau hier ist Mindy«, sagte er. »Genau jetzt. Schatzi.«

Ellie sah zu, wie er seinen Kopf zur Karte neigte, als könnte er sie sehen, als hätte er sie mit seinem Finger festgepinnt wie einen Käfer. Sie versuchte sich vorzustellen, wie sein Schatzi aussah und wie klein der Ort sein musste, so ein winziger Punkt in einem solchen Riesengelände.

Hinter Mr Fins Grundstück gab es eine Reihe hoher Bambusbäume, die sich bis um die Ecke seines Schuppens zogen. Sie waren so dünn, dass sie selbst in der leichtesten Brise schwankten und die langen Blätter wie Papier raschelten. Ellie hatte irgendwo gehört, dass Pandabären nur Bambus fraßen, morgens, mittags und abends, und dass es in manchen Gegenden ganze Wälder mit dem Zeug gab und sonst nichts.

Mr Fin sagte, er werde einen japanischen Teich anlegen, und einmal habe er in einem japanischen Garten eine Laterne mit einer Flamme gesehen, die nie erlosch. Er werde Ellie irgendwann in die Zoohandlung mitnehmen, sagte er, damit sie ihm beim Aussuchen der Fische helfen könne, wenn eines Tages alles fertig sei. Wenn sie wolle, dürfe sie ihnen auch Namen geben.

*

Wayne und Jhumpa luden die ganze Straße zum Barbecue ein. Um das Wetter auszunutzen, sagten sie.

Ellies Mum sagte, sie wolle nicht hingehen.

»Wie mühsam«, sagte sie. »Geselligkeit!«

Ellie und Laura trugen, was sie Weihnachten getragen hatten. Laura einen cremefarbenen Hosenanzug mit dunkelgrünen Punkten, Ellie ein himmelblaues Kleid mit einem vorne aufgestickten Segelboot. Sie fühlte sich wie ein Kleinkind.

Mr Fin trug Shorts mit einem langärmeligen Hemd, das trotz der Hitze in der Hose steckte. Er hatte ein Bier in der Hand.

»Hier kommt sie ja«, sagte er, »mein kleines Mädchen für alles.«

Ellies Mum hustete.

»Falsche Wortwahl vielleicht. Tut mir leid, Ma'am.« Er hob die Hand zum Kopf, als wolle er sich an den Hut tippen, nur war da keiner. Ellies Mum knuffte ihn. Beide lachten.

Ellie wollte sagen, dass sie aber doch sein Mädchen für alles war, Mr Fin hatte ihr schon drei Dollar gezahlt, aber da kam Jhumpa, kniff ihr in die Wange und drückte ihr ein eisgekühltes Glas Fanta in die Hand.

Mr und Mrs Mildenhall waren da, Mr Mildenhall saß seit dem Unfall im Rollstuhl, und jeder versuchte, nicht hinzustarren. Die Whitebridges von Nummer 28 saßen mit ihren drallen Zwillingen in der Ecke, eins auf jedem Schoß. Mr Ford stand am Snackbuffet und blickte verdrießlich durch die Schiebetüren auf den Springbrunnen – einen Vogel aus Beton, aus dessen nach oben gerecktem Schnabel Wasser sprudelte.

»Wayne hat die Entwürfe dafür gemacht«, erklärte ihm Jhumpa mit indischem Akzent.

»Ach, wirklich?«, sagte Mr Ford und aß ein Würstchen im Schlafrock.

Ellie und Laura standen an den wallenden Fliegenvorhängen und tranken ihre Limonade. Der Geruch der aufplatzenden, spuckenden Würstchen, die draußen auf der Veranda gegrillt wurden, waberte in Schüben herein. Wayne war dabei, Mr Whitebridge von Jhumpas Gesangsunterricht zu erzählen und dass er glaube, sie habe das Zeug zu etwas Großem. Beim Reden strich er sich mit der Handfläche durchs inzwischen schüttere Haar.

»Engelsstimme«, sagte er. »Tolle Atemtechnik.«

»Unterhält uns alle blendend«, sagte Ellies Dad, »nicht wahr, Finley?« Und Ellis Mum, die eins der Babys auf der Hüfte wiegte, tat zwei Schritte zur Seite und trat ihm in die Ferse.

Gott sei Dank hätten weder Wayne noch Jhumpa ihn gehört, sagte sie später. Aber was, wenn doch? Mr Fin, der am Steinway-Klavier lehnte, sagte: »Was, ah ja«, hob sein Glas und ließ leise das Eis klirren.

Er hatte ein Foto von Mindy Malone in der Hemdtasche. Ein aktuelles. Sie hatte es mit einem Päckchen geschickt, ganz von

Jacksonville hierher, mit dem Hemd, das er gerade trug, und einer Kappe als Sonnenschutz, mit der amerikanischen Flagge drauf.

»Das muss schwer sein für Sie«, sagte Ellies Mum, »so weit weg.«

»Sie fehlt mir ganz schrecklich«, sagte Mr Fin und reichte das Foto herum.

Sie war nicht so hübsch, wie Ellie erwartet hatte. Sie hatte ein rundes Gesicht, etwas schwammig, und eine Lücke zwischen den Schneidezähnen. Ihr semmelblondes Haar türmte sich auf dem Kopf, von einem Gummi gehalten. Sie hielt ein Schild vor der Brust, auf dem von Hand geschrieben *Honey, du fehlst mir!!* stand und die Punkte der Ausrufezeichen als Smileys ausgemalt waren.

Mr Fin schob das Foto wieder in die Hemdtasche und setzte sich auf einen Stuhl neben Ellie und Laura. Er legte eine Hand in die andere.

»Deine Schwester«, sagte er zu Laura, »ist eine ziemlich emsige Arbeiterin. Fleißig wie eine Biene.«

Laura biss sich auf die Lippe und zuckte gleichgültig mit den Schultern.

»Sie ist wirklich eine Wucht«, sagte Mr Fin.

Ellie sah sich nach den Nachbarn um, die in Grüppchen beieinanderstanden und Weingläser und Bierflaschen ansetzten. Sie wünschte, er würde das noch mal wiederholen, lauter; sich vielleicht auf seinen Stuhl stellen und es dem ganzen Raum verkünden. Alle würden sich umdrehen und sie sehen und erkennen, dass sie eine Wucht war. Man würde sie sehen, jäh erleuchtet in einer Ecke, in sanftem Goldschein. Und Mr Fin neben ihr, gerade dabei, ihr eine große schwere Krone aufs Haupt zu setzen.

Eine Woche später fuhren sie zur Zoohandlung. Mr Fin hatte schon mit der Arbeit am Fischteich angefangen, obwohl es am Haus noch so viel zu tun gab. Mindy würde erst in etwa sechs Monaten kommen können, sagte er. Es war noch genug Zeit für alles.

Er fuhr Ellie in seinem Pick-up in die Stadt. Sie hatte für diesen Anlass ihr bestes Sommerkleid angezogen, das mit den Rosenknospen und den hellgrünen Blättern. Der frisch gewaschene Stoff lag steif an ihrer Haut.

»Holla«, sagte Mr Fin, als er ihr die Tür zum Einsteigen öffnete. »Welch ein Anblick.« Er sah glücklich aus, fand sie, und schloss fest die Tür, als sie drinnen war.

»Sei zum Mittagessen zurück«, rief ihre Mutter. Und er nickte und winkte. Vielleicht könnten sie sich am Kiosk etwas gönnen, sagte er. Bloß eine Kleinigkeit.

Ellie saß angeschnallt auf dem Beifahrersitz, der Wind strömte durchs offene Fenster und wehte ihr die Haare ins Gesicht. Das heiße Vinyl des Sitzes brannte ihr in den Kniekehlen. Ihre Beine wurden durchgeschüttelt. Mr Fin zwinkerte ihr zu.

»Du darfst allen einen Namen geben bis auf einen«, sagte er. »Einer gehört mir. Der heißt dann Mindy Malone.«

Sie fuhren an der Clifton Road vorbei, über die Brücke. Ellie konnte den Fluss gar nicht sehen, aber Mr Fin sagte: »Sieht ganz ausgetrocknet aus«, und sie nickte.

In der Zoohandlung gab es Welpen und Kätzchen und Kaninchen und Meerschweinchen, alle in kleinen Käfigen. Ellie wollte sie rausnehmen und streicheln, aber Mr Fin sagte, das dürfe man nur, wenn man eins kaufen wolle.

Sie schlängelten sich durch den Laden nach hinten, wo in einer dunklen Ecke die Aquarien standen. Licht schien durchs Wasser, sodass das Seegras leuchtend hin und her wogte. Große Fische schwammen darin herum und kleine, aber keiner sah so aus wie Jhumpas und Waynes kuchengefütterter Goldfisch, dem neuerdings eine schwarze Beule auf dem Kopf wuchs.

»Du darfst fünf aussuchen, Miss E«, sagte Mr Fin.

Sie betrachtete sie lange, und einige von ihnen, fand sie, betrachteten sie auch. Sie schwammen immer im Kreis, schnippten ihre Flossen so schnell, dass sie die Bewegung kaum wahrnahm, und machten ihre kleinen Münder auf und zu. Auf dem Kies lag ein Boot, aus dem Blasen aufstiegen.

Ellie wählte einen schwarzen mit orangerotem Streifen und einen großen mit goldenen Schuppen und drei zueinander passende kleinere.

Auf dem Heimweg hatte sie die Fische in einer Tüte auf dem Schoß.

»Schön festhalten!«, sagte Mr Fin.

Ellie blickte auf das bedenklich hin und her schwappende Wasser und die flossenpeitschenden Fische und sagte recht vernehmlich: »Ich glaube, sie wollen raus.«

Der Fischteich mit seinem japanisch angehauchten Wasserfall und Felsensaum wurde nie fertiggestellt. Mr Fin zeichnete Pläne und so, aber am Ende war es bloß ein rundes Loch in der Erde mit Wasser drin. An dem Tag jedoch glaubte er aus tiefstem Herzen an den Teich.

»Mindy wird begeistert sein«, sagte er, trat einen Schritt zurück und verschränkte die Arme vor der Brust. Ellie setzte sich neben ihn auf den Boden, die Tüte mit den Fischen zu ihren Füßen. Mr Fin hatte ihr ein Eis spendiert, und jetzt waren ihre Finger klebrig.

»Sie liebt Japan«, sagte er. »Die Schlichtheit. Und mit dem Bambus …«, er deutete hinter sich, »und diesem Teich. Ich finde, da haben wir ein gewisses Motiv. Was meinst du?«

»Kommen da noch Seerosen rein?«, fragte Ellie. Der Teich auf dem Rathausplatz hatte welche, die Wasseroberfläche war von froschgrünen Blättern und scharfkantigen Blüten bedeckt.

Mr Fin hob die Hände über den Kopf und auch ein wenig die Stimme.

»Seerosen?«, rief er aus. »Meine Damen und Herren, sie will Seerosen.«

Dann schoss er zu einer großen Verbeugung hinab.

»Seerosen also«, sagte er und berührte mit dem Kopf beinahe den Boden, »soll sie haben.«

*

Ende Januar lagen die Temperaturen zumeist um die fünfunddreißig Grad. Ellie hatte mit ihrer Arbeit für Mr Fin zehn Dollar verdient. Am dritten Februar würde die Schule wieder anfangen. Es hatte seit vier Wochen nicht geregnet, und selbst die Sprinkleranlagen konnten nicht verhindern, dass der Rasen an den Rändern ausdörrte. Die Erwachsenen, so schien es, bewegten sich immer langsamer, wedelten mit Zeitungen, Strohhüten und Plastiktellern vor dem Gesicht herum. Nachts konnte Ellie, gut zugedeckt unter nichts weiter als einem Laken, unter den Vorhängen das letzte Licht hineinsickern sehen. Ihr Vater ging um diese Zeit oft mit dem Gartenschlauch hinaus, um die Blumen am Leben zu halten. Manchmal setzte sich Ellie auf, zog den Vorhang zurück und sah ihn an der Rasenkante vor und zurück treten, sah das graue Abendlicht und den spuckenden, würgenden Schlauch in seinen Händen.

Katie-Ann Smalls Leiche wurde am 24. Januar gefunden, in einem kleinen Sack im Sand. Als die Nachricht im Radio kam, stürzte Ellies Mum durch die Küche, die Hände bis zu den Handgelenken voll Hackfleisch, und legte ihre klebrigen Handflächen auf Ellies Ohren. Ellie hörte die tiefe, ruhige Stimme des Nachrichtensprechers aber noch durch die Fingerlücken, und als sie ins Bett ging, kreuzte sie ihre Finger ganz fest und betete, auch wenn sie nicht wusste, zu wem, dass Katie-Ann Small jetzt richtig gut Luft bekäme und dass sie nicht traurig und ängstlich wäre, wo immer sie war.

Ellie bewahrte ihr Geld in einem Umschlag auf, in ihrem Lieblingsbuch, *Bedtime for Frances*. Wenn sie unbeobachtet war, holte sie es manchmal raus und hielt es in der Hand, fühlte, wie die kühlen Münzen auf ihrer Haut langsam warm wurden. Laura sagte leise, wenn sie herausfinde, wo Ellie das Geld versteckte, würde sie alles klauen und sich am Kiosk zehn verschiedene Eis für je einen Dollar kaufen. Da musste Ellie weinen. Allerdings wusste sie nicht genau, was sie von dem Geld kaufen wollte. Vielleicht eine Puppe zum Füttern, wie Sarah Strand sie hatte, eine, die in ihre Windeln Pipi machte.

Am Freitag, bevor die Schule wieder anfing, spritzte Ellies

Mum Laura und sie im Vorgarten ab. Es sei ihr zu mühsam, mit ihnen ins Schwimmbad zu gehen, sagte sie, also zogen sie ihre Badeanzüge an, rannten kreischend herum und traten sich Dornen in die Füße. Von Nahem war der Wasserstrahl stechend scharf, aber wenn der Schlauch hoch und runter geschwenkt wurde, schien sich das Wasser zu teilen und in Hunderte kleiner Tropfen aufzuspalten, die in den Himmel stiegen, rauschten und zischten und sanft zu Boden plumpsten.

Mrs Whitebridge spazierte mit den Babys in einer Doppelkarre vorbei. Schweißkreise bildeten sich auf dem Stoff unter ihren Armen und zwischen ihren Brüsten. Sie winkte ihnen mit den Fingern.

»Dachte, ich gehe mal spazieren«, rief sie, »aber bis ans Ende der Straße reicht mir schon!«

»Ein bisschen hinlegen?«, fragte Ellies Mum.

»Schön wär's!«

Beide lachten matt, und Laura wedelte mit den Armen: »Ich habe einen Stachel, ich habe einen Stachel«, und humpelte auf die Veranda.

Ellie sagte, sie gehe zu Mr Fin, aber Laura jammerte und klagte, und ihre Mutter schimpfte, und keine von beiden schien sie zu hören.

Sie ging durchs Gartentor.

Ihre nassen Füße hinterließen dunkle Abdrücke auf dem Gehweg. Sie konnte ihre Ballen sehen und ihre Zehen, aber die feuchten Spuren wurden schnell von der Hitze verschluckt, als wären sie nie dagewesen. Ellie ging an Mr Fords langer, abschüssiger Auffahrt vorbei und hüpfte den Rest des Weges zu Mr Fin. Die Bäume, die sie gemeinsam gepflanzt hatten, sahen trocken aus; einer war tot. Sie ging am Flachs vorbei und über den ausgetretenen Pfad zu seinem Schlafschuppen.

Die Schiebetür war geschlossen, aber die Fenster waren offen. Er lag drinnen auf der Couch.

»Komm ruhig rein, Ellie H«, rief er.

Sie trat ein und schob die Tür hinter sich zu.

Die Luft stand, und der Raum war erfüllt vom Summen der Fliegen, die gegen Wände und Fenster flogen. Ellie stand da in ihrem klammen, schlaffen Badeanzug, Handtuch um den Hals. Mr Fin rührte sich nicht. Er trug eine Unterhose. Die Oberschenkel waren von dichtem blondem Haar bedeckt.

»Heiß genug für dich, kleine Miss E?«, fragte er. »Warst du schwimmen?«

»Bloß unterm Gartenschlauch.«

»Du bist bestimmt schön kühl.« Er wackelte mit den Zehen am Ende der Couch. »Es ist verflixt heiß, das ist mal sicher.«

Ellie spürte, wie am Rand ihres Badeanzugs ein Tropfen anschwoll und langsam außen an ihrem Bein hinunterlief.

»Ja«, sagte sie.

»Was kann ich für dich tun, Ellie H, meine kleine Arbeitsbiene? Magst du was trinken?« Mit einem Ruck stand er auf und ging zu einer Kiste am Kühlschrank. »Oder eine Aprikose?«

»Ja, bitte. Vielen Dank.«

Als sie sich der Kiste näherte, sah sie, dass da all die Fliegen herkamen. Ein Haufen leicht mulschiger, angeschlagener Aprikosen in einer schwärmenden schwarzen Hülle. Mr Fin wedelte mit den Armen, und auf einen Schlag erhoben sich alle, dann kehrten sie wie ein tiefer Atemzug zurück.

Er legte ihr eine warme Aprikose in die Hand und drehte sich zum Kühlschrank, und Ellie sah, dass seine Unterhose hinten kleine Löcher hatte und etwas herunterhing.

»Also, ich trinke jetzt ein Bier«, verkündete er, »wenn keiner was dagegen hat.«

Sie stand da mit ihrer Aprikose, wollte sie nicht ansehen und nicht hineinbeißen, spürte die feuchte Stelle, wo die Haut ein wenig aufgeplatzt war.

Mr Fin ließ sich wieder auf die Couch sinken.

»Mann, bin ich müde heute, Ellie«, sagte er. »Echt.«

Sie nickte.

»So heiß, oder? Und ich den ganzen Tag nur am Bauen, Bauen, Bauen. Himmel, bin ich müde.«

Ellie sah zu Boden und entdeckte, dass sie alles volltropfte. Sie versuchte, die Füße so zu setzen, dass sie die nassen Stellen verdeckten.

»Da stehst du in deinem kleinen Badeanzug«, sagte er, nahm die Füße beiseite und legte sie auf die Couchlehne. »Setz dich, Miss E, entspann dich.«

Sie setzte sich auf die Kante, Knie aneinandergepresst, die angeschlagene Aprikose noch immer in der Hand.

»Willst du was trinken?«, fragte er. »Habe ich dich schon gefragt? Herrgott.«

Ellie sagte nein danke, vielen Dank, aber er schien es nicht gehört zu haben, er stand trotzdem auf und stieß ihr mit dem Knie leicht in die Seite.

Sie saß kerzengerade da, ein Summen in der Brust und das Summen im Raum. Vor ihr an der Wand hing ein gerahmtes Foto von Mr Fin und Mindy Malone. Sie trugen die gleiche grüne Mütze und hatten einander die Arme lässig über die Schultern gelegt. Mr Fin lächelte breit – Ellie meinte, bei ihm noch nie so ein Lächeln gesehen zu haben –, aber Mindy lächelte eigentlich gar nicht. Ihr teigiges Gesicht war ziemlich glatt, und Augen und Mund waren rund und offen, als hätte sie gerade etwas Unerwartetes entdeckt. Einen Pandabären vielleicht, in der Ferne.

Mr Fin kam mit einem Glas Wasser für sie zurück und versuchte sich wieder hinzulegen, hob die Beine hoch und über ihren Kopf.

»Jetzt aber, mein Mädchen«, sagte er. »Fertig.«

Das eine Bein, kratzig mit dem Haar, rieb sich immer wieder an ihrer Schulter. Ihr Mund war trocken. Sie nahm einen kleinen Schluck.

Aus dem Augenwinkel konnte sie seine Brust sehen, die sich hob und senkte, und seinen Bauchnabel und eine haarige Linie, die sich von dort weiter hinunterschlängelte, direkt unter das Gummiband seiner Unterhose. Sie nippte noch einmal, schluckte richtig diesmal, und setzte das kühle Glas auf ihrem Knie ab.

»Du bist aber sehr schweigsam heute, Miss E«, sagte Mr Fin. »Alles in Ordnung?«

Ellie nickte. Wenn Laura hier wäre, dachte sie, würde sie wissen, was zu tun war. Sie würde Ellie mit dem Ellbogen in die Rippen stoßen, auf die Aprikose zeigen und flüstern, iss, und Ellie würde sie essen. Laura würde ja neben ihr sitzen und auch eine essen. Dann würden sie nach Hause gehen. Wenn Laura hier wäre, könnten sie nach Hause gehen.

Sie drückte die Aprikose und spürte, wie die Haut noch weiter aufplatzte, wie ihr feuchtes Fleisch gegen ihre Handfläche drückte. Der Saft tropfte ihr aufs Bein. Mr Fin bewegte seinen Fuß, die rissige Haut seiner Ferse lag ganz leicht an ihrem Bein. Sie hatte einen salzigen Geschmack im Mund, fast wie Blut, und ihr Speichel war dick und schwer. Sie schluckte.

Über dem Fliegengesumm hörte Ellie, leise zuerst, dann immer lauter, ein Geräusch wie von einer Katze oder einem Vogel: etwas von draußen. Mr Fin hob den Kopf von der Couchlehne, gab ein kehliges Geräusch von sich. Er hatte es auch gehört. Es war Jhumpa.

Es war nicht morgens, und Mr Fin arbeitete nicht draußen, und Jhumpa duschte nicht, aber sie sang trotzdem, mit hoher, flattriger Stimme, die sich durch die offenen Fenster wand. Vielleicht sang sie für Indien oder vielleicht für Mr Fin oder vielleicht sogar für Ellie, die mit zusammengepressten Knien und Füßen auf einem feuchten Fleck auf der Couch saß.

Mr Fin schloss die Augen. Mit einer Hand fing er an, Flusen von der Couchkante zu pulen, das Gesicht ziemlich entspannt, lauschend. Er sah irgendwie traurig aus, fand sie, er atmete so langsam, die eingerollten Finger auf der Brust. Sie mochte es gar nicht, wenn Mum oder Dad die Augen zu hatten und ihre offen waren. Dann zog sie an ihren Wimpern und lupfte sie und legte das Weiß ihrer Augäpfel frei und weckte sie damit. Aber bei Mr Fin war sie froh, dass seine geschlossen waren, eine Hand bewegte sich noch immer im Takt und zupfte und schnippte die kleinen Flusenbommel auf den Boden.

Ellie sah nach draußen. Der halb fertige Fischteich mit ihren Fischen war wie ein Becken im Boden oder eine kleine Badewanne. Das Holz von Mr Fins halb fertigem Haus glänzte leicht im Nachmittagslicht, die verspiegelten Fenster reflektierten alles, samt einer weißen Wolke, die am Himmel entlangzog. Sie führte die Aprikose zum Mund.

Iss, sagte sie zu sich.

Übersetzt von Miriam Mandelkow

Tina Makereti

Haut und Knochen

Er war einsam. Was eigentlich nicht verwundert. Bei einem Mann in seiner Lage. Er war umgeben von guter Erde, seiner Pflanzung, seinem Vieh, einem schönen Fluss im Tal zum Fischen. Er fand, er sollte glücklich sein. Erfüllt. Aber etwas fehlte.

Es war Frühling. Er pflügte und pflanzte auf seinem Land, und hin und wieder spürte er einen Drang. Dann blickte er hinunter und sah seine wuchtige Erektion und dachte: *Was soll ich bloß damit anfangen?*

Er arbeitete hart. Es gibt ungeheuer viel zu tun, wenn man ein Land neu bewirtschaftet. Er musste alles mit allem in Einklang bringen. Er wollte autark sein. Also fügte er Obstbäume und Futterpflanzen hinzu und merkte, wie sehr ihm die Vögel gefielen, die sich in seinen Obstgärten tummelten.

Dennoch wurde er des Nachts von seinem Drang geradezu überwältigt. Er warf sich in seinem Bett hin und her, das massige pulsierende Ding zwischen seinen Beinen machte es ihm unmöglich, bequem zu liegen. Nichts verschaffte ihm Erleichterung. Sein verzweifeltes Gefummel richtete wenig aus. Er versuchte, es in kaltes Wasser zu tauchen, mit Bandagen festzuzurren. Er betete um Erleichterung.

Auch wenn sonst keiner da war, fühlte er sich von seiner eigenen Bedürftigkeit betrogen. Wenn er pausierte, um durchzuatmen und etwas zu trinken, warf er, während er sich den Schweiß aus dem Gesicht wischte, keinen stolzen Blick mehr auf sein Land. Er runzelte die Stirn. Das Vogelgezwitscher erreichte seine Ohren nicht mehr. Er sah, dass der Schuppen einen Anstrich brauchte, das Unkraut gejätet und die Bäume gedüngt werden wollten. Er sah, dass es nicht gut war.

Dann kam ein Tag, der so heiß war, dass er die Wärme der Erde unter seinen Fingern spürte. Er hatte sie in Vorbereitung auf seine Setzlinge gewässert, und jetzt saß er daneben, aß sein Mittag und fuhr mit der linken Hand durch die Erde wie durch Sand an einem Strand. Er war wieder steif geworden, wie dieser Tage praktisch ständig. Ihm kam der Gedanke, dass es angenehm wäre, seinen Penis in die sonnige Luft zu strecken. Er blickte weit um sich. Natürlich war keiner da. Er hatte keinen seiner Brüder gesehen seit jenem Streit im letzten Winter, bei dem Tāwhiri Teile seiner Ernte zerstört hatte und gewaltsam in sein Haus eingedrungen war, wobei das Dach einstürzte. *Tāne, das musst du ihm heimzahlen*, hatte Tū ihn angestachelt. *Ich bin auf deiner Seite!* Aber er hatte Tūs Rat zurückgewiesen, also hatte sich auch Tū von ihm abgewandt. Der Einzige, mit dem er derzeit sprach, war Rongo, aber der wohnte meilenweit entfernt.

Als er aufgegessen hatte, dachte er: *Was soll's*, und zog die Hose aus. Seine linke Hand war noch schmutzig, aber statt sie zu säubern, beließ er es dabei, der erdige Geruch erregte ihn nur noch mehr. Er streichelte sich, aber das fühlte sich noch zu sehr nach seiner eigenen Hand an, also fiel er auf die Knie und häufte die Erde zu einer angenehmen Form auf, an die er sich schmiegen konnte. Zuletzt bohrte er noch eine Mulde tief in den Hügel, den er geformt hatte, und steckte ihn, keiner vernünftigen Gedanken mehr fähig, hinein.

Nun. Für einen derart unerfahrenen Mann wie Tāne war es eine Offenbarung. Es war warm und weich, aber so unnachgiebig, dass eine angenehme Reibung entstand, wenn er hinein- und hinausfuhr, überrascht von dem schönen Gefühl. Er ließ schnell seinen Samen los und lag erschöpft auf der Erde wie ein Baby an der Mutterbrust. Ach, was für eine Erleichterung! Zum ersten Mal seit Wochen fühlte er sich ruhig bis in den Bauch hinein, und seine Lenden tobten nicht vor feuriger Begierde.

Viele Tage hindurch experimentierte er mit dem Erdhügel, formte ihn jedes Mal anders, um zu sehen, wie er ihm am besten passte. Mit diesem kleinen Flecken heiliger Erde zu kopulieren brachte ihm viel Freude, aber am liebsten tat er es nachmittags, wenn die Sonne die Erde bereits aufgewärmt hatte.

Tage wurden zu Wochen und Wochen zu Monaten, und dann war Tāne wieder frustriert. Die Herbstkühle brachte Frost und Regen, was ihm hätte behagen sollen. Doch aus seinem Erdhügel wurde wässriger Schlick, und er hatte kaum Gelegenheit, sich dort hinzulegen. Seine Begierde ereilte ihn des Nachts, und er wünschte sich etwas zur Erleichterung des Schmerzes, der von den Beinen in die Brust hinaufgewandert war.

Dieser Schmerz füllte ihn nun ganz aus. Nach den seltenen Gelegenheiten, da er die Freude seines erdischen Abenteuers genießen konnte, kehrte er erschöpft, doch noch immer voller Verlangen in sein Bett zurück. Den ganzen kalten Winter hindurch trug er ein Drängen mit sich herum, ein Bedürfnis nach mehr als bloß körperlicher Hingabe.

Er verstand nicht, was ihm fehlte.

Im Frühling, als die Sonnenwärme süße Knospen aus ihrem Winterschlaf weckte und die Insekten und Vögel aus ihren Winternestern kamen, war Tāne verzagt. Er kam verzweifelt in die Erde, aber ohne Leidenschaft. Seine Obstgärten litten. Er vernachlässigte sein Vieh. Sein Haus blieb staubig. Er fand keine Freude mehr am Jagen, Sammeln und Zubereiten seiner Mahlzeiten. Stattdessen aß er, was ihm während der Arbeit unterkam – Obst, Samen, hin und wieder eine Huhu-Larve.

Eines Tages döste Tāne nach einem Sonnenbad unter einem Baum in seinem Obstgarten, wo es verhältnismäßig trocken war. Er hatte die Augen halb geschlossen, die Gedanken schweiften. Er dachte an all die Abenteuer, die er in seinem Leben erlebt hatte, all das, was er auf seinem Land geschaffen hatte. Doch empfand er nicht den Stolz dabei, der diese Gedanken sonst begleitete. *Was geht mit mir vor?*, dachte er.

Langsam drangen das aufgeregte Zwitschern des Fächerschwanzes im Blattwerk zu ihm, das stetig anschwellende Zirpen der Zikaden und der Ruf des Tūī, melodiöser und bezaubernder, als er ihn in Erinnerung hatte. Mit nunmehr geschlossenen Augen war die Welt um ihn her ein einziger Tumult inbrünstiger Laute, in dem jedes Wesen um die Aufmerksamkeit seiner Artgenossen buhlte. *Ich bin allein*, dachte Tāne, *das ist das Problem.* Doch nach wem sehnte er sich? Er öffnete die Augen und sah zahllose flatternde Flügel, gefiederte und pergamentene, krallende Klauen und suchende Fühler, summende, schnatternde Liebeserklärungen – die eifrige Paarung aller Kreaturen unter dem Himmelszelt. *Ach*, dachte er, *ach.* Und er lachte, denn wie hatte er nur so lange brauchen können, um das zu begreifen?

Er fragte seine Mutter um Rat, wie er wohl eine Partnerin finden könne. Sie wusste von keinen verfügbaren jungen Frauen. Tatsächlich wusste sie von überhaupt keinen Frauen in der Gegend. Sie hatte Mitgefühl mit ihrem Sohn. Auch wenn sie und ihr Mann inzwischen getrennt waren, galt ihr die gemeinsame Zeit als glücklichste ihres Lebens. »Vielleicht musst du kreativ werden«, riet sie ihm, »und deiner Fantasie folgen. Kennst du den Ort Kurawaka?«

Tāne hatte einen Augenblick das Gefühl, als würde die Erde kippen, als würde sich ein Pfad vor ihm auftun. Der Ort, den seine Mutter genannt hatte, war derselbe Ort, den er die ganze Zeit schon aufsuchte.

Er ging zu dem Flecken, dem er so innig verbunden war, dabei Himmel und Erde beschwörend, ihm in seiner Suche beizustehen. Dort fiel er auf die Knie und schaufelte Erde in seine Arme, hielt sie an sein Gesicht und atmete tief ein. *Ja*, dachte er, *o Gott, bitte lass es geschehen.* Langsam, liebevoll fing er an zu arbeiten. Der Anfang war leicht – er wollte, dass seine Schöpfung war wie er, ein Spiegelbild, ihm ebenbürtig. Er formte Arme und Beine, Hals und Kopf. Beim Rumpf improvisierte er, erinnerte sich an die verschiedenen Formen, die er im Sommer ausprobiert hatte, gestaltete sie so, wie sie ihm am angenehmsten waren. Es gab Dinge, die er nicht wusste oder nicht verstand, also ließ er sich von seinem Instinkt leiten – fügte Falten hinzu, ein Grübchen oder zwei. Die Gestalt, die unter seinen Fingerspitzen entstand, entzückte ihn.

Jetzt fehlte nur noch das Gesicht seiner Geliebten. Das war schwierig. Er formte etwas, ähnlich dem, was er von seinen eigenen Zügen kannte – eine Nase, zwei Augen, Lippen. Als er sein Gesicht abtastete, wurde ihm klar, dass die Züge, die er geformt hatte, weicher waren als seine eigenen. Er hoffte, dass diese neue Person sein raues Gesicht und seinen groben Körper akzeptieren würde. Wie sie nun vor ihm lag, war diese Gestalt glatt und rund wie die Hügel in der weiten Ferne. Er war zugleich aufgeregt und bang. Er kannte den alten Zauber, wie die Lebenskraft weitergetragen, wie Kreaturen zum Leben erweckt werden konnten, aber jemanden wie sich selbst zu machen, das hatte er noch nie zuvor versucht. Wie würde sie sein? Würde sie ihn überhaupt wollen? Würde der Zauber wirken?

Seine Mutter hatte ihm geraten, kreativ zu sein. Da brauchte es einen Vertrauensvorschuss. Er machte den Mund auf, der Worte noch nicht sicher, schloss die Augen und versuchte, sich einzustimmen. Wenn er nur den richtigen Ton fand, würden die Worte kommen, da war er sich sicher. Seine Stimme klang zunächst befangen, so unsicher. Aber es stimmte. Nach anfänglichem Zögern fing seine Kehle an zu vibrieren, und der Gesang durchbrauste ihn wie eine kraftvolle Flut.

Jetzt kam es drauf an. Wenn es nicht funktionierte, wäre er niedergeschmettert. Er wollte den Moment der Erwartung dehnen, die Ungewissheit. Und dann war es so weit. Er beugte sich vor und betrachtete ihr liebes Gesicht, nahm alle Kraft seines Verlangens zusammen und blies ihr einen warmen, steten Luftstrom in die Nase. Er nahm alle Luft in seiner Lunge und blies sie in sie hinein, schickte all seine Wünsche mit.

Dann war Pause.

Dann nieste sie.

»Tihei mauri ora«, flüsterte er. Er half ihr, sich aufzusetzen, sich vom Boden zu lösen. Eine Lage Erde fiel von ihrer Haut ab, und er sah ihre wahre Gestalt, glänzend und lebendig und von der tiefen rotbraunen Farbe, mit der er sie geformt hatte. Stilles Lachen erfüllte ihn, während sich Tränen in seinen Augen sammelten. Er zog sie zu sich heran und drückte seine Nase an ihre, damit sie eine Weile gemeinsam atmen konnten.

Lächelnd hob sie den Kopf, um ihm in die Augen zu sehen. Er spürte, wie ihm die Hitze ins Gesicht stieg. Er wusste nicht, wohin er sehen sollte. Sie war hier. Lebendig.

»Ich bin Hine«, sagte sie. »Ich bin so froh, dass du darauf gekommen bist. Ich warte schon Ewigkeiten.«

Er war sprachlos.

»O je, was für ein Anblick«, sagte sie, »du bist ja nur Haut und Knochen. Lass uns ein Festmahl bereiten. Das muss gefeiert werden, findest du nicht?«

Übersetzt von Miriam Mandelkow

Eleanor Catton

Zwei Gezeiten

Der Hafen von Mana war ein umgewandeltes Watt; er erinnerte an einen angewinkelten Ellenbogen und war, außer bei Flut, völlig reizlos. Bei Flut hatte ich ihn nie gesehen. An Vögeln gab es eigentlich nur Kormorane. Die Fische waren klein. Die Ebbe legte die verschorfte gelbe Unterseite der Dalben frei, den dicken, erstarrten, zitternden Schaum unter den Stegen und den Badewannenrand an den Felsen jenseits der Bucht. Die Wellen ließen eine Kruste aus Meerläusen, Abfall und Tang zurück.

In die Beuge des Ellenbogens zwängte sich die Marina, blickte zur Küste hin. Weil die Haarnadelfahrt vom flachen Wattwasser auf die offene See hinaus gefährlich war, hatte man eine Fahrrinne ausgehoben, die tief genug war, um den Yachten selbst bei niedrigstem Wasserstand sichere Fahrt zu ermöglichen.

»Eine Frau an Bord bringt Unglück«, sagte Craig, als ich in die Plicht hinunterstieg und nach der Ruderpinne griff. »Uralte Weisheit. Aber ich sag dir noch was: Hier im Hafen gibt es gestandene Männer, auch solche mit Grips, und keine zehn Pferde brächten sie dazu, freitags abzulegen. Gestandene Männer. Freitags nie. Das ist nicht bloß eine Marotte, das geht tiefer. Und weißt du, warum?«

Das wusste ich. Er hatte es mir schon zweimal erzählt, das erste Mal im Yachtclub, während draußen ein steifer Wind an der Tür rüttelte, und das zweite Mal, als wir in Plimmerton in dem trockenen Keil unter einer Tanne saßen und uns, mit gewölbten Händen zum Schutz vor dem Wind, die letzte Zigarette teilten.

»Nein«, sagte ich und lächelte ihn an. »Warum?«

»*Vendredi* ist französisch, das heißt Freitag. Ja? Uraltes Wort. Und *vendredi* heißt: von der Venus regiert. Ja? Und die Venus regiert die Frauen. Und Frauen an Bord bringen Unglück. Alles klar?« Craig sog den Wind ein. »Deswegen darf man nie an einem Freitag ablegen.«

»Und du?«, fragte ich. »Würdest du an einem Freitag ablegen?«

Craig dachte kurz nach.

»Angenommen, die Bedingungen sind ideal«, sagte ich. »Angenommen, die Cookstraße ist wie *Glas*.«

»Hängt von der Tour ab«, sagte er schließlich. »Wenn's eine Tagesfahrt ist, würd ich's machen. Aber bei einem richtigen Törn, wenn's richtig groß losgehen soll – dann würd ich's mir zweimal überlegen. Da kann man sich einen Fluch nicht leisten.«

Im Hafen lag die Geschwindigkeitsbegrenzung bei unfassbar langsamen fünf Knoten. Selbst die Schnellboote schienen nur dahinzutreiben. Aber kaum hatten sie den Fünf-Knoten-Pfosten passiert, hörte man ein knirschendes Einrasten, dann das Aufheulen. Die Boote huschten so nah aneinander vorbei, dass man sich hätte zuflüstern können. Auf einem Kajütdach sah ich einen seekranken Hund, ein Kohledampfer stieß dicke Wolken aus, und an einem Bootsmannsstuhl hing ein Hummerkorb wie eine Flagge. Es war immer noch Morgen.

Wir sahen zum Hafen zurück, während wir aus Mana hinausfuhren, und behielten die Leitfeuer im Blick, die den gefahrlosen Weg aus der Bucht anzeigten. Sie bestanden aus drei riesigen Abwasserrohren, die fächerförmig gespreizt aus dem Gebüsch am Hang ragten. Das mittlere Rohr war genau auf die Fahrrinne in der Mitte des Hafenbeckens ausgerichtet, sodass man, wenn man auf Kurs blieb, das weiße Licht im Inneren der Röhre genau sah. Wich man leicht vom Kurs ab, verschwand das weiße Licht, weil man nicht mehr gerade in die Röhre blickte. Fuhr man zu weit nach backbord, geriet man in die Sichtachse der linken Röhre und sah das rote Warnlicht. Zu weit steuerbord, und man geriet in die Achse der rechten Röhre, die mit grünem Licht warnte.

In diesem Hafen gab es zweierlei Leitfeuer. Die einen kennzeichneten den Weg aus der Marina hinaus, vorbei an den vertäuten Schiffen, die säuberlich sortiert zwischen den skelettartigen Docks lagen wie in einer riesigen nautischen Bibliothek. Sobald diese Feuer in der Ferne verschwanden und das Licht kaum noch zu erkennen war, hielt man Ausschau nach den nächsten Feuern, die im stumpfen Winkel zu den ersten an der Küste oberhalb der Fernstraße standen. Diese Feuer faszinierten mich. Ich schob die Pinne nach rechts und nach links, um über die Schulter die Warnlichter erst grün, dann rot aus dem Hügel springen zu sehen, als wären sie ein Leuchtsignal nur für uns.

Craig rauchte, und der Wind riss ihm die Asche von der Zigarette und ließ sie weiß zerstieben. Das Großsegel war gesetzt, aber gerefft, der Dieselmotor lief noch. »Reicht nicht ganz für eine Herde«, sagte er über dessen Pferdestärke, und die Beschreibung fand er so witzig, dass er sie mit kleinen Variationen mehrfach wiederholte. Sein Fuß war aufgestellt und drückte einen Primuskocher aufrecht gegen den Lukendeckel, damit er bei dem Schlingern und Stampfen des Bootes nicht umfiel und auslief. Im hellen Tageslicht war die blasse Flamme nicht zu sehen, aber das Wasser im Kessel warf schon die ersten Blasen und war nahe am Kochen.

Ich stand, halb zur Seite gedreht, in die Plicht eingespreizt und hielt die Pinne hinter meinem Rücken. »Wie wenn du einen Lkw zurücksetzt«, sagte Craig. »Drück die Pinne einfach in die Richtung, in die du *nicht* willst.« Ich war nicht gerade stark, und meine Hand auf dem mächtigen Teakholzprügel, der mit einem gewachsten, von Salz und Sonne gebleichten Seil umwickelt war, schien zu zittern. Wie ungeschickt ich war, sah man an der aufgewühlten Schaumkrone unseres Kielwassers. Wenn Craig steuerte, hinterließ er einen klaren, wie hingegossenen Streifen, der zielstrebig und entschlossen aussah. Mein Kielwasser war voller Zweifel. Ich blickte über die Schulter zu der weißen Lanzenspitze unserer Fahrt zurück und sah zu, wie die Gischt in die blaue Tiefe hinabgezogen wurde.

Craig schnippte die Kippe ins Meer.

»Ich weiß, was hier fehlt«, sagte ich. »Ein Hund.«

»Du hast Snifter nicht kennengelernt«, sagte Craig. »Toller Hund. Am Schluss war er so elend, dass er nur noch Haut und Knochen war. Ein Skelett mit Fell. Nierenkrank. Die Jungs haben sich von ihm verabschiedet, und ich habe gesagt, ich bring ihn selber zum Tierarzt, mit dem Laster, nur wir beide. Aber dann bin ich mit ihm zu unserem Grundstück in Foxton gefahren, und wir sind in den Wald rein. ›Sitz‹, hab ich gesagt und ihn erschossen. Einfach erschossen. Mann, hab ich geheult. Nur geheult. Konnte kaum noch sehen. Das war überhaupt ein beschissenes Jahr. Mein Vater ist gestorben, und es waren auch noch andere beschissene Sachen. Ich hab's nicht über mich gebracht, mir nach Snifter einen neuen Hund zu holen. Hab ihn eigenhändig begraben, unter den Bäumen.«

Ich hatte das Grab auf seinem Grundstück in Foxton gesehen. Er hatte ein Holzkreuz in die Erde gerammt und an den senkrechten Balken ein Stück Aluminium getackert, wie eine Gedenktafel. In das Blech hatte er mit wackeligen Buchstaben eingraviert: GIB ACHT, GIB ACHT, HIER HÄLT EIN TERRIER WACHT! und darunter SNIFTER MCNICHOL und zwei Daten. Ich hatte das Grab rein zufällig entdeckt, als ich hinter einem Brombeergestrüpp ein Plätzchen zum Pinkeln suchte, während Craig mit einer Baumschere Christbäume fällte und am Stamm davonzog, um sie aufeinanderzuschichten. Meine Hände waren klebrig vom Harz. Später saßen wir in Klappstühlen an der Landstraße, machten einen Kasten Bier nieder und verkauften die Bäume für zehn Dollar das Stück, die hässlichen für fünf.

Ich stellte mir vor, wie er schluchzend das kleine Grab aushob.

»Mann, hab ich diesen Hund geliebt«, sagte Craig. »Bescheuert. Wirklich bescheuert. Was für ein Hund.«

Er beugte sich zum Kocher hinunter und löschte die Flamme. Mit einem Filetierhandschuh nahm er den Kessel und goss das heiße Wasser in zwei Plastikbecher, die zwischen einer Klampe und dem Stahlrahmen der Windschutzscheibe klemmten. Er machte jedes Nicken und Rollen des Bootes mit und goss gleichmäßig und zielsicher. Nichts ging daneben. Dann schüttete er Kaffee- und Milchpulver dazu und rührte mit der Säge seines Taschenmessers um.

»Verdammt primitiv, ich weiß«, sagte er, als er mir den Becher reichte. »Verdammt primitiv und barbarisch. Die Milch – ich lasse diese Kaffeeweißer mitgehen, wo es geht. Was Besseres kann ich nicht bieten – echt barbarisch. Wie Säure im Mund.«

Es war ihm peinlich. Ich sagte: »Der ist genau richtig. Alles super.« Der Wind peitschte mir das Haar ins Gesicht.

»Es ist verdammt primitiv«, sagte er, jetzt mit finsterem Blick, und verschwand durch die Luke in die Kajüte. Ich hörte, wie er die Holzverkleidung hinter dem Motor zur Seite schob, wo er sein Werkzeug aufbewahrte. Die Pinne stemmte sich gegen meine Hand, und ich winkelte den Arm ab, um auf Kurs zu bleiben. Ich hörte ihn unten kramen und sagte laut über den Lärm hinweg: »Genau danach ist mir jetzt.«

Craig war nervös, als er mich zum ersten Mal zur Marina mitnahm. Ich glaube, ich hatte irgendwas Bezauberndes, Köstliches erwartet, den Glanz alter Zeiten, aber sein Boot war tüchtig und weiblich patent und geräumig.

Der Steg zwischen den Boxenplätzen war mit flach auf die Planken getackertem Hasendraht rutschfest gemacht, außerdem steckte im Abstand von jeweils einem Meter eine Reihe Dübel im Holz, sodass unser Handwagen laut über den Boden ratterte. *Sea Lady, Gracie, Taranui, Stoke*. Craig zeigte auf eine nach der anderen: »Wichser – Wichser – der da ist okay, aber seine Yacht ist bloß Angabe – Wichser – *diese* da hat die ganze Welt gesehen, ob du's glaubst oder nicht – hat vor Kurzem den Besitzer gewechselt, den neuen kenn ich noch nicht – und *der* da ist ein echter Wichser – aber schau dir die hier an, ist die nicht eine Schönheit? Und die? Das wäre mein Boot, wenn ich's 'ne Nummer kleiner wollte und nur 'ne Schaluppe hätte. *Genauer*, sie ist ein Meisterstück. Aber der Besitzer ist ein echtes Arschloch. Und *hier*, bitte«, sagte er, als wir vor dem drittletzten Boot endlich stehen blieben, der *Autumn Mist*.

Sie schmiegte sich zwischen zwei feudale Motoryachten, strahlend weiße Bridgedecker mit getönten Scheiben und kantigen Kajüten, die hoch und stolz im Wasser lagen und munter im Seitenwind schaukelten. Die *Autumn Mist* schaukelte nicht. Sie hatte etwas Gewichtiges an sich, eine tief sitzende Schwere, eine irgendwie natürliche Zurückhaltung in den Bewegungen um die Längs- und die Querachse, die sich im Stillen über das Gerüttle der Nachbarboote lustig machte. Sie war gedämpft farbig und rostverschorft, mit Himmelblau aufgehübscht und mit Grau gegen Bewuchs geschützt. Ich sah die neue Windfahne, die achtern über dem zerbeulten Filetiertisch aufgezogen war, aber das leuchtende Weiß dieser Schwanzflosse überschattete das ganze restliche Boot. Das Segelkleid war ramponiert und geflickt und an den Rändern ausgefranst. Die Beschlagleinen hingen herab. Die Windschutzscheibe der Plicht war stellenweise aus dem Stahlrahmen gesprungen. Backbord war kieloben ein Beiboot vertäut; die drei Metallleisten seines Kiels schimmerten in dunklem Silber, wo tausend Anlegemanöver die Farbe abgeschabt hatten.

Ich dachte an Hunde, die irgendwann ihren Besitzern zu

ähneln beginnen, und drehte mich, den Scherz schon auf der Zunge, zu Craig um, erschrak dann aber, als ich seine angespannte, geradezu beklommene Miene sah. Er war richtig rot geworden und machte eine seltsame Kreiselbewegung mit der Hand.

»Und, was sagst du?«, fragte er.

Ich schirmte die Augen gegen die Sonne ab. »Hast du nicht mal gesagt, dass ein Mann nur eine Geliebte haben kann? War das nicht von dir?«

»Ja, genau.« Er sah zufrieden aus und stellte das Handwedeln ein. Nach einer Weile sagte er: »Darf ich vorstellen: die Geliebte«, und wir lehnten uns schweigend in den Wind.

»Ich suche nach Kratzern an der Luke«, sagte ich.

»Sag das bloß nicht, wenn wir zu den Furneaux-Inseln kommen.«

»Zu früh, findest du.«

»Die Jungs vom Baumarkt nennen mich schon Scott oder Mr Watson.«

»Ach.«

»Der Kiel ist einen Zoll dick, und sie war schon in Tonga.«

»Ach.«

»Der Name stammt aus ›Puff the Magic Dragon‹. Eigentlich albern, oder?«

»Lived by the sea …«

Craig sagte: »Sie könnte einen neuen Anstrich gebrauchen, klar.«

»Entschuldige«, sagte ich mit plötzlich schlechtem Gewissen. »Das hätte ich nicht sagen sollen, mit den Kratzern.«

»Aber dieser Anstrich gegen den Bewuchs ist ein schrecklicher Aufwand. Dazu brauchst du eine flache Bucht, die dir viel Zeit zwischen Ebbe und Flut lässt. Dann bockst du sie auf und streichst wie verrückt, bis die Flut kommt. Oder du lässt sie aufbocken, mit einem Kran, aber das allein kostet locker fünfhundert.«

»Sie ist wunderschön, Craig«, sagte ich. »Ehrlich.«

»Ich hab mir gedacht, ich hätte gern einen Drachen auf der Wetterfahne«, sagte er. »Einen frechen Drachen mit einem Pik als Schwanzspitze. Fänd ich nett, glaube ich. Bei mir heißt dieses Beiboot immer *Puff*.«

Er beugte sich über das Wasser, um das stählerne Wanttau zu packen und das Boot näher zum Kai zu ziehen, auf dem wir standen. Im ersten Moment tat sich gar nichts. Craigs Bizeps schwoll an. Dann schaukelte uns das Schwergewicht quer zur Kielachse entgegen, die Lücke wurde kleiner und schloss sich. Mit einem dumpfen Laut traf der Bootsrumpf mit der Gummidämmung der Stegbohlen zusammen.

»Jen – meine Frau«, sagte Craig unvermittelt, als ich über die Seilreling auf die *Autumn Mist* hinüberstieg und sie unter meinem Gewicht tiefer ins Wasser sinken spürte, »sie wäre starr vor Angst. Jedes Mal, wenn ich sie mitnehmen wollte, saß sie nur da wie gelähmt. Die Knöchel ganz weiß, so sehr klammerte sie sich fest. So war das immer.«

Er trat an mir vorbei auf das Kajütdach, um die Verriegelung der Luke aufzusperren, und die blonde Wolle auf seinem Unterarm streifte meine Hand. Mir grauste auf einmal vor mir und ich sagte: »Aber was ist mit Badminton und Radfahren und Halbmarathon? Es ist ja nicht so, dass sie – also ich meine, sie hat doch auch was, das sie liebt.«

Craigs Schlüsselanhänger war eine kleine Plastikboje, damit die Schlüssel nicht untergingen, falls sie mal ins Wasser fielen.

»Meine Ehe«, sagte er, »du könntest – du kannst das nicht – Francie – es ist halt –«, dann schüttelte er den Kopf, rasselte mit den Schlüsseln, schnaubte durch die Nase und sagte: »Als ich sie geheiratet hab, war ich schwanzgesteuert. So ist das.«

Ich beobachtete einen Tölpel beim Sturzflug. Craig tauchte mit einem Kugelkompass wieder auf, der sich wie ein schwerer Augapfel in seiner Handfläche drehte. Ich sah zu, wie Craig einhändig durch die Luke kletterte und den Kompass in eine Halterung in der Mitte des Baums steckte. Der Kompass war ungefähr so groß wie ein Kinderschädel, sah schwer und feucht aus und befand sich gerade tief genug, dass unter der Glasscheibe die phosphoreszierende Skaleneinteilung rund um seinen Äquator zu erkennen war. Die rote Nadel mit ihren trägen Unterwasserbewegungen schwang hin und her.

»Ein Kompass an Bord muss sein«, sagte er, ließ sich wieder in die Plicht fallen und befreite seinen immer noch eingeklemmten Kaffeebecher. »Bei einem Stahlrumpf musst du ihn raufholen. Unten spielt die Nadel verrückt.«

Wir fuhren an Mana Island vorbei. Ich sah die Kompassnadel hin und her pendeln und bemühte mich, sie auf zwanzig Grad zu halten. Die nördlichen Ausläufer der Sounds waren noch bleich und vernebelt und wie abgeflacht von der großen Entfernung. Die Oberfläche des Meers, sah ich jetzt, hatte ein Muster, eine Art Gewebe, und ich spürte es als Schieben oder Zerren im Arm und in den Fußgewölben. Die Windböen zeigten sich, lang bevor sie zuschlugen; sie kamen auf einen zu wie kleine polierte Silberflecken, die in Wahrheit eine Aufwirbelung des Wassers waren. Man konnte genau den Augenblick vorhersagen, in dem einen die Ohrfeigenhand des Winds ins Gesicht traf.

Ich sagte: »Wie lang hätten die sich gehalten, die Leichen dieses Pärchens? Wenn er sie beschwert und über Bord geworfen hat?«

Sie hatten im Mordfall Hope und Smart einen Verdächtigen festgenommen, Scott Watson. Wir hatten es in den Nachrichten gesehen. An der Innenseite der Luke waren Kratzspuren von Fingernägeln gewesen, und auf einer Sitzbank in der Kajüte war ein feines Frauenhaar gefunden worden. Die Beweise waren dünn. Aber der Verdächtige war griesgrämig und ungewaschen und kam aus einer zerrütteten Familie, wie es sich gehört für einen Mörder. Angeblich hatte er die beiden irgendwo im Tiefen über Bord geworfen. Vielleicht hatte er das Mädchen vergewaltigt. Wir überlegten alle, wo wir in der Nacht gewesen waren, an diesem Silvesterabend, ein paar dunkle Stunden nach dem Mitternachtsläuten, als irgendwo nördlich von Picton ein junges Paar erstochen, erschlagen oder erwürgt worden war, während die Boote ringsum auf einer dunklen, ölig glatten Fläche sacht wippten. Ein Liebespaar. Schrecklich. Das Schlimmste war, dass niemand wusste, wie – niemand wusste, wie sie umgebracht worden waren.

Craig sagte: »Die wären schon weg. Frischfleisch. Die Fische hätten sie innerhalb von ein paar Tagen, allerhöchstens einer Woche erledigt. Sofern er sie ordentlich beschwert hat. Dann wären sie weg.«

Scott Watsons Boot hieß *Blade*, »die Klinge«.

Ich sagte: »Man wäre wahrscheinlich versucht, sie in Plastik einzuwickeln. Jedenfalls ginge es mir so. Blöd, oder? Dieses Bedürfnis, den Körper irgendwie zu bewahren. Haltbar zu machen. Irgendwie instinktiv.«

Craig lachte und sah mich verschmitzt von der Seite an. Dann sagten wir lange Zeit nichts. Ich trank meinen Kaffee aus, wechselte den Arm am Ruder und ließ meine Schulter kreisen, bis es knackte. Der Boden der Plicht war kaum zu sehen vor leeren Flaschen, nicht zusammenpassenden Segelstiefeln, der festgebundenen Salzwasserpütz und zwei Rettungswesten mit einem Sprühschauer winziger Schimmelflecken auf dem gelben Untergrund.

Ich beobachtete ihn. Craig war klein, knapp über eins sechzig. Das Haar war einmal rot gewesen, jetzt eher sandfarben, seine Schläfen und der Bartansatz waren weiß. Er hatte eine weiße Narbe über dem linken Auge und eine weitere, dick und rosa, die wie eine Ader den linken Unterarm entlanglief. Große Hände. Er war untersetzt, hatte einen Trommelbauch, aber seine Beine waren dünn, die Unterschenkel fast mager. Ich sah ihm zu, wie er das Meer beobachtete, und sah, dass die vom ständigen Zusammenkneifen der Augen auf See entstandenen Runzeln ungebräunt waren, und wenn sein Gesicht sich mal entspannte, zog sich ein weißer Strahlenkranz um seine Augenwinkel wie zwei blasse Sterne. Die Nackenhaut warf drei Falten.

Meine erste Fahrt aufs Meer hinaus hatte ich als kleines Mädchen gemacht, als die nachgebaute *Endeavour* auf Cooks Spuren Neuseeland umrundete. Wir segelten auf einer restaurierten Yacht, die einem Freund meines Vaters gehörte, zu dem mächtigen vierschrötigen Schiff hinaus. Lionel war ein jähzorniger Riese, der seine Kinder verwünschte und seine Frau verhöhnte, aber von Zeit zu Zeit mit einer intimen Zärtlichkeit die Hand über sein Boot gleiten ließ, dass man das Gefühl hatte, er glaubte sich allein an Bord.

Lionel pflegte die *Indigo* wie eine Rassestute. Der Anblick eines verunglückten Knotens ließ ihn vor Wut dunkelrot anlaufen. Wenn ein Schiff das Seerecht missachtete, brüllte er übers Wasser Schmähungen hinüber, und jeden Segler, der den Funk mit Geschwätz verstopfte, setzte er auf seine schwarze Liste. Scharlachrote Verachtung war die Antwort, wenn jemand *hinten* sagte statt *achtern* oder *Rückseite* statt *Heck*. Wenn die *Indigo* auf See war, durfte sich niemand dem Ruder nähern, und wenn er ihre glänzenden Flanken vom Liegeplatz fort und wieder zurück steuerte, forderte er absolutes Stillschweigen, um sich konzentrieren zu können. Wir drückten uns achtern zwischen seiner Frau und seinen Kindern an den Mast und bemühten uns, nichts anzufassen, aber er beschimpfte uns trotzdem als Landratten. Über dem Trinkwasserkanister hing ein Schild mit der Aufschrift: WAS DER SKIPPER SAGT IST GESETZ.

Craig war mit der *Autumn Mist* überaus großzügig. Er zeigte mir jede Ecke. Er ließ mich ungeschickt mit der Pinne herumfuhrwerken, die Hand in die schlierige schwarze Feuchtigkeit des Kielraums tauchen, der Dieselleitung nachspüren, weil ich herausfinden wollte, wieso der Motor nicht ansprang. Er überließ mir den Funkkontakt mit der Küstenwache. Er brachte mir bei, die Vertäuleine so um die Vorschiffsklampe zu legen und dann obendrüber zu kreuzen, dass sich der Knoten mit einem einzigen Axthieb durchschlagen ließ.

Er sagte: »Stell dir vor, der Baum trifft mich am Kopf und ich falle um. Du musst alles wissen.«

Als die *Endeavour* in Lyttelton lag, gingen wir an Bord und staunten über die niedrigen Räume, nur anderthalb Meter hoch, das Gewimmel der dicht gedrängten Hängematten und die schwindelerregende Tiefe unter dem Überbord-Donnerbalken. Es gab Limes. Wir befühlten die gegerbten Katzendarmfinger der Neunschwänzigen Katze und erfuhren, dass ein einziger Schlag einen Mann praktisch häutete. Die Crew trug historische Kostüme: raues Leinen für die einfachen Seeleute und bezogene Knöpfe für die höheren Dienstgrade. Lionel, die Hände in den Taschen, lehnte sich zurück und blickte den Mast hinauf. Er sagte: »Vollschiff und flacher Rumpf. Eine Schönheit ist sie nicht, aber was für ein Leben.«

In der Kajüte der *Autumn Mist* waren die Kauriholzregale über den Sitzbänken mit vergilbten Krimis und Nahrungsmitteln für die kommende Woche vollgestopft. An dem Morgen, als wir in Mana ablegten, war ich hinuntergegangen, um meinen Seesack in der V-förmigen Kabine unter dem Bug zu verstauen, und hatte gesehen, dass Craig eine Dose Cadbury-Pralinen in den Stauraum neben der Ankerkette gestopft hatte – so ungestüm, dass das Blech seitlich eingedrückt und das Zellophan aufgerissen war.

Craig war Lastwagenfahrer, und ich arbeitete am Wochenende mit ein paar anderen Mädchen im Laden. An dem Tag, an dem ich in der Haushaltsabteilung anfing, wurde Craig zu einer Art Koryphäe im Baumarkt. Er zerriss vor den Augen eines Kunden dessen Bestellung und brüllte: »Behandeln Sie mich nicht, als wär dieser Drecksjob mein Lebensinhalt, Sie arroganter Scheißkerl!« Als er davonfuhr, zermalmte er eine Palette Faserzementplatten im Wert von 600 Dollar unter den Reifen seines Lkw und hielt zum Abschied den gereckten Mittelfinger aus dem Fenster. Der lederne Arbeitshandschuh, der ihm zu groß war und massig in die Höhe ragte, verlängerte den Finger um drei faltige Zentimeter.

Dieses kleine Detail, kombiniert mit dem marxistischen Beiklang seiner kurzen Rede, verwandelte den Vorfall in eine legendäre Kundgebung, eine Protestbewegung im Namen aller ungewaschenen Baumarktmitarbeiter, die hier für wenig Geld schufteten. Craig machte sich seine Prominenz bald zunutze. Er erschien sturzbetrunken zur Arbeit und verschlief ganze Nachmittage im Schutz seines Führerhauses. Er kontrollierte jede Palette, ob er etwas brauchen konnte, und räumte ab, was sich leicht stehlen ließ. Er stempelte falsche Zeiten auf der Stechkarte und machte sich oft mitten am Tag aus dem Staub, nachdem er über den Zaun gesprungen und seine rote Uniform ins Gestrüpp hinter dem Tor gestopft hatte. Ich glaube, er blieb überhaupt nur, um Diesel zu klauen. Jeden Morgen fuhr er mit dem Firmenlaster zu seiner Garage nach Hause und tankte seinen Transporter auf, und wenn der voll war, füllte er jedes auffindbare Gefäß, bis der Lkw-Tank fast leer war. Jeder einzelne Behälter in seiner Garage war bis zum Rand voll mit gestohlenem Diesel. Auf seiner Werkbank reihten sich Fässer, Tonnen, Eimer, Dosen und Marmeladengläser aneinander; ich sah sogar eine Sardinenbüchse mit Dieselöl – ein winziges Ding, in das keine Vierteltasse passte.

Die Baumarktmitarbeiter wussten das alles und hielten

selbst dann dicht, wenn sie für ihn einspringen, seine Kotze aufwischen oder für ihn lügen mussten. Zum Teil war es Anerkennung für Craigs heldenhaften Akt der Arbeitnehmerrache: Er war jetzt ein bewunderter Rebell und erhaben. Aber vor allem taten sie es aus Mitgefühl, weil jeder das Getuschel vernommen hatte, Craig habe zu Hause Probleme.

Ich arbeitete am Wochenende und studierte in der Woche an der Filmhochschule in Newtown, letztes Semester. Als ich den Job annahm, hatte ich gerade meine erste Trennung hinter mir. Ich war verbittert. Ich trank viel und schnitt mir die Haare ab. Bei Craig entdeckte ich einen Zug gleich gesinnter Raubauzigkeit, eine stille Wut, eine nostalgische Trauer, mit der ich mich identifizieren konnte.

Craig sagte: »Wenn ich 'ne tätowierte Frau sehe, dann denke ich gleich, dass sie ein bisschen ausgeflippt ist. Dass sie Temperament hat. Ich sehe Abenteuerlust.«

Ich sagte: »Das war eine blöde Idee, und jetzt bleibt es mir.«

Er drehte meinen Arm um und sah sich den Vogel genauer an. »Abenteuer sind immer blöd«, sagte er. »Wer eine Spur Verstand im Leib hat, lässt es bleiben.«

Später, als ich öfter im Yachtclub war, wurde mir klar, dass er wie ein Seemann redete. Er sprach oft über Unerklärliches und Glauben und über die tiefe, heilige Wiege des Meeres. Wir ließen uns gemeinsam volllaufen. Ich hörte zu, wenn er von seinem Leben erzählte, von allem, was er wollte, und allem, was er nicht hatte. Er sprach von den Solo-Törns, die er plante – zehn Tage nach Fidschi, drei Monate ganz runter bis Kap Hoorn –, von dem Fallschirmsegel, das er besorgen wollte, und dem Anker, den er sich nicht leisten konnte. Sein Echolot war im Eimer.

Der Mast musste abgebeizt werden. Sein Tonfall war immer wehmütig. Er sprach von Tod durch Ertrinken, von seinen Brüdern, seinen Jungen.

Jeder Schäkel am Mast hatte einen eigenen Stahlanhänger, der die Zugehörigkeit der Fallen bezeichnete: Spinnaker, Großsegel, Fock. Die Stagen und Fallen liefen unter der Windschutzscheibe hindurch und waren an den beiden Klampen dahinter festgezurrt, das Großsegelfall an der Steuerbordklampe, das Fockfall an der Backbordklampe, sodass Craig bei Schlechtwetter, auch wenn er allein unterwegs war, die Segel bergen konnte, ohne die Pinne loszulassen. Das war das Erste, das mir auffiel: Die *Autumn Mist* war fürs Einhandsegeln getakelt.

Ich lernte Craig nicht gleich am ersten Tag kennen. Eines Morgens, als ich in der Warenausgabe helfen musste, meldete er sich über Funk aus dem Lkw: »Supertitten in Vertrieb. Komm schnell raus.« Ich funkte zurück und sagte: »Sorry, Craig, Patrick ist in der Mittagspause.« Der Apparat fing wieder an zu rauschen, und Craig sagte: »Wozu hat man denn ein Mädel am Funk? Reinste Verschwendung hübscher Titten.« Dann ging das Licht aus.

Die Kolleginnen waren skeptisch.

Izzie sagte: »Craig ist ständig besoffen.«

Gina sagte: »Der redet von Sex.«

Laura sagte: »Er ist eklig. Patrick sagt, er pennt im Lkw.«

Tatsächlich schlief er meistens in der *Autumn Mist*, auf einer Backskiste, zwischen zwei Segeln zusammengerollt. Als ich das erste Mal in die Kajüte hinunterstieg, sah ich den Abdruck, den er auf den Segelsäcken hinterlassen hatte; auf dem einen stand

»Stag«, auf dem anderen »Groß«. Nachts saß er beim Licht der Petroleumlampe, die eine kardanische Aufhängung hatte, damit sie auch bei Seegang aufrecht blieb. Den Kielraum füllte er mit Bierflaschen, deren Etiketten im Wasser aufweichten und sich ablösten. Weil man im Yachthafen extra zahlen musste, wenn man auf dem Boot wohnte, verschwand Craig immer schon am frühen Morgen, bevor der Yachtclub aufmachte und die Fischer kamen. Duschen durfte man umsonst. Irgendwann fragte ich ihn nach seiner Frau.

»Du würdest staunen«, sagte er. »Mit Jen hab ich wirklich Schwein gehabt. Man sieht's mir nicht an, aber meine Frau ist echt attraktiv. Auf die würdest du bei einer Gegenüberstellung nie tippen. Würdest zu niedrig ansetzen, wetten? Sehr attraktive Frau. Ich hatte vier Affären. Vier Affären in dreißig Jahren. Verdammt, Francie, ich bin doch ein Scheißtyp.«

Ich fragte ihn nach den Frauen, und er nahm einen Schluck von seinem Lager und blickte zu den Trophäen hinter der Bar hinauf, zu den ausgestopften Hufen, die wie Wasserhähne von der Wand hingen. »Die erste hätte dir gefallen«, sagte er. »Pat. Tolles Lachen. Aber das werd ich nie vergessen, wie ich eines Nachts, kurz bevor Schluss war, auf ihren Balkon geklettert bin und durchs Schlafzimmerfenster geschaut habe. Und sie gesehen habe, mit ihrem Mann, auf allen vieren. Er nahm sie von hinten, und das vergess ich nie – er hatte so ein *Blue*-Heft, du weißt schon, diesen Schwulenporno, auf ihrem Rücken aufgeschlagen. Er *blätterte die Seiten um*. Weiß ich noch genau. Als wär sie gar nicht da. Mann, sie war keine Schönheit oder was. Aber *umblättern*. Und sie kniete einfach vor ihm, wackelte vor und zurück, auf Händen und Knien. Ich hab mich natürlich davongeschlichen. Aber das Bild ist geblieben. Sie hat dann einen Job in Sydney gekriegt.«

Craig stellte mich gern den anderen Seglern im Yachtclub als seine Midlife-Crisis vor. Wenn einer skeptisch dreinsah, lachte er und sagte, ich sei eigentlich seine Nichte. Das klang noch schlimmer, und das wusste er.

Im Yachtclub lagen gewachste Seile zum Knotenüben herum, und Craig sah mir zu, wenn ich sie auf dem Tisch auslegte und versuchte, den halben Schlag, den Türkenbund und seine Stopperknoten nachzumachen.

»Wieder versiebt«, sagte er. »Wahnsinn. Hast du sechs Daumen oder was? Dass ich dich bloß nie frage, ob du mir einen runterholst!«

Er lachte, ich lachte, die anderen Segler aber lachten nicht, sondern schauten aus dem Fenster oder zum Fernseher über der Bar. Jemand hustete.

Es gefiel uns beiden, dass bei uns keiner so genau Bescheid wusste.

Auf der Betriebsweihnachtsfeier sah mich der Geschäftsführer scharf an und sagte mit schief gelegtem Kopf: »Ihr seid wohl Freunde, du und Craig.«

»Mit dem kann man gut einen heben«, sagte ich.

Er sagte: »Für eine Zynikerin bist du zu jung, Francie«, und reichte mir ein Bier. Anscheinend beobachtete er uns aber von der anderen Seite der Bar her, während ich über Craigs freihändiges Fünf-Sekunden-Pint lachte (er tauchte die Nase ins Glas, packte den Rand mit den Zähnen, stemmte das Glas mit dem Unterkiefer in die Höhe, legte den Kopf in den Nacken und hängte seinen Kehlkopf aus – drei Schlucke genügten, und das

Glas war leer), denn später kam er wieder zu mir herüber und sagte: »Was ich meine, ist Folgendes: Für dich ist das nur eine Phase. Dieser Mistjob. Am Wochenende arbeiten, um ein paar Kröten für ein Bier zu verdienen. Aber Craig ist Vollzeit dabei. Und er ist Vater. Seine Kleinen …«

»Seine Kleinen sind groß und leben in Australien.«

»Du musst das doch verstehen. Das ist nicht dein Leben. Studieren, das ist dein Leben. Diese Arbeit hier ist nur eine Phase. Du kannst nicht …«

»Für ihn ist es auch eine Phase.«

»Sei keine Touristin. Das ist alles, was ich meine. Es wär halt nicht fair. Ihm gegenüber.«

Daraufhin wurde ich sauer. Auch wieder ganz angenehm.

Die fächerförmige Ausdehnung dünnarmiger Korallen in den Sounds streckt sich nach Norden, als hätte sie einst die Nordinsel berührt, wird dann aber vom Kurs nach Westen abgedrängt. Tory Channel, wo Containerschiffe und Fähren zwischen den Inseln verkehren, war viele Seemeilen westlich von uns, und von meinem Platz neben dem Ruder konnte ich in keiner Richtung auch nur ein einziges Schiff sehen. Sogar die Fischerboote von Mana waren jetzt außer Sicht; sie versteckten sich hinter der Insel oder verschwammen mit der zurückweichenden Küstenlinie. So weit westlich, wie wir waren, konnte man auch Wellington Harbour nicht sehen, und auf der Halbinsel standen keine Häuser, es gab nur den Dreckstreifen einer Straße, die entlang der Küste die Insel umrundet, jetzt aber längst von der Entfernung und dem Dunst des Meeres verschluckt worden war. Man sah gar nichts. Nicht mal Vögel.

»Ich mach den Motor aus«, sagte Craig. »Sollen die Pferde eine Zeit lang weiden.« Er stieg wieder hinunter, und kurze Zeit später hörte ich ein Stottern und Spucken, und dann war plötzlich nichts mehr als das tote Getöse des Meeres. Ich merkte auf einmal, dass wir die ganze Zeit geschrien hatten. Sofort riss sich die Pinne aus meinem Griff los, der Baum schwang übers Wasser, und die *Autumn Mist* krängte so stark, dass die Deckkante steuerbord ins Wasser tauchte. Eine Gischtwolke traf die Windschutzscheibe und mein Gesicht. Wir drehten uns wie eine Münze, und ich sah die Hafeneinfahrt von Mana wie ein offenes Maul und das betrunkene Wanken unserer Kielspur, dann packte der Wind das Segel, und wir drehten uns wieder zurück. Craig verlor das Gleichgewicht und fiel rückwärts gegen die Plichtleiter. Er lachte.

Craig erklärte mir das Prinzip des Segels (»Du weißt doch, wie ein Flugzeug abhebt? Wie sich unter den Flügeln ein Vakuum bildet?«) und des Kompressionsmotors (»Du weißt doch, wie eine Fahrradpumpe heiß wird, wenn du schnell pumpst?«), aber die Physik war leider zu hoch für mich. In der Praxis war ich völlig unfähig, und mir wurde heiß vor Frust, als ich immer wieder an der Pinne zerrte und mich unter dem Baum hindurch duckte. Der Kompass drehte sich hektisch.

»Siehst du das?«, sagte Craig ab und zu. »Siehst du? Das nennt man Gieren, was wir jetzt machen. Und siehst du das – wie wir jetzt die Richtung wechseln? Das nennt sich Halsen. Merkst du, wie sie sich dreht? Jetzt halsen wir.« Er nahm mir die Pinne nicht ab. Er zog nur den Kopf unter dem Baum ein und blickte aufs Meer.

Die Cookstraße ist eine der tückischsten Meerengen der

Welt. Die tropische Tasmansee braust hier herein und kollidiert frontal mit dem wilden antarktischen Strom des Pazifiks, und in dem schmalen Raum zwischen zwei Inseln wetteifern die beiden Ozeane um die Vormacht über die Gezeiten wie zwei Armeen an der Front. Bei French Pass, dem schmalen Kanal zwischen D'Urville Island und dem langen Arm der äußeren Sounds, ist das Zusammentreffen der beiden Meere mit bloßem Auge zu sehen: Das Wasser fließt abwärts. Craig hatte es gesehen.

»Du musst dir das so vorstellen, dass sich die ganze Tasmansee durch diese kleine Lücke quetscht. Das macht ein Gefälle, klar wie nur irgendwas. Ich habe gesehen, wie Boote auch mit Vollgas nicht gegen die Strömung ankamen. Es ist erstaunlich. Ich hab's selber nicht geglaubt, bis ich's gesehen habe.«

Er zeigte mir, wie die Bändsel am Großsegel je nachdem, wie sie hängen, die Windrichtung anzeigen. Ich fuhr noch immer einen Schlingerkurs, mit ungefähr sechzig Grad Abweichung. Mein Arm tat weh.

»Weißt du was«, sagte er. »Einmal umsegelte ich D'Urville, solo. Ich hatte das Großsegel gesetzt, sonst nichts. Ja? Ich fahre also gemütlich vor mich hin, keine fünf Knoten, würd ich sagen, und auf einmal dreht sich die *Autumn Mist* um die eigene Achse, macht die volle Umdrehung wie ein Sekundenzeiger ums Zifferblatt. Dreihundertsechzig Grad, einfach so; dann packt der Wind sie wieder, und sie fährt weiter. Als ich zurückschaue, seh ich eine winzige Mulde im Wasser, wie ein Fingerabdruck. Der einzige Hinweis. Das war ein Strudel, der mich herumgewirbelt hat.«

»Kannst du mal die Pinne nehmen?«, fragte ich. »Mir wird, glaub ich, schlecht.«

»Dann geh mal die Fische füttern«, sagte Craig. »Und lass dir den Wind ins Gesicht blasen.«

Am Silvesterabend fuhren Craig und ich mit Fish and Chips und einer Kiste Bier den dunklen Hügel oberhalb von Wellington hinauf. Dort saßen wir unter den stehenden Flügeln des Windrads, und während die Sonne unterging, beobachteten wir eine kleine Segelyacht, die sich die Küste entlang bewegte. Der Himmel über der dünnen Kehle des Hafens leerte sich. Sogar von dort oben konnten wir noch Schaumkronen erkennen – die See war rau. Die Yacht wurde hin und her geschleudert. Der kleine Fetzen Segel zeichnete sich deutlich gegen das dunkle Wühlen des Meeres ab.

»Tod und Teufel. Aber wenn sie's schaffen, haben sie wenigstens was zu erzählen«, sagte Craig.

»Sie steuern jedenfalls auf Chaffers zu«, sagte ich. »Müssen reich sein.«

»Sehr richtig«, sagte Craig.

Er leerte weitere sechs, sieben Biere und sagte dann: »Ich will dir nicht an die Wäsche. Echt nicht. Ich red einfach gern mit dir. Jen hat ihre Schwester. Und ihre Mama.«

Hinten in seinem Transporter lag eine Schaumstoffmatratze. Dort übernachtete er, wenn er es nicht mehr zur *Autumn Mist* schaffte. Hinter dem Fahrersitz hatte er eine Palette Dosenspaghetti und etliche zollfrei erstandene Zigarettenstangen gebunkert, außerdem hatte er einen Seesack mit Unterwäsche und Socken. Überall lag Werkzeug herum. Es roch nach Öl.

Irgendwann, lang nach dem letzten Feuerwerksknallen in der Ferne, übermannte uns plötzlich eine Anwandlung von schlechtem Gewissen, und wir kamen überein, dass es viel zu gefährlich war, wenn er jetzt noch fuhr. Er fuhr immer betrunken. Seit Jahren fuhr er betrunken.

Ich weiß noch, dass er murmelte: »Ich kann im Sitzen schlafen. Der Fahrersitz reicht völlig. Reicht völlig«, aber wir schauten weiter aufs Meer, und er rührte sich nicht.

Am Ende schliefen wir beide auf der Schaumstoffmatratze, unter der kratzigen Wolle seines Swanndri und so dicht beieinander, dass mein Kopf an seiner Schulter lag und mein eines Bein angewinkelt über seinem Knie. Morgens hatte ich Bissspuren vom Reißverschluss auf dem Arm.

Der nächste Tag war ein Samstag, und wir hatten beide Schicht. Die Welt sah überbelichtet und körnig aus, und die Haut in meinem Gesicht fühlte sich an wie Sand. Craigs Augen waren blutunterlaufen und sein Atem sauer. Er setze mich drei Straßen vor dem Baumarkt ab und fuhr dann noch eine Weile in der Gegend herum. Ich war erst nach Mittag wieder nüchtern. In der Raucherpause am Nachmittag wartete er, bis die anderen Mädchen wieder hineingegangen waren, und als wir allein waren, fragte er, ob ich nach Mana mitkäme, wo sein Boot lag.

Olivia Hope und Ben Smart waren auf einer Silvesterparty im Furneaux Lodge am Queen Charlotte Sound. Dorthin kam man nur über das Wasser oder zu Fuß, auf den Wanderwegen zu den Buchten rechts und links. Irgendwann nach Mitternacht stellten sie fest, dass ihre Übernachtungspläne geplatzt waren. Für ein Wassertaxi nach Picton war es zu weit und zu spät. Sie hatten einiges getrunken. Ein Einheimischer bot ihnen an, sie auf seiner Segelyacht unterzubringen. (Einer Slup? Einer Ketsch? Der

Unterschied wurde wichtig, als die beiden tot waren.) Als die Polizei die *Blade* ein paar Wochen später beschlagnahmte, schienen die Fingernagelspuren alles zu erklären: Es hatte einen Kampf gegeben, und jemand hatte zu fliehen versucht. Aber Olivia Hope hatte Klavier gespielt, und ihre Fingernägel waren immer sehr kurz.

Furneaux Lodge ist wunderschön. Die Häuser sind gemauert und holzverkleidet, die Wiesen saftig. Der Busch reicht bis ans Wasser. Der richtige Ort für Hochzeiten. Es gibt einen Kiesstrand und einen Kai, und das Wasser ist klar und warm.

Der Abteilungsleiter sagte: »Francie, findest du das nicht geschmacklos? Nach Queen Charlotte rausfahren? Ausgerechnet dorthin. Du weißt schon.«

Ich sagte: »Na komm, das meinst du nicht ernst.«

»Ich finde es nur respektlos«, sagte er.

Hinter vorgehaltener Hand hieß es, die Polizei sei viel zu voreilig gewesen und auf dem Holzweg. Scott Watson sei ein ungewaschener Eigenbrötler, aber kein schlechter Mensch.

Über Craigs Geduld mit meinen Steuerversuchen war der Nachmittag dahingegangen. Mit Motor und Segel hätten wir die Fahrt nach Queen Charlotte in fünf Stunden geschafft, ohne Motor konnte es bis zu zwölf Stunden dauern. Mir fiel auf, dass das Licht fahler wurde. Sonnenuntergang war um neun.

»Siehst du die Inseln dort?«, fragte Craig mit ausgestrecktem Arm. »Diese zwei kleinen Zähne, die aus dem Wasser ragen? Bald sehen wir sie besser. Das sind The Brothers.«

Die Brüder hoben sich wie dunkle Steinsplitter gegen das polierte Blau der Meerenge ab. Einer reckte sich größer und stolzer: Das war der Ältere, der Erstgeborene. Während unserer langsamen Schlingerfahrt auf sie zu wunderte ich mich, wie trügerisch Abstand und Raum sind: Diese zwei Felsen schienen ständig die Form zu ändern, zeigten Schultern, Ellenbogen, Knöchel, verschmolzen miteinander und trennten sich wieder. Die Ausläufer des Queen Charlotte Sound nahmen allmählich deutlichere Gestalt an. Die Hügel waren blau.

»Hast du die nachgebaute *Endeavour* gesehen?«, fragte Craig.

»Ja. Aber in Lyttelton.«

»Wo wir heute festmachen, hatte Cook die größte Enttäuschung seines Lebens«, sagte Craig. »Erst als er auf dem höchsten Punkt von Arapawa Island stand, sah er die Passage, die spätere Cookstraße, die genau zwischen den beiden Inseln verlief. Damit wusste er definitiv, dass seine Fahrt vergeblich war. Sie suchten ja nach dem großen südlichen Kontinent. Dem unbekannten Land des Südens. Das gab es nicht.«

»Ich dachte, er war hier, um den Venustransit zu beobachten.«

»Das war nur vorgeschoben«, sagte Craig. »In Wirklichkeit sollte er den unbekannten Südkontinent entdecken und für die Briten in Besitz nehmen.«

»Australien?«

»Nein, was Größeres«, sagte Craig. »Die stellten sich eine riesige Landmasse vor, die den kopflastigen Norden ausgleicht. Etwas, das der Erde Symmetrie gibt. Eine Art Gegengewicht. Am Anfang hielten sie die Westküste Neuseelands für den Rand dieses Kontinents. Sie wussten nicht, dass es nur eine Inselgruppe ist. Für sie war es ein Rand.«

»Und da segeln wir hin?«

»Nach Ship Cove«, sagte Craig. »Wie fühlt sich dein Magen an?«

»Leer«, sagte ich.

Am Grat waren die Hügel am dunkelsten. Scharf umrissen ragten die Silhouetten in den Himmel. Wo die Hügel mit der Küste zusammentrafen, schwand das wilde Purpur zu einer fahlen Blässe, und aus dem stillen Wasser schien ein Leuchten aufzusteigen, ein lichter Dunst. Als die Sonne untergegangen war, legte sich der Wind, und der Sound schimmerte in vollendeter Ruhe. Sobald wir das offene Wasser verlassen hatten und in den Sound einfuhren, mussten wir das Großsegel bergen und den Motor wieder anwerfen.

Craig sagte: »Sechs Pferde. Reicht nicht ganz für eine Herde.«

In dieser Silvesternacht hoch über den hellen Lichtern der Stadt hatte ich ihn gefragt: »Hast du eigentlich mal dran gedacht, deine Frau zu verlassen?« Ich meinte nicht meinetwegen. Meine Bierflasche war feucht beschlagen und kalt. Von der dünnen weißen Kielspur der Yacht unter uns war jetzt nichts mehr zu sehen.

Craig sagte: »Meine Frau – meine Frau will keine Abenteuer. Sie braucht das alles nicht. Ich dagegen, ich bin ein rastloser Mensch. Ich würde lieber kündigen und neu anfangen. Lieber schmeiße ich alles hin. Ich finde doch überall was. Und – Mann, sie ist wirklich eine attraktive Frau. Denkt man nicht, wenn man mich sieht. Du würdest nicht drauf kommen, dass sie meine Frau ist.«

Er schwieg. Ein Vogel rief im Dunkeln. Schließlich sagte er:

»Ich weiß nicht, Francie. Was soll ich darauf antworten? Ich hab sie doch schon verlassen, bevor ich sie geheiratet habe. Da gibt's nichts mehr zu verlassen.«

»Was meinst du, was macht sie jetzt?«, fragte ich. »Heute, an Silvester.«

»Warten.« Danach sagte Craig lange nichts mehr.

Es wurde Nacht, bevor wir eine Anlegestelle fanden. In den Sounds gab es, wie die Leitfeuer in Mana, ein eigenes Befeuerungssystem, um die Schiffe sicher hindurchzuleiten. Craig zeigte mir die mit kleinen Laternensymbolen übersäte Seekarte der äußeren Sounds; neben jeder Laterne stand in Klammern eine Zahl in winziger Schrift. »Wir warten auf das Signal, dann zählen wir die Sekunden«, sagte er. Als wir das weiße Licht aus der Dunkelheit aufblitzen sahen, zählte er laut, bis es das nächste Mal blinkte. »Dreizehn«, sagte er und studierte die Karte. Am äußersten Rand der zerklüfteten Insel Arapawa war eine winzige Laterne eingezeichnet, daneben stand die Zahl dreizehn. Das bedeutete, das Licht, das wir sahen, stand tatsächlich auf Arapawa; damit war unsere Position bestätigt. Außerdem konnten wir sicher sein, dass das Wasser zwischen uns und der Insel befahrbar war und wir, wenn wir direkt auf das Licht zusteuerten, nicht auf Grund liefen.

»Stell dir vor, wir wären *hier*«, sagte Craig und klopfte mit dem Finger auf die Karte, »und wären aus Versehen in diese kleine Bucht eingebogen, weil wir denken, wir sind eine Bucht weiter. Wir würden es blinken sehen, aber nur ein einziges Mal, denn das Signal wäre von dieser Flanke verdeckt. Alles klar? Wir würden wissen, dass wir irgendwo falsch gefahren sind. Wir würden umkehren.«

Die Signale blinken, erklärte Craig, damit man sie von den konstant weißen Ankerlichtern und den Positionslichtern, die konstant rot und grün leuchten, unterscheiden kann. Als wir gemächlich in die Bucht, Ship Cove, einfuhren, blickte ich über die ölig dunkle Fläche des Wassers hin und sah einen trüben weißen Punkt in der Dunkelheit, dann einen zweiten und einen dritten.

»Ah, das ist schlecht«, sagte Craig. »Wirklich Pech. Die Anlegestellen sind besetzt. Siehst du? Diese drei Kreuze? Die zeigen die Anlegestellen an.«

»Ich sehe jedenfalls drei Lichter«, sagte ich.

»Ich auch.« Craig studierte abermals die Karte und kaute eine Weile auf seiner Unterlippe herum. In diesem Licht sah er älter aus. »Damit habe ich nicht gerechnet«, sagte er. »Na ja, es sind wohl Schulferien. Mist.«

»Könnten wir uns nicht einen Anlegeplatz mit jemandem teilen?«, fragte ich. Ich hielt die Taschenlampe, damit er die Karte lesen konnte, aber wenn ich sie ein wenig anhob, fiel der Lichtstrahl auf die Wanten und ließ sie leuchten.

»Im Päckchen, meinst du«, sagte Craig. »Da hängt man ein paar Fender über die Reling, damit die Boote nicht aneinanderstoßen, und vertäut sie Seite an Seite.«

»Wär das nicht eine Möglichkeit?«

»Man sitzt sich gegenseitig auf der Pelle«, sagte Craig. »Ein Meter Abstand. Man hört jeden Ton. Schlimmer als im Hotel.«

»Ja, aber das wäre doch sicherer, oder?«

Er rieb sich mit dem Zeigefinger über das Kinn, als hätte er mich nicht gehört. »Außerdem ist es spät«, sagte er. »Wär ziemlich unhöflich. Wir müssten übers Wasser brüllen, und sie müssten aufstehen und beim Anlegen und Vertäuen helfen. Nein.«

»Sollen wir zurückfahren?«, fragte ich sinnloserweise.

»Wir fahren mit Motor dicht ans Ufer und werfen dort den Anker. Hoffentlich greift er.«

Der Anker griff nicht. Der Meeresboden war felsig und zu hart. Craig gab neun Meter Kette, dann noch mal fünfzehn. Er meinte, das Gewicht könnte ausreichen. Aber er sah unglücklich drein. Wir lagen neun Meter vom Ufer entfernt, und sollte die *Autumn Mist* nachts abtreiben, liefe sie auf die Felsen auf.

Er wärmte auf dem Kocher eine Dose Eintopf und machte ein finsteres Gesicht, als ich sagte, es sei köstlich. Nach dem Essen zündeten wir die Petroleumlampe an und spielten im gelben Licht Cribbage. Craig kramte im vorderen Stauraum nach den Cadbury-Pralinen. Mit einer ruckartigen Bewegung warf er mir die Dose zu, dann blickte er auf die Holzverkleidung über meinem Kopf.

»Wenn man was macht, soll man es richtig machen«, sagte er, was in diesem schäbigen Loch von einer Kajüte, unter dem kaputten Lampenschirm, vor den ungestrichenen Stauräumen und angesichts der feuchten, verfärbten, geflickten Backskisten, auf denen wir saßen, wirklich komisch war. Ich lachte nicht. Er sah zu, wie ich das Zellophan aufriss und den Deckel öffnete.

»Bei uns sind die Turkish Delights als Erste weg«, sagte Craig.

»Bei uns sind es die Minzdinger«, sagte ich.

»Aber wir haben Jungs«, sagte Craig. »Das darf man nicht vergessen. Futterneid.«

Ich ging an Deck, um in den Eimer zu pinkeln und die Zahnpasta ins Meer zu spucken. Als ich wieder herunterkam, breitete Craig einen Schlafsack auf der Steuerbordbank aus. Er sagte:

»Für dich. Ich pass ein bisschen auf die Kette auf. Macht mich unruhig. Die Vorstellung, dass sie womöglich abtreibt. Ich könnte sowieso nicht schlafen.«

Ich schlief angezogen, den Rücken an den Segelsäcken, und ich glaube, er stopfte später den Schlafsack noch rund um mich fest.

Als ich im Morgengrauen aufwachte, saß Craig in der Plicht und machte Wasser für den Kaffee heiß. Es war Flut, und das Meer war trüb und ruhig. Die *Autumn Mist* bewegte sich kaum, wiegte sich aber träge unter meinem Gewicht, als ich die Kajütleiter hinaufstieg. Die ockergelben Küstenfelsen ragten wie die Schale einer Frucht aus dem Wasser.

Craig drückte die Knie zur Seite, damit ich vorbeikam, aber ich musste mich auf seiner Schulter abstützen, um nicht das Gleichgewicht zu verlieren.

»Wir hätten uns doch abwechseln können«, sagte ich. »Jetzt hab ich ein schlechtes Gewissen.«

»Du hast wie ein Katzenjunges geschlafen. Deine Augen.«

»Hat die Kette gehalten?«

»Hat sich keinen Zentimeter bewegt. Ich mach grad Kaffee. Willst du auch?«

»Ja. Hast du geschlafen?«

»Nein. Macht aber nichts«, sagte Craig. »Es war sternenklar. Und nicht kalt.«

Er war guter Dinge. Er pfiff eine kurze kleine Melodie und sagte dann: »Das war's, was ich dir zeigen wollte. Das – na, egal. Das ist es. Das ist es. Morgenrot über dem Fjord.«

Ich setzte mich auf die Planken, zog die Knie an die Brust

und blickte über Ship Cove zur Küste und zum James-Cook-Denkmal mit der Messingkanone. Jetzt konnte ich auch die drei Segelyachten sehen, die hier festgemacht waren, im Licht, drüben am anderen Ende des Anlegeplatzes. Es waren Luxusyachten, elegante, teure Schiffe, und an der Reling hingen Badeanzüge zum Trocknen.

»Die ganze Nacht hat sich nichts gerührt«, sagte Craig. »Die schlafen wohl.«

Übersetzt von Barbara Schaden

Pip Adam

Der Kuss

Am Morgen des sechzehnten Dezember wachten die Soldaten der Echo Company in Dili um sechs Uhr auf, duschten, zogen Zivilkleidung an und gingen zu den Fahrzeugen, die sie zu dem Flugzeug brachten, das sie nach Hause brachte. Es gab Handtuchkloppe und kollektive Aufregung und Freude. Sie hatten am Abend zuvor gepackt, ihre Gewehre reisten separat. In Darwin stiegen sie in eine Maschine der Air New Zealand um. Sie lachten über die Sicherheitshinweise, aßen Erdnüsse aus kleinen Tüten und tranken Freibier. Mehrere Stewardessen verweigerten ihnen ihre Telefonnummern. Auf dem Heimflug ging es laut zu, es gab Witze und Unfug, Kopfnüsse und Rangeleien. In all dem Radau blickten einige Soldaten aus dem Fenster in die Wolken und spürten, wie ihnen die Augen zufielen.

Als sie über Canterbury flogen, wiesen einige Männer lautstark auf Orientierungspunkte hin, die mit zunehmendem Sinkflug in Sicht kamen. Von der Maschine aus konnten sie den Flughafen sehen und ein großes Schild, auf dem »Christchurch« stand. Familie und Freunde in der Ankunftshalle sahen sie nicht, spürten sie aber. Am Boden spürten sie die Last der wartenden Menge. Sie stiegen aus und bedankten sich bei den Stewardessen.

Vor dem Durchgang in die Ankunftshalle gab es einen Duty-free-Shop. Die Ersten blieben dort stehen, und nach und nach, paarweise, in Fünfergrüppchen gesellten sich die anderen hinzu. Als Soldaten erkennbar an Stoppelschnitt und sauberen Jeans, probierten sie Sonnenbrillen und nahmen die Spirituosen in Augenschein. Die verheirateten Soldaten schnupperten an Parfüms und ließen sich von den Verkäuferinnen hinter der Theke beraten. Drei Soldaten, die fast als Letzte ausgestiegen waren, standen am Eingang, bis sie einen Kameraden vor einem Regal mit Aftershave entdeckten. Wyatt, ein stämmiger Typ, der Koch werden wollte und immer die erste Anlaufstelle war, wenn Kraft und Masse gefragt waren, scherzte, selbst das teuerste Aftershave werde dem Mann nicht zum Sex mit so etwas wie einer Frau verhelfen. Die anderen lachten. Sie nahmen sich die Aftershaves vor, machten sich über die Namen lustig und besprühten einander aus den Testflaschen. Lennon trug seine Brille. Knight, der dritte Mann, nannte ihn auf Patrouille immer »mein blinder Infanterist«. Lennon sagte, er habe kein Problem, solange es nicht regne oder feucht sei, was, wie Wyatt anmerkte, in Osttimor grundsätzlich der Fall war. Knight sagte: »Genau, ein blinder Killer – bleib vor mir.« Die Soldaten, die zuerst ausgestiegen waren, blieben so lange wie möglich, dann schwärmten sie in die Ankunftshalle. Vom Duty-free-Shop aus hörten die anderen Jubel, Hurra und Begeisterung. Ihre Blicke folgten ihnen, und im Laden herrschte kurzzeitig Stille.

In der Ankunftshalle wurde Wyatt von seiner Mutter und seinen Schwestern mit Küssen, Umarmungen, Jauchzern, Hüpfern und Klapsen bestürmt. Knight wurde von mehreren Frauen empfangen, die sich seine guten Freundinnen nannten; sie herzten und küssten ihn, abgesehen von denen, die selbst in der Armee waren, diese Frauen warteten, schüttelten ihm die Hand und schritten dann zu einer sportlichen Umarmung. Sie dachten, das sei bedeutungsvoller, als einfach die Brust vorzustrecken und einen Kuss auf die Wange zu drücken. Im Gegensatz zu Knight.

Lennon ging als Letzter durch die Doppeltür. Seine Mutter war da. Seine Freundin kam auf ihn zugerannt, nahm sein Gesicht in beide Hände und küsste ihn auf den Mund. Sie sah merkwürdig aus. Er hatte sie vergessen. Er hatte ihren Namen auf den Briefen gelesen, die sie ihm geschickt hatte, und sie ein paar Mal angerufen. Er hatte sie erwähnt, und man hatte sie erwähnt, in Stripbars und Kantinenzelten, aber er hatte sie vergessen – die, die jetzt vor ihm stand, strahlte und sich, wie sie es garantiert im Fernsehen gesehen hatte, die Tränen wegwischte. Sie war etwas, das auf ihn wartete – was sollte er jetzt mit ihr machen? Er hielt Abstand. Lennon hatte keine Angst, aber er hielt Abstand, unsicher, was sie ahnen, riechen oder spüren konnte. Er stand neben seiner Mutter und lächelte sie vorsichtig an. Wyatt und Knight kamen rüber und sagten etwas von einer Party am Nachmittag. Wyatt ging mit seiner Familie frühstücken, und Knight sagte, er werde mit einer oder mehreren der Frauen schlafen. Sie gingen.

Irgendwann waren alle weg. Lennon hatte immer wieder gesagt, ich muss nur mal kurz zu dem-und-dem, und war entwischt, aber irgendwann waren alle weg, und er stand da mit ihnen, also sagte er: »Wollen wir irgendwo frühstücken? Ich habe einen Mordshunger.« Er würde mit seiner Freundin fahren und seine Mutter mit ihrem Wagen.

Auf dem Weg zum Restaurant herrschte langes Schweigen. Lennon legte die Hand auf den Oberschenkel seiner Freundin und sagte: »Schön, dich zu sehen.« Sie sagte: »Ach, Mike.« Die restliche Fahrt über brauchte er nichts mehr zu sagen und sie nicht mehr anzufassen.

Sie redeten beim Frühstück, erzählten ihm, dass jemand gestorben sei, jemand anders geheiratet habe und es wärmer gewesen sei als letztes Jahr. Ob ihm die neue Frisur seiner Mutter gefalle? Sie war kürzer. Lennon aß und sah auf seine Armbanduhr und auf die Wanduhr hinter seiner Freundin. Er bezahlte die Rechnung und ging zu ihnen auf den Parkplatz. Seine Mutter verabschiedete sich. Er dachte daran, bis zur Party in der Stadt abzuhängen, aber seine Freundin hielt ihm die Wagenschlüssel hin und fragte, ob er fahren wolle. Sie meinte, zu ihr, um seine Sachen abzustellen; sie erwartete, dass er bei ihr blieb, das wurde ihm gerade klar. Er hatte vorgehabt, auf der Party zu pennen oder mit jemandem in die Kaserne zu fahren, aber das sagte er nicht. Er war fast ein ganzes Jahr nicht gefahren, er war seit beinahe vierundzwanzig Stunden auf den Beinen, war Hunderte Kilometer gereist, und sie wollte, dass er fuhr, damit sie sich wie eine Kriegsbraut fühlen konnte. So kam er in die Stadt, und es gab keinen Streit. Parallele Tätigkeit, dachte er, wie Essen und Marschieren. Selbstgänger. Bequem.

In ihrer Wohnung duschte er noch mal ausgiebig und zog sich im dampfigen Badezimmer an – blind. Sie hatte angeboten, ihn zur Party zu fahren, und er hatte abgelehnt, Wyatt hole ihn ab. Sie sagte okay und sah aus dem Fenster. Er bat sie, nicht wieder damit anzufangen, und sie sagte Entschuldigung, es sei ja nur, weil er gerade erst nach Hause gekommen sei. Er sagte, jetzt fang bloß nicht an, und sie sagte, klar, sie würde ja schon aufhören, sie habe ohnehin zu tun. Sie hatte kein Geld. Das wusste er. Sie war in seiner Akte als Angehörige vermerkt. Sie hatten ein Jahr lang zusammen in der Siedlung des Stützpunkts gewohnt. Sie war ausgezogen, als er eine Woche in Bougainville war. Sie hatte viel mitgenommen, aber noch mehr dagelassen. Die Katze hatte sie mitgenommen. Wochen später, als sie wieder zusammen waren, musste sie eingeschläfert werden, weil sie sich eine Hüfte gebrochen hatte. Sie schaffte sich eine neue Katze an. Er bot an, sich um sie zu kümmern, als sie hier einzog. Er bat sie, ein Halsband zu besorgen, weil Katzen in Kasernen erschossen würden, und sie sagte, dann müsse er sie eben ein paar Wochen im Haus halten. Die Katze verschwand nach wenigen Tagen, und seine Freundin verlor kein Wort darüber. Das hob sie sich auf, so vermutete er, und etwa einen Monat, bevor er nach Osttimor aufbrach, fand er sich bestätigt. Er wollte mit jemandem essen gehen und ins Kino, und sie fand es unangemessen, dass er wegging. Er sagte, er würde gehen und hör bloß auf, und sie sagte: »Und was ist mit der Katze?« Er nahm vierzig Dollar aus seiner Jeanstasche und legte sie neben die Spüle. Sie hatte zugenommen. Entsetzlich zugenommen. Jedes Mal, wenn er wegging, nahm sie zu. Wenn er zurückkam, nahm sie noch mehr zu. Sie sah fett aus. Eins musste man den indonesischen Frauen lassen – sie waren nicht fett.

Wyatt kam eine Viertelstunde vor der Sause, auf der Rückbank ein leicht angetrunkener Knight im Arm einer der Frauen vom Flughafen, auch sie ziemlich betrunken. Lennon sagte, als seine Freundin die Frau neben Knight auf der Rückbank sah und gerade den Mund aufmachen wollte: »Sie ist eine Hure. Nur

Stripperinnen und Huren auf der Party.« Als er vorne einstieg, sagte seine Freundin, er solle ihr eine SMS schicken, damit sie sich in der Stadt treffen könnten, und noch irgendetwas, als Wyatt ihn von ihr wegfuhr.

Als er im Auto saß, berichtete Knight, die Frau an seiner Seite könne richtig gut blasen. Sie schlug ihn auf den Arm und richtete sich ein wenig auf. Wyatt fragte, wie der Brunch gewesen sei, und Lennon und er lachten, sagten »Scheiiiße!« und schüttelten den Kopf. Was wohl mit ihnen los sei. Es mache ihn ganz wuschig, sagte Lennon, und Wyatt pflichtete ihm bei, ihn mache es auch ganz wuschig. Knight sagte, als sie am Strand vorbeifuhren, eine Runde Surfen wäre gut, und Lennon sagte, Surfen sei was für Weicheier, und Knight sei ein Weichei. Knight sagte, lieber Weichei als mit einer Freundin zusammen, die einen am Sack hat wie zum Beispiel Lennon. Lennon beugte sich rüber und langte ihm eine. Knight revanchierte sich. Lennon sagte zu Knight, er solle sich vorsehen, sonst käme er nach hinten, und drehte sich wieder nach vorn. Auf dem Golfplatz waren Leute, Männer und Frauen, die Golf spielten, als handelte es sich um einen normalen Samstagnachmittag. Wyatt fuhr zur Mall in Shirley, damit sie Alkohol besorgen konnten. Knight kaufte der Frau einen Lutscher. Die Mall war voller Weihnachtseinkäufer. Überall Lametta und Kunstschnee. Die Frau an Knights Seite probierte Sonnenbrillen auf und sagte: »Kauf mir eine Sonnenbrille, Knight.« Lennon sagte: »Kauf mir eine Sonnenbrille, Knight«, und forderte ihn auf, die Kurve zu kriegen, Herrgott noch mal. Knight antwortete leise, er, Lennon, habe keine Ahnung, wie gut sie blase, und gab ihr einen Fünfzig-Dollar-Schein. Die Frau küsste Knight auf die Wange, nahm das Geld und kaufte sich, während die Männer bei den Spirituosen waren, keine Sonnenbrille.

Die Party war in der Bealey Avenue, einer langen Straße mit hohen Bäumen in der Mitte. Sie kamen noch bei Tageslicht an. Im Vorgarten des Mietshauses rannte Hohepa hinter Singer her, während Foster Patchett anschrie. Weitere Soldaten saßen in der Sonne und tranken. Wyatt, Knight und Lennon nickten den Männern auf dem Rasen zu, und Knight versuchte, mit der Frau im Arm, den vorbeirennenden Singer zu greifen. Singer rief ihm etwas wie »Weichei« zu, also schloss sich Knight Hohepa an. Die Frau, die mit Knight gekommen war, stand da und lachte, machte eins von Knights Bieren auf und trank.

In der Wohnung waren die Vorhänge zugezogen, und aus der Anlage kam laute Musik. In jedem Zimmer waren Soldaten, lagen auf Sofas, saßen auf dem Fußboden – und tranken. Der Gastgeber, Woodhead, war in der Küche und hatte gerade die Hand unter dem Rock seiner Freundin. Er lächelte, als er Lennon und Wyatt sah, und klopfte ihnen auf die Schulter. Seine Freundin zog ihren Rock herunter und füllte eine Schale mit Chips. Woodhead führte sie ins Wohnzimmer, wo sie mit Jubelsalven empfangen wurden. Jemand machte ihnen Platz auf der Couch, sie setzten sich und tranken, und abgesehen von Zitaten aus *Full Metal Jacket* und *Starship Troopers* wurde wenig gesprochen. Bei Einbruch der Dunkelheit schließlich wurde das Wohnzimmer ein wenig freigeräumt, und die Stripperinnen trafen ein. Woodheads Freundin und die Frau an Knights Seite kamen dazu. Lennon wurden mehrere Frauen angeboten, aber er sagte, er sei jetzt daheim, und alle sagten: »am Sack«, und taten, als lägen sie an der Leine. Woodheads Freundin wählte eine

Stripperin aus, und Woodhead sagte, jeder solle sich jetzt ein paar Stunden um sich selbst kümmern. Wohl eher ein paar Minuten, rief jemand, und Woodhead leerte seine Flasche und warf sie gegen die Wand, dass sie zersprang.

Um neun herum klingelte Lennons Handy. Es war seine Freundin. Seufzend ließ er es klingeln. Er drehte sich um und fragte Wyatt, ob er Lust habe, in die Stadt zu fahren. Wyatt sagte klar, vielleicht, bald. Lennon stand auf und ging den Flur hinunter auf der Suche nach einem ruhigen Zimmer, von dem aus er zurückrufen konnte. Das erste war voller Leute, das zweite auch, aber das dritte war leer und dunkel. Er machte die Tür hinter sich zu, ließ das Licht aus und lehnte sich schwer gegen die Tür. Eine plötzliche Bewegung ließ Lennon zusammenfahren. Ein Mann, den er nicht erkennen konnte, sagte: »Du bist gekommen.« Hände packten Lennons Gesicht, Küsse folgten. Die Hände umschlossen seinen Kopf, den Nacken, die Wangen, zogen ihn näher heran, an den Kuss. Lösten sich und stießen ihn fort. Kälte strömte herein. Lennons Telefon klingelte leuchtend grün, aber der Mann war weg. Lennon schloss die Augen und spürte sie überall, wieder und wieder – die Stille des Raums. Ruhe und Abgeschiedenheit, mehr wollte er nicht. Jemand rief aus dem Nebenzimmer seinen Namen, Wyatt, fragte, wo zum Teufel er sei und ob jemand Lennon gesehen habe.

Obwohl die restliche Wohnung im Halbdunkel lag, wirkte sie grell. Lennon war das Richtige eingefallen – aus dem Zimmer zu laufen und zu rufen, irgendeine Schwuchtel habe versucht, ihn zu küssen. Alle sahen ihn an, sagten, Wyatt suche nach ihm, klopften ihm auf den Rücken, riefen »am Sack«, sagten, sie würde schon erschnuppern, was er so trieb. Lennon fand

Wyatt bei Knight im Garten, mit dem Handy am Ohr. Lennon wischte sich den Mund mit dem Handrücken ab. Es war ein Gefühl, als würde er fallen – es klebte an ihm, drang tief in ihn ein, füllte ihn aus und versuchte, aus jeder Pore zu entkommen. Wyatt blickte auf, drückte Lennon das Telefon an die Brust und sagte ihm, er solle mal die Scheißkurve kriegen. Sie war es. Sie hatte es auf seinem Handy versucht und ihn nicht erreicht und daraufhin in der Kaserne angerufen, wo ihr irgendjemand Wyatts Nummer gegeben hatte. Lennon blickte in den leeren Himmel. Er redete viel zu viel: Er habe versucht, sie von einem ruhigen Zimmer aus anzurufen, aber bei ihr sei besetzt gewesen, also sei er dort ein wenig geblieben und habe es wieder versucht und sei eingenickt. Sie wollte sich in der Stadt mit ihm treffen. Sie war mit ein paar Freundinnen unterwegs. Ob sie sich in dieser Bar treffen sollten? Wyatt stand neben ihm und trank sein letztes Bier. Lennon fragte ihn, ob er in eine Bar gehen wolle. Wyatt sagte klar, schon. Knight sagte: »Jetzt lass dich nicht einwickeln, er muss die Tussenkurve kriegen.« Wyatt sagte, er habe kein Bier mehr, also müsse er wohin, und Knight habe gut reden – wo seine Missus denn sei? Knight sagte, das sei nicht seine Missus und er habe sie nach Hause geschickt, als er sie beim Sex mit Woodheads Missus vor ungefähr zehn Kerlen erwischt habe, die drumherum standen und zuguckten. Wyatt bepisste sich vor Lachen. Knight sagte, er würde mitkommen in die Bar, nicht, weil er Lust drauf hätte, sondern um Wyatt zu zeigen, was für ein Spacko er sei und dass er, Knight, nicht lange allein bliebe, er, Wyatt, dagegen für immer und ewig. Wyatt sagte, er wäre lieber auf ewig allein, als nicht zur Live-Sex-Show seiner Freundin eingeladen zu werden. Knight sagte, halt's Maul und krieg endlich den Arsch hoch, Lennon, wenn sie abhauen wollten, dann los, Herrgott noch mal.

Lennon legte auf und gab Wyatt wortlos das Telefon zurück. Sie wollten sich gerade aufmachen, als Wyatt fragte: »Wo ist denn deine Scheißjacke, Lennon?« Lennon hatte sie irgendwo drinnen ausgezogen. Er ging über den Rasen zurück und stieg über die Soldaten hinweg. Auf Nachtpatrouille schlief niemand, bis man dran war, und dann schlief man gut. Am Tag behielt man im Urwalddickicht seinen Vordermann im Auge und brauchte weder nach hinten noch zur Seite zu blicken. Wenn die Milizen das Feuer eröffneten, zogen sie sich zurück, versteckten sich in kleinen Kuhlen und hielten still. Er sollte die Schwuchtel finden und fertigmachen. Patchett und Singer lehnten zu beiden Seiten der Tür, Bier in der Hand. Sie nickten und sahen ihn an. Drinnen waren überall Soldaten. Er musste sich zum Wohnzimmer durchwühlen. Sie schoben ihn, stützten sich auf ihn, schwer und betrunken. Krieg die Kurve, sagte er ein paar Mal, und mit jedem Schubser fing sein Körper an zu schwimmen, und die Oberfläche seiner Haut brach auf wie von einem Schrapnell geöffnet. Als der Beschuss aufhörte, weinten einige. Sie krochen aus ihren Kuhlen und konnten Deering nicht finden. Lennon sickerte der Körper durch die Haut, und das Geschubse und Gedränge sickerte hinein. Kam hereingespült wie eine Flut, und er wurde voller und voller und konnte jede Pore in seinem Gesicht spüren.

Miller saß auf seiner Jacke, eine barbusige Frau im String-Tanga saß auf Miller. Lennon beugte sich hinunter, um seine Jacke herauszuziehen, und streifte mit der Wange die Brust der Frau. Er drehte sich leicht und küsste sie. Sie zog seinen Kopf zu sich heran. Jemand packte ihn am Arm; es war Wyatt, der nachsehen wollte, wo er blieb. Lennon drehte sich schnell um. Wyatt sah ihn an und fragte: »Hast du deine Jacke?« Mit einem Blick ringsum vergewisserte sich Lennon, dass sonst keiner etwas mitbekommen hatte, und zog seine Jacke unter Miller hervor. Auf dem Weg nach draußen rief Lennons Freundin erneut auf Wyatts Handy an, und er sagte, sie seien unterwegs und bräuchten noch eine halbe Stunde. Bevor er auflegte, sagte er ihr, sie solle sich seine Nummer aus dem Hirn streichen. Knight wartete draußen auf die beiden und fragte, wo Lennon verdammt noch mal abgeblieben sei. Wyatt rollte mit den Augen und sagte, lass uns zur Bar laufen.

Sie liefen und traten nach Dingen und hüpften über Dinge und schlugen Dinge, suchten aber keinen Streit. Lennons Handy klingelte, aber er ging nicht ran. Wyatt sagte: »Scheiße, Lennon, dann ruft sie bei mir an – Scheiße noch mal.« Lennon sagte: »Na schön«, und schickte sie voraus und tat so, als würde er rangehen. Knight sagte: »Ich würde die schon durchnehmen.« Wyatt sah ihn an, als sei er nicht ganz dicht, und Knight sagte: »Die muss so hammergeil sein, dass Lennon sich diese ganze Scheiße bieten lässt.« Beide lachten, und Lennon holte sie wieder ein.

»Da will man doch lieber in den Krieg«, sagte Wyatt. Knight lachte, und Lennon sah sich um und sagte, er hole was zu trinken. Überall Anzughosen; Männer in ihrem Alter mit dämlichen Zivilfrisuren tranken dämliche Drinks und machten hässliche Friseurinnen und Verkäuferinnen an. Der Türsteher hatte gesagt, er wolle keinen Ärger. Knight hatte gesagt: »Kumpel, wir sind nur zu dritt.« Der Türsteher hatte sie reingelassen und wiederholt, er wolle keinen Ärger. Das erreichte sie alles nicht –

was auch immer da unten abging. Gerissene Schnürsenkel, verlorene Jobs, Autoversicherung. Gezwungenermaßen. Es lag einfach daran, wo sie sich im Augenblick befanden – ein paar Meter über dem Ganzen hier. Lennons Freundin winkte ihm zu, als er an der Bar wartete.

Später in ihrer Wohnung, im dunklen Schlafzimmer, leckte er sie, und sie kam. Dann vögelten sie, und er kam. Er hielt sie, sie wurde schwerer und schwerer, und dann ging er in die Küche, um etwas zu trinken. Er machte den Kühlschrank auf, und etwas fiel von der Tür. Es war ein Magnet, den er ihr von Bali geschickt hatte; ein aus Holz geschnitzter Fisch. Er drehte ihn mit dem Fuß um. Der Gruß, den er mitgeschickt hatte, lag auch auf dem Boden. Sie hatte ihn wie eine Sprechblase ausgeschnitten und dem Fisch mit Haftstreifen vorne angeklebt. Er brauchte ihn nicht zu lesen, er wusste, was draufstand. Ein Auto fuhr draußen vorbei, und er sah sich in der Spiegelung der Glastür, mager und nackt und verausgabt. Er könnte gehen. Menschen verließen einander am laufenden Band, aber er wollte, dass sie ging. Er versuchte, es kompliziert zu machen, aber das war es nicht. Er nahm seine Klamotten und zog sich an. Die Tür war verriegelt. Seine Freundin ging zum Klo, nackt, rieb sich das Gesicht. Sie sah Lennon an, sagte: »Neben dem Telefon«, und schloss die Klotür.

Die Nacht war klar. In ein paar Stunden würde die Sonne aufgehen, bis dahin würde er rumlaufen. Er würde irgendwo frühstücken und Wyatt anrufen, damit er ihn zur Kaserne fuhr. Das hatte er von Anfang an gewollt. Nur das wollte er. Er ging an Häusern und Pubs vorbei und über einen Friedhof, bis er zum Fluss kam. Dort setzte er sich und sah ihm beim Fließen zu. Die Luft war unbewegt und umschloss sein Gesicht. Während das dunkle Wasser die Küste annagte, rief er sich alle Gesichter vor Augen. Versuchte, Wangen mit denen abzugleichen, die seine berührt hatten. Er dachte an all die Hände und dann an die Hände, die Gewehre hielten. Einige schloss er aus; er erschauerte im Morgengrauen. Er fühlte den Druck dieser Hände im Nacken. Das Licht war auf Deerings Gesicht gefallen. Das hätte gar nicht möglich sein dürfen, aber nachdem sie gesucht und gesucht hatten, an einer Stelle, an der es bis dahin dämmrig gewesen war, fiel Licht auf Deerings ruhiges, regloses Gesicht, dort, wo er stumm und allein lag. Knight hatte gesagt: »Scheiße, verdammte«, und sich abgewandt. Wyatt hatte gekotzt, sich beim Vorbeugen mit seinem ganzen Gewicht aufs Gewehr gestützt. Von allen hätte sich Lennon am ehesten Deering gewünscht. Er rief sich jeden Oberkörper, jede Brust vor Augen. Kombinierte Körper mit Gesichtern und Händen. Eine rechte Hand mit einer anderen linken – Deerings Kopf einen Meter vom Rest entfernt. Wie sie ihn ins Lager zurückgetragen, seinen Kopf gehalten hatten, den Hals, die Wangen. Er ging das alles durch. Im Bemühen, sich an jedes Mal zu erinnern, da er jemanden aus der Echo Company angefasst hatte oder von jemandem angefasst worden war.

Als Lennon bei Woodhead ankam, waren noch überall Soldaten. Sie schliefen. Er ging durchs Haus, in ein Zimmer mit schlafenden Soldaten nach dem anderen, bis er den Raum fand, in dem es passiert war. Er war noch immer leer. Lennon machte die Tür hinter sich zu. Das erste Tageslicht drang durch die Jalousien, als er auf dem Bett lag. Er schwebte an der Schwelle zum Schlaf und spürte alles auf sich lasten – die Schwerkraft drückte es ihm auf. Diese Schwuchtel kam bestimmt zurück, und dann würde Lennon sie töten. Etwas, das bis jetzt verkehrt gewesen war, hatte sich verschoben und fast eingerenkt. Alles kam in ihm hoch, als er sich erinnerte. Im Geiste hörte er Deering atmen – ein und aus. Er atmete ein, was übrig war. Er dachte an den Fisch und den Gruß und wie viel es ihm bedeutet hatte, als er ihn schrieb. Aus tiefstem Herzen hatte er es so gemeint und, wie er geglaubt hatte, für immer.

Übersetzt von Miriam Mandelkow

Alice Tawhai

Maori-Kunst

Ich war zwölf, als ich hierher zurückkam, um im Haus meiner Großmutter zu leben. Jetzt bin ich fünfzehn. Als kleines Kind habe ich schon einmal hier gelebt, bis ich zwei war. Es ist das Haus, in das mein *koro* Nanny Rebecca brachte, als sie eine junge Braut war.

Das Wohnzimmer ist noch immer so, wie Nanny Rebecca es verlassen hat. Da steht das Sofa mit der orange-braun gehäkelten Decke, die sorgfältig über die Rückenlehne gelegt war. Der Fernseher mit seinem gewölbten grauen Bildschirm steht ausgeschaltet in der Ecke, und auf dem Kaminsims, unterhalb des Spiegels, der den Raum reflektiert, liegen ein *taiaha* und ein *mere* aus Grünstein. Doch wenn man hereinkommt, fallen zuerst die Fotos auf, die überall an den Wänden hängen. Fotos der *tūpuna*, dicht gedrängt neben ganzen Jahrgängen von Pixie-Fotos.

Einige meiner Cousinen würden nicht in diesem Raum schlafen. Sie mögen all die Augen, die sie beobachten, nicht, die alten Augen. Ich mag es schon. Es ist der Raum, der mich daran erinnert, wer ich bin und woher ich komme.

TE TAKI-O-AUTAHI: NEUGIER

Meine Ururgroßmutter wurde Te Taki-o-Autahi genannt, nach der Bezeichnung für die Sterne im Kreuz des Südens. In unserer Familie wurde zwar erzählt, dass der Name von dieser Sternengruppe stammt, aber es waren die Pākehā-Missionare, die in dieser Diamantform ein Kreuz erkannten, und fortan sollten diese Sterne eben für etwas Schweres und Hölzernes stehen, etwas, das ihren eigenen Glauben getragen hatte.

Als unser Volk in seinem großen *waka* nach Aotearoa kam, mussten die Menschen wissen, in welche Richtung der Wind die Wellen und die Strömung blies. Daher ließen sie diamantförmige Drachen aufsteigen, Drachen aus weißen Federn, die man auch gegen den Himmel erkennen konnte. Die Sterne im Bild Te Taki-o-Autahi führten sie wie ein Drache aus Sternen, der ihnen zeigte, wohin sie zu steuern hatten.

Meine Ururgroßmutter tut das Gleiche nun für unsere Familie. Sie ist unsere *tipuna*, und wir folgen ihr dorthin, wohin ihr Geist, ihr *wairua*, uns leitet. Damals gab es noch keine Fotos, also denke ich an meine Ururgroßmutter, wenn ich vor einem Ölgemälde stehe, das an der hinteren Wand hängt. Es wurde von einem der ersten jener Pākehā gemalt, die die Sterne mit Ururgroßmutters Namen genommen und falsch übersetzt haben.

Auf dem Bild ist ein Hafen unter einem rosafarbenen Himmel zu sehen. Die Hügel sind mit dunklem Gebüsch bedeckt. Im friedlichen Wasser warten *waka* voller Maori, sie warten, was die hellhäutigen Menschen mit ihren merkwürdigen Kleidern wohl vorhaben. Der Rahmen ist alt und poliert, und das Bild ist genau wie die kolonialen Gemälde, die ich in Kunstbänden in der Schule gesehen habe. Mein Vater sagt, dieses habe ein romantisches und nostalgisches Leuchten. Mir kommt es so vor, als wäre Gott hinter der Leinwand.

RĪPEKA: WIDERSTAND

Die Missionare wollten, dass meine Ururgroßmutter ihrer Tochter einen Pākehā-Namen gab. Aber Nanny Te Taki-o-Autahi wollte das nicht. Sie nannte ihre Tochter nach sich selbst, aber machte die Missionare dennoch glücklich. Im Norden, woher sie stammte, sprachen die Missionare gutes Maori, denn hätten sie das nicht schnell gelernt, hätte niemand verstanden, was sie sagten. Als Nanny Te Taki-o-Autahi für ihre Tochter den Namen Rīpeka wählte, wussten die Missionare, dass er für ein Kreuz stand, obwohl er sie nicht an Sterne erinnerte.

Für sie war es etwas, an das Jesus genagelt worden war, sein Blut eingesickert in die rauen Fasern des Holzes.

Mein Vater sagt, dass er von seiner Mutter, Nanny Rebecca, und die wiederum von ihrer Mutter wusste, dass Nanny Te Taki-o-Autahi keinen Pākehā-Namen aussuchen wollte, da sie die Sprache der Pākehā nicht richtig aussprechen konnte. *»Tauiwi«* nannte sie sie. Fremde. Doch die Missionare verhielten sich größtenteils freundlich ihrem Volk gegenüber; sie gaben ihnen Bettdecken und bauten eine Schule und halfen ihnen, die anderen Pākehā zu verstehen, jene, die Handel treiben und kaufen wollten.

Es hängt ein Porträt von Nanny Rīpeka an der Wand. Sie war da schon eine *kuia* und hat, auf dem Bild, die Anmut einer Prinzessin. In ihr Kinn ist ein *moko* tätowiert. Manchmal versuche ich, mir vorzustellen, wie schmerzhaft das gewesen sein musste. Ihre Falten sind wie die kleinen Wellen, die entstehen, wenn man über eine Wasserfläche bläst.

Der Hintergrund ist schwarz mit einem bläulich-grünen Schimmer, wie das Federkleid der Erpel unten am See. Über dem Bild liegt ein Schleier, und meine Großmutter starrt in die Ferne. Ich kann nicht sagen, ob sie nach vorne oder zurück schaut.

REBECCA: NACHAHMUNG

Nanny Rebecca war ein Zwilling. Ihre Schwester Rachel war genau wie sie, und sogar meinem Vater fiel es schwer, seine Mutter und seine Tante auseinanderzuhalten. Sie trugen beide gute biblische Namen, denn Urgroßmutter Rīpeka war sehr religiös. Nanny Rebecca sagte, dass Nanny Rīpeka sehr stolz darauf war, ihnen »gute Pākehā-Namen« gegeben zu haben. »Seid wie die Pākehā«, sagte sie, »und ihr werdet das haben, was sie auch haben. Seid wie die Pākehā und betet den Pākehā-Gott an.«

Aber es waren Maori-Sitten, die Nanny Rīpeka halfen. Sie verlor eine Menge Blut, als sie ihre Zwillinge bekam, doch glücklicherweise starb sie nicht. Ihre Schwester kam, um bei ihr in Tarawera zu bleiben. Ihre Schwester konnte selbst keine Kinder bekommen, also war das eine gute Lösung. Sie blieb ein Jahr.

Dann kam der Ehemann, um sie abzuholen, und Nanny Rīpeka und ihr eigener Ehemann begrüßten ihn und seine *whānau*. Doch während sie das taten, packte Nanny Rīpekas Schwester ausreichend Decken und Essen für ein Baby ein. Als alle fort waren und Nanny Rīpeka zurück in das *whare* kam, um ihre Babys zu füttern, war Rachel verschwunden und nur ein Baby übrig.

Da griff sie sich einen Stock und ritt hinter ihnen her, folgte ihnen, um ihr Baby zurückzubekommen. Eine Cousine ihres Mannes, der ein Baby gestorben war, stillte Nanny Rebecca. Doch Nanny Rīpeka kam ohne Nanny Rachel zurück. Sie war mit ihrem eigenen Stock verprügelt worden.

Nanny Rīpeka wurde danach sogar noch religiöser, sie bat Gott darum, gut auf Nanny Rachel zu achten. Sie erzog Nanny Rebecca so, dass sie Pākehā-Kleider trug und wie eine Pākehā wurde. »Ich möchte, dass du in der Pākehā-Welt selbstbewusst auftreten kannst«, sagte sie zu Nanny Rebecca in *te reo Māori*. »Bald werden wir die Maori-Sitten nicht mehr haben«, sagte sie. Nanny Rebecca glaubte, sie würden ihnen dann gestohlen, so wie ihre Schwester Rachel.

Sie sah Nanny Rachel erst wieder, als beide erwachsen waren, und sogar dann waren sie noch genau die Gleichen: gleiche Augen, gleiches Lachen, gleiches Blinzeln. Sagt mein Vater.

An der Wand hängt eine Postkarte von Nanny Rebecca. Ich habe sie einmal heruntergeholt, es steht »maorische Jungfer« in kleinen Buchstaben auf der Rückseite. Sie sitzt in voller Pracht auf rosafarbenem und weißem Lehm und hält ein *poi* in der Hand, denn obwohl Nanny Rebecca versuchte, die Pākehā zu sein, die ihre Mutter sich wünschte, und also zur Kirche ging und alles, wussten die Pākehā ihrerseits doch, dass sie eine Maori war.

Ihre braune Haut hebt sich von dem weißen Kleid ab. So sehr sie auch versuchte, die Pākehā nachzuahmen, das konnte sie nicht ablegen. Sie konnte die Gleiche sein wie Nanny Rachel, die sie erst wiedersah, als sie dreiundzwanzig war, aber sie konnte nie die Gleiche sein wie die Pākehā vor der Kirche, deren mit Perlmuttknöpfen verzierte Rücken sie jeden Sonntag anstarrte, während sie ihre Kirchenlieder sang.

STAR: WUT

Mein Vater, Star, ist Nanny Rebeccas Sohn. Er kann kein Maori sprechen, denn Nanny Rebecca wollte es ihm nicht beibringen, obwohl Nanny Rīpeka mit ihr nur Maori sprach, denn sie konnte kein Pākehā. Wenn Nanny Rebecca in der Schule mit dem Lineal geschlagen wurde, weil sie Maori gesprochen hatte (die einzige Sprache, die sie kannte), war Nanny Rīpeka erfreut. »Sprich Pākehā«, sagte sie zu Nanny Rebecca. »Davon hast du mehr.«

Also lernte Nanny Rebecca gut Pākehā und vergaß ganz bewusst ihr Maori. Als sie eine *kuia* war und ihr Gedächtnis dorthin zurückging, wo sie ein kleines Mädchen gewesen war, versuchte sie manchmal, es wieder hervorzuholen. Ich erinnere mich, wie sie auf ein Flugzeug am Himmel zeigte und zu meinem Bruder sagte: »Schau! *Api tea!*« Und sie zeigte nach »da oben«.

Nanny Rebecca wollte ein schönes Pākehā-Haus mit hübschen Dingen darin haben, aber sie hatte acht Kinder. Und gerade dann, sagt mein Vater, als alle Kinder so groß waren, dass sie nichts mehr zerbrachen und Nanny Rebecca all ihre Schachteln mit den Figürchen ausgepackt und auf die Regale gestellt hatte, als die Chinabibeln und Wandteppiche in silbernen Rahmen wieder zu sehen waren, hatten er und meine Mutter meinen ältesten Bruder bekommen, und Nanny Rebecca musste alles wieder forträumen.

Doch mein Vater hätte diese Dinge ohnehin zerbrochen, selbst wenn mein Bruder es nicht getan hätte. Mein Vater regte sich nämlich häufig auf. Er erzählte mir einmal, dass, als er noch klein war, einige Pākehā-Jungs auf dem Heimweg auf ihn zugekommen waren und ihn im Kreis umstellt hatten, sodass er nicht fortkonnte. Sie sagten, er sei klein und schwarz, also müsse er eine Rosine sein. Sie wiederholten es immer wieder und lachten ihn aus: »Rosine, Rosine, Rosine!«

Also rannte mein Vater zu dem Größten hin und trat ihm gegen das Bein. »Ich glaube, diese Rosine braucht eine Lektion«, riefen sie und schlugen und traten ihn grün und blau. Und weißt du, wie alt mein Vater war? Acht Jahre. Acht Jahre alt und auf dem Heimweg vom Kino.

Aber er gab nicht Nanny Rebecca die Schuld, denn als sie zur Schule ging, wurde sie immer mit dem Lineal auf den Mund geschlagen. Und zwar so lange, bis sie gelernt hatte, Pākehā zu sprechen und nicht mehr Maori, nicht einmal mehr mit ihren Freunden.

Mein Vater sagt, dass es jetzt an der Zeit ist, den Teufelskreis zu durchbrechen und sich in unsere Erziehung einzumischen, und dass es ihm leidtut, dass nur noch ich übrig bin und dass die älteren Kinder zu kurz gekommen sind.

Nanny Rebecca erzählte mir, dass sie ihn Star genannt hatte, weil er mit so hellen, strahlenden Augen geboren wurde. Es hängt ein Foto von ihm an der Wand, das aus einem Büchereibuch herausgerissen worden ist. Ans Westra hat es gemacht, und darauf sind mein Vater und ein anderer Mann zu sehen, wie sie bei einem Protestmarsch eine Fahne tragen. Sie tragen ihre typische Kluft, und ihre Arme sind zum Gruß der Black-Power-

Bewegung erhoben. Die Augen meines Vaters strahlen nicht. Sie sind wütend und dunkel.

NGĀWHETŪ: ERHOLUNG

Mein Vater nannte mich Ngāwhetū, nach sich selbst. Er wollte, dass ich einen Maori-Namen trug. Er möchte, dass ich ihm Maori beibringe, denn ich lerne es in der Schule, jetzt, da ich wieder zurück bin.

Ich bin das jüngste der fünf Kinder in meiner Familie, und ich habe mich schon immer gefragt, warum ich die hellste Haut von uns allen habe. Als ich klein war, erzählte mir einer meiner Brüder, dass Kinder umso heller würden, je mehr Nachkommen die Eltern hätten, denn die Farbe würe sich allmählich aufbrauchen. Er sagte, dass Vater viel dunkler gewesen sei, bevor er uns alle bekommen habe.

Ich wolle nur ein Kind haben, sagte ich jahrelang, denn ich dachte, dass, wenn ich zu viele bekommen würde, ich so hell werden würde, dass ich gar nicht mehr zu sehen wäre und mich in einen Geist verwandelte. Ich wollte meine Farbe behalten.

Es gibt Pixie-Fotos von mir an der Wand, aber ich schaue lieber auf das Poster von Robyn Kahukiwa dort oben, wenn ich darüber nachdenke, wer ich bin. Jemand hat es aus einer Kinderklinik gestohlen. Das Mädchen auf dem Poster hat schwarze Haare und braune Haut, sie trägt ein *taonga* aus Grünstein um ihren Hals. Sie ist von Farben umgeben, die wie sie warm und dunkel schimmern: vulkanisches Orange, dunkle Rot- und kürbisfarbene Gelbtöne. Es gibt auch Finsteres auf dem Bild, ein tiefes samtiges Blau.

TE TAKI-O-AUTAHI: TRANSZENDENZ

Während ich hier in diesem Raum bin, sitzt meine zweijährige Tochter draußen am Tisch und malt.

Ihr Name ist Te Taki-o-Autahi. Sie ist wie ein Drache aus Federn, und ihre Schnur ist durch ihren *whakapapa* mit ihrer *tīpuna* verbunden, besonders meiner Ururgroßmutter, deren Namen ich ihr gegeben habe.

Sie ist nach mir benannt. Mein Name ist der Name meines Vaters, in die Maori-Sprache übersetzt. Sie wurde nach meinem Vater benannt, denn sein Name ist Star. Sie ist nach Urgroßmutter Rīpeka benannt, die nach dem Kreuz benannt wurde, das die Missionare in Te Taki-o-Autahi, dem Kreuz des Südens, sahen. Sie ist sogar nach Nanny Rebecca benannt, deren Name die Pākehā-Version von Nanny Rīpekas Namen ist.

Meine Kleine bringt mir ihr Blatt Papier. Sie hat mit einem blauen Kugelschreiber darauf gekritzelt und mit einem Glitzerstift einige silberne Punkte hinzugefügt. »Sterne, Mama«, sagt sie. Es wird an die Wand hinter mir kommen, zu den anderen Bildern.

Übersetzt von Jörn Pinnow

Damien Wilkins

Die Welt der Kinderbücher

Es geschah während einer Lesereise hoch oben im Norden. An unserem freien Tag waren wir bis an die Spitze der Insel gefahren. Dort oben gibt es nämlich einen Leuchtturm. Um den liefen wir herum. Danach stiegen wir in unseren Kleinbus und fuhren zum Strand. Wir hatten alle Lust zu schwimmen. Es war ein heißer Tag, der Himmel war blau.

Nachdem wir im Wasser waren, saßen wir mit Schrammen am Strand. »Was für ein Seegang«, sagten wir. Die Wellen hatten uns gestoßen, an uns gesaugt, uns herumgeworfen. Auf dem Riff spürte man Tausende Steinchen unter sich weggleiten. Es bedurfte einiger Anstrengung, um aufrecht stehen zu bleiben.

Tina sagte: »Ich wusste gar nicht, dass Gavin so gut schwimmen kann.«

»Ich auch nicht«, sagte Kate.

Trotzdem war er draußen hinter den Brandungswellen. Man sah seine Füße, dann seinen Kopf. Er war lang wie ein Stock und schien so sorglos wie ein Stück Holz, das im Wasser trieb.

»Glaubt ihr, es ist alles in Ordnung mit ihm?«, fragte Kate.

»Solche Dummheiten«, sagte Tina, »sind typisch für meinen Göttergatten.«

Dann hörten wir einen schwachen Schrei, der über die Brandung drang, und liefen runter zum Wasser. Carl kam gerade heraus, seine Brust war ganz zerkratzt. »Ich habe genug für heute«, sagte er. »Wir auch«, meinten wir. »Großartig, oder?«, sagte er. Wir stimmten zu. Es belebte uns regelrecht. Durch die vielen Steinchen hindurchzuschwimmen war aber auch anstrengend, und jetzt waren wir hungrig.

»Gavin bleibt lange draußen«, sagte Kate.

Carl schaute hinaus aufs Meer, er hatte seine Brille oben bei den Handtüchern gelassen. »Er ist da draußen?«, fragte er.

Dann hörten wir wieder den Schrei, diesmal noch schwächer.

»Das klingt nicht gut«, meinte Kate.

»Finde ich auch«, sagte ich. »Seltsam. Er hat nie erwähnt, dass er ein guter Schwimmer ist.«

»Kannst du ihn nicht rausholen …«, baten wir Carl.

»Glaubt ihr, er ist in Gefahr?«, fragte er.

»Ja, bitte beeil dich«, war unsere Antwort.

Carl hatte eine Ausbildung zum Rettungsschwimmer absolviert. Er schwamm besser als jeder von uns.

In den Schulferien schrieb er Märchen wie »Die drei kleinen Schweinchen« oder »Aschenputtel« für die Bühne um. Ich weiß noch, wie ich einmal dachte: »Ach, vielleicht könnte ich das auch.« Carl meinte, er verdiene damit genug Geld, um sein anderes Schreiben zu finanzieren. Ein netter Kerl und noch dazu talentiert.

»Zeig mir die Richtung«, sagte Carl. »Ich bin blind wie ein Maulwurf.«

Also erklärten wir ihm, wo wir Gavin vermuteten, und Carl rannte zurück ins Wasser.

Dann sahen wir zu, wie er ihm das Leben rettete.

Als Carl ihn herausgeholt hatte, legten wir Gavin auf den Strand. Er war grau, fast metallisch. Er wirkte gealtert, ganz dünn und glänzend. Gavin keuchte. Wir deckten ihn zu und sagten: »Ruh dich aus«, und: »Gavin, wir hatten Angst um dich.«

»Ich weiß nicht, ob ich heute noch in der Lage bin, den Bus zu fahren«, meinte er.

Wir sagten ihm, er solle sich keinen Kopf darum machen. Einer von uns könne das übernehmen. Er müsse sich jetzt ausruhen.

Im Bus waren alle still. »Ich denke«, sagte Gavin, »zwei Minuten hätte ich noch durchgehalten. Höchstens. Ich war völlig orientierungslos, und immer wenn ich mich umgesehen habe, die richtige Richtung suchte, hat mich das all meine Kraft gekostet. Ich habe versucht zu schreien, aber dann habe ich immer wieder Wasser geschluckt. Das wäre wirklich bescheuert gewesen. An einem so schönen Tag, nachdem wir beim Leuchtturm waren und alles.«

»Wenn nötig, hätte ich dich k.o. geschlagen«, sagte Carl. »Aber du hast es mir leicht gemacht, dich zu retten.«

»Woran hast du da draußen gedacht?«, fragte jemand. »An dein Leben und so?«

Gavin war ein bekannter Kinderbuch-Illustrator. Ein echter Künstler, genau, gewissenhaft und bekanntermaßen eigen. Vor einem Monat war eine Freundin von ihm gestorben. Auch sie war eine erstklassige Illustratorin gewesen. Sie hatte allein in einem Haus voller Puppen gelebt – fast das Klischee eines Menschen, der sein Leben Kinderbüchern widmet. Es stimmte aber, Gavin kannte das Haus von einem Besuch. Charakteristisch für ihre Arbeit waren fotorealistische Zeichnungen von Kindern, die Eis lecken oder auf den Schultern ihrer Väter reiten. Diese Bilder zeigten Kindergesichter unmittelbar vor oder nach einem Augenblick purer Emotion: Freude, Angst, Resignation. Ihre Bilder erinnerten stark an Fotos, die entstehen, wenn man zu früh oder zu spät auf den Auslöser drückt. Bilder, die man gewöhnlich aussortiert. Seitenweise Kindergesichter, die Verwirrung spiegelten, angespannte Konzentration oder einen obskuren inneren Konflikt, der die Kleinen aufwühlte. Ich fand diese Zeichnungen ein wenig unheimlich und hielt meine eigenen Kinder in Buchläden und Büchereien davon fern. Eines ihrer Bücher trug tatsächlich den Titel ›Ein Tag am Strand‹.

»Meine verstorbene Freundin fiel mir ein«, sagte Gavin. »Zuerst sie und jetzt ich, dachte ich. Das wird eine große Lücke in die Welt der neuseeländischen Kinderbücher reißen, sagte ich mir, zumindest für eine Weile, bis wieder ein neues Talent da ist. Es geht ja immer weiter.« Gavin lachte. »Außerdem musste ich an den kleinen Däumling denken«, sagte er. »Sechs Monate meines Lebens habe ich damit verbracht, dieses winzige Wesen zu zeichnen, wie es hinter Eierbechern hervorlugt oder auf den Fingern von Leuten herumläuft. Ich bin fast blind geworden dabei. Sechs Monate mit einem Vergrößerungsglas und einem Pinsel, der nur drei verdammte Borsten hatte.«

Sonst fluchte Gavin nie, zumindest hatten wir es nicht mitbekommen. Er unterrichtete Kunst an den besten Privatschulen. Dieser Hüne schien makellos.

Wir fuhren die Straße hoch und ließen den Strand hinter uns. Der Himmel war genauso blau wie bei unserer Ankunft. Nirgends ein Zeichen von dem, was wir erlebt hatten. Die Leute gingen nach wie vor in die Brandung. Unter den Duschen im Freien standen zwei Frauen in Unterwäsche, beide blond und gebräunt, sie hätten Schwedinnen sein können. Carl und ich betrachteten die Frauen durch das Fenster des Busses, als wir an ihnen vorbeifuhren. Kate sagte zu uns, es sei gut zu wissen, dass selbst ein Erlebnis, bei dem es um Leben und Tod ging, keinen Einfluss auf das männliche Lustempfinden habe.

Als wir die Stadt erreichten, dämmerte es schon. Wir bestellten Fish and Chips in einem Restaurant am Meer und saßen draußen an aufgebockten Tischen auf einer hölzernen Plattform, einer Art Ponton, die im Wasser leicht schaukelte. Das Meer unter den Planken war ölig schwarz.

»Ich hätte nicht gedacht«, sagte Gavin, »dass ich noch einmal Lust auf Fish and Chips haben würde.« Er aß ein Stück Fisch und lächelte ein wenig traurig. Vielleicht kam es uns aber auch nur so vor, als müsse eine Veränderung zu sehen sein.

»Hör mal, Gavin«, meinte einer von uns. »Im schlimmsten Fall hätten die Fische heute dich zum Abendessen gekriegt.«

Wir lachten mit vollem Mund, voll vom Meer, dessen Klang um uns und unter uns zu hören war. Dann packte Gavin eine doppelseitige Skizze für sein neues Buch aus, an der er gerade arbeitete. »Na, wer findet ihn?«, fragte er. »Wer schafft es? Der Erste, der ihn entdeckt, bekommt von mir einen Drink spendiert.« Die Dämmerung erschwerte die Suche, doch wir beugten uns alle gemeinsam über das Blatt, rückten dicht zusammen, sodass sich unsere Ellbogen und Schultern berührten. Wir suchten ihn alle. Wir suchten überall.

Übersetzt von Tarek Münch

Tim Corballis

Die Straße zur Stadt hinaus

Ich erreichte G., eine Stadt an der Westküste der Südinsel. Die Stadt wirkte wie ein Kupferstich, wie eine Kohlezeichnung oder auch eine Stummfilmkulisse. Kohle der nahe gelegenen Minen lag in den Wolken und im Regen. In dieser Umgebung wirkten die gepflasterten Bürgersteige unwirklich, neue Cafés drängten sich unangenehm dicht an die Bars mit amerikanischer Neon-Reklame und die Pubs mit ihren alten Fotos an den Wänden.

Elices' Zug fuhr ein, er hatte riesige Fenster, damit die Passagiere die Aussicht bewundern konnten. Ich sah durch die Fenster hinein und entdeckte Passagiere, die auf G. herausschauten, aber Elice sah ich nicht. Ich wartete auf dem Bahnsteig, doch Elice stieg nicht aus. Am nächsten Tag wartete ich noch einmal und am Tag darauf auch.

Mir war bewusst, dass ich sie der Polizei irgendwie würde beschreiben müssen. Ich hätte sagen können, dass Elice Gelegenheitsraucherin war. Sie rauchte (gelegentlich), um ihren Körper weiter ins All auszudehnen. Aschenbecher umschwirrten sie dann, aus ihrem Körper traten Zigarettenstummel aus, Rauch drang in ihre Haut ein und blieb dort. Rauch verdickte die Luft, bis nichts mehr von ihr zu sehen war. Wie auch immer, ich glaubte nicht, dass diese Informationen für die Polizei sehr hilfreich sein würden.

Elice und ich, wir sind ganz unterschiedlich. Meine frühesten Erinnerungen sind mit Reisen verbunden, in Autos oder Flugzeugen. Dabei schaute ich aus den Fenstern auf das Land weit unter uns. Einmal flogen wir über einen Vulkan, der Wolken und Asche in die Luft spie.

Meine Mutter sagte: »Wir sollten nicht hier drüberfliegen. Die Asche und der Rauch könnten die Triebwerke verschmieren oder die Sicht einschränken, und dann stürzen wir ab.« Sie zog die Blende vor das Fenster.

Später, als wir schliefen – ich tat nur so –, liefen die Stewardessen den Gang auf und ab und flüsterten den Passagieren zu: »Wir stürzen nicht ab. Schlafen Sie ruhig. Sie werden bald in Ihrem neuen Zuhause sein.«

Doch mein neues Zuhause war immer nur ein anderes Fahrzeug.

Ich wählte ihre Nummer von einer Telefonzelle aus. Ich sagte zu ihrer Mutter: »Ich weiß, Elice ist nicht da, aber …«

Sie antwortete: »Nein, sie ist nicht hier.«

»Nein. Ich wollte nur wissen …«

»Sie ist mit einem Freund im Süden unterwegs.«

»Ja, das bin ich.«

»Sie sind der Freund unten im Süden?«

»Ja.«

»Okay, dann ist sie ja bei Ihnen.«

»Nein.«

»Sie reisen doch mit ihr umher, oder nicht? Weshalb rufen Sie denn an?«

»Elice sollte mich hier treffen, aber sie ist nicht gekommen.«

»Warum nicht?«

»Ich weiß es nicht! Ich dachte, das könnten Sie mir sagen.«

»Wie sollte ich Ihnen das sagen?«

»Ich dachte nur, Sie wüssten vielleicht etwas.«

»Was sollte ich wissen?«

»Machen Sie sich keine Sorgen?«

»Sie ist eine erwachsene Frau, sie kann tun und lassen, was sie will.«

»Und was, wenn sie einen Unfall hatte?«

»Sie kann auf sich aufpassen. Weshalb rufen Sie denn an?«

»Ich wollte hören … Egal.«

»In Ordnung, dann also Auf Wiedersehen.«

»Wiedersehen.«

Ich dachte, sie sei möglicherweise entführt oder überfallen und ermordet worden. Ich ging zur Polizei und sprach mit einer Frau über Elice. Mir wurde gesagt, ich solle mir keine Gedanken machen, ständig würden Leute verschwinden, und ihr würde gar nichts anderes übrig bleiben, als früher oder später wieder aufzutauchen. Wenn ich aber in ein paar Tagen immer noch beunruhigt sei, könne ich noch einmal wiederkommen.

Elice und ich sind ein Liebespaar geworden. Es beginnt in dem Café, in dem sie arbeitet. Ich sehe sie oft dort – ich fang an, etwas zu verschütten; einen Kaffee, einen Milchkaffee oder einen Cappuccino, oder manchmal eine Suppe oder etwas anderes von der Tageskarte. Ich versuche, das Durcheinander aufzuräumen, und dann kommt sie mit einem Tuch und sagt: »Kein Problem.« Aber die Flecken auf der Tischplatte bleiben sichtbar und werden mit jedem Mal auffälliger.

Ich möchte wissen, ob das eine angemessene Art und Weise ist, eine intime Beziehung zu beginnen. Sie ist sich auch nicht sicher. Wir einigen uns darauf, dass Unsicherheit unvermeidlich ist. Liebe wächst in dieser Unsicherheit. Und so diskutieren wir darüber, ob es ein Rhinozeros im Café gibt.

Elice bittet mich, ihre Wohnung nur über das Fenster zu betreten und zu verlassen. Die Wohnung liegt im ersten Stock, und an das Fenster komme ich nur heran, wenn ich draußen am Baum hinaufklettere. Elice möchte verhindern, dass ihre Mutter, mit der sie die Wohnung teilt, mich kommen sieht.

Die Wände sind mit einer dicken Schicht Poster bedeckt, die sich seit ihrer Kindheit angesammelt haben. Eines Tages werden Anthropologen diese Posterschicht freilegen und daraus ihr Entwicklungsschema ableiten. Wir können ihre Mutter in der Küche hantieren hören.

Wenn ich gehe, öffne ich das Fenster, steige in die oberen Äste des Baumes und klettere hinunter.

Nachdem ich zum ersten Mal bei ihr gewesen bin, küsst mich Elice im Café schnell und sagt dann: »Wir werden vorsichtig sein müssen.«

»Du meinst wegen AIDS und so ...«

»Ja, das auch, aber eigentlich meinte ich meine Mutter. Sie darf dich nicht mit mir zusammen sehen!«

Ich möchte wissen, was ihre Mutter dann tun würde. Elice ist klein und dünn; dass ihre Mutter gefährlich sein könnte, verwundert mich – aber ich weiß, es gibt Gefahren, die nicht physischer Natur sind. Ich frage: »Was würde sie denn tun?«

Elice sagt: »Es gibt Gefahren, die sind nicht physischer Natur.«

Ich lächle sie an. Ich sage: »Es macht nichts, wenn ich mich vor deiner Mutter verstecken muss. Das ist in Ordnung.«

Wir einigen uns darauf, dass ich weiterhin das Fenster benutzen werde. Wenn ihre Mutter ins Zimmer kommt, verstecke ich mich im Schrank.

Ich beschloss, in einem Backpacker Hostel gleich außerhalb von G. zu bleiben. Es wurde von Mr Milk geführt, einem kleinen und drahtigen Mann, der eine Mütze trug. Er zeigte mir das Hostel und stellte mir Rover vor, seinen Hund.

»Ihr Hund heißt Rover?«

»Rover«, entgegnete er, »ist nicht nur ein altehrwürdiger Hundename. Mein Rover hier ist ein *direkter Nachkomme* einer langen Reihe von Rovers, die den adligen Familien Europas gedient haben. Er kann seinen Stammbaum auf eine große Anzahl aristokratischer Hunde zurückführen.«

Der Hund sah mich stolz an. Sein Fell war ganz schwarz und glänzend.

Mr Milk fuhr fort: »Ich weiß, dass ich Rover eines Tages verlieren werde – so, wie Sie Ihre Freundin verloren haben. Wir beide, er und ich, wir wissen, dass er für Größeres bestimmt ist als ...«, er fuhr mit der Hand durch die Luft, »... das hier.«

Mr Milk hatte das Hostel in dem Haus eröffnet, in dem er früher selbst gewohnt hatte, und war in ein neues Haus hinter dem Anwesen gezogen. Er kümmerte sich um Touristen, die in der Lounge saßen und darauf warteten, dass der Regen aufhörte. Einer von ihnen, ein Deutscher namens Florian, war schon seit drei Wochen da.

»Derzeit mein längster Mieter«, sagte Mr Milk.

»Ich möchte auf mein Fahrrad steigen und dann los, aber

bei dem Regen«, stellte Florian mit seinem unvollkommenen amerikanischen Akzent fest.

»Ich warte hier auf eine Freundin, die verschwunden ist«, erklärte ich.

Florian sagte: »Klingt nach einer guten Idee.« Er zog eine Zigarette hervor, zündete sie an und hielt mir die Packung hin.

»Nein, danke.«

Er fuhr fort: »Manchmal möchte ich verschwinden.«

Mr Milk schnaubte.

»Wie bitte?«, fragte ich.

Florian wiederholte: »Ja, warum nicht einfach verschwinden?«

»Glaubst du, Elice ist absichtlich weggelaufen?«

»Nein, ich meine nur, manchmal möchte ich mich einfach in Luft auflösen.«

»Ach so.«

»Rauchen ist eine eklige Angewohnheit. Und ungesund«, mischte sich Mr Milk ein.

Florian entgegnete: »Sie sind ein richtig gesunder Kiwi, Mr Milk. Haha.«

»Und Sie werden sich auch in Luft auflösen, wenn Sie weiter so viel rauchen.«

»Gut.«

Ich sagte: »Ähm, also, warum willst du dich denn eigentlich in Luft auflösen, Florian?«

»Es gibt doch nicht viel, was mich hier hält, oder? Nur Schmerzen und Leid.« Der Regen trommelte schwer an das Fenster.

Ich sagte: »Das klingt aber ein wenig pessimistisch …«

»Pessimistisch, ja, stimmt. Aber Pessimismus ist Realismus, oder etwa nicht? Niemand ist lange glücklich.«

Mr Milk sagte: »Ich bin meistens glücklich.«

»Nein, das sind Sie nicht«, entgegnete Florian.

»Neunzig Prozent der Zeit, mindestens.«

»So was habe ich ja noch nie gehört! Zu neunzig Prozent glücklich! Haha.«

Ich sagte: »Ich glaube, ich bin die meiste Zeit glücklich. Vielleicht achtzig Prozent? Außer wenn es um Elices' Verschwinden und solche Dinge geht ...«

»Aber schaut doch mal fern! Überall gibt es Krieg, Tod und Leid, und die Menschen werden ausgenutzt! Das hört nie auf!«

»Das stimmt wohl, so was sieht man da.«

»Ich wette, *wirklich* glücklich bist du vielleicht fünf Prozent der Zeit.«

»Vielleicht waren achtzig Prozent zu viel, aber es ist sicher nicht weniger als fünfzig-fünfzig. Normal eben.«

»Und was ist normal? Sind denn irgendwelche Zeiten normal? Die meisten Menschen verbringen ihre Zeit doch damit, vor irgendetwas Angst zu haben, und wenn dieses Problem dann gelöst ist, suchen sie sich ein neues.«

Mr Milk erwiderte: »Ja, ja. Aber es gibt auch Dinge im Leben, die Spaß machen. Macht es Ihnen denn keine Freude, durch Neuseeland zu reisen?«

»Ja schon, es ist wunderschön hier und friedlich.«

»So friedlich ist es aber nicht immer. Doch zumindest ist das da draußen kein saurer Regen.«

Ich sagte: »Und du bist wirklich nur fünf Prozent der Zeit glücklich?«

»Okay, okay, vielleicht auch zehn oder fünfzehn, mehr aber nicht.«

»Ich bin nicht bereit, unter vierzig zu gehen.«

»Zu viel. Zwanzig, fünfundzwanzig, max.«

»Fünfunddreißig.«

»Dreißig.«

»Abgemacht.«

Mr Milk nickte. Ich schüttelte Florian die Hand.

Der Baum steht draußen, gespreizt wie die Gliedmaßen eines toten Tieres. Ich kann ihn dort vor dem Fenster sehen, wenn ich durch das Schlüsselloch des Schranks schaue (ich sitze drinnen), und auch Elice, allerdings ist ihre Mutter außerhalb meines Sichtfelds, das ich durch diese Öffnung habe. Dann und wann schaut Elice in meine Richtung.

Ihre Mutter, Mrs Cunningham, erzählt von den Leuten, die im Supermarkt kostenlose Produktproben anbieten. Sie wirkt nicht gefährlich oder aggressiv, aber Menschen können sich sehr verändern, wenn sie provoziert werden.

Sie sagt: »Wenn man eine Probe annimmt, muss man das Produkt dann auch kaufen? Ich mag die Sachen dann immer, und der Mensch mit der Probe schaut mich so an, als würde er sagen: Na, warum kaufst du es dann nicht?«

»Ich finde nicht, dass du etwas kaufen musst, was du nicht kaufen willst«, antwortet Elice.

»Nein, eigentlich nicht. Aber mir ist es trotzdem peinlich. Ich kann sie dann nicht mehr anschauen. Deshalb tue ich immer so, als würde mich etwas in den Regalen interessieren, und gehe ihnen damit aus dem Weg …«

Hier drin sind unordentliche Schuhhaufen. Ich kann sie spüren, aber es ist zu dunkel, um sie mit den Augen unterscheiden zu können. Ich ertaste sie, während ich Elice durch das Schlüsselloch beobachte. Ich nehme einen hoch – einen alten Turnschuh. Ich versuche sein Gegenstück unter den anderen Schuhen zu finden, habe aber kein Glück. Ich bin nicht sicher, was ein einzelner Schuh, einer ohne Partner, hier verloren haben könnte. Ich lange nach einem anderen. Dieses Mal ist es ein schmaler Lederschuh mit etwas, das sich anfühlt wie eine Schnalle. Wieder habe ich Schwierigkeiten, den zweiten dazu zu finden. Auch der dritte Schuh, mit dem ich es versuche, hat offensichtlich keinen Partner. Ich befinde mich im Schrank meiner Geliebten mit einer Sammlung einzelner Schuhe. Elice schaut zu mir. Ihre Mutter sagt gerade: »… ich lande dann immer bei der gleichen Kassiererin. Sie ist so jung, und sie sieht wirklich unglücklich aus, und eine Zeit lang trug sie einen Verband um ihre Handgelenke. Sie lachte und sagte zu jedem Kunden, den sie bediente, es ist nicht das, wonach es aussieht, keine Angst.«

Ich sprach noch einmal mit der Polizei. Sie saßen da und hörten meiner Geschichte zu und waren offensichtlich interessierter. Wir saßen in einem kleinen Vernehmungsraum mit heruntergelassenen Jalousien. Es waren zwei Polizisten, die Frau, mit der ich schon einmal gesprochen hatte, und ein Mann. Vor ihnen lag Papier, aber sie schienen sich nichts zu notieren. Ein Poster an der Wand mahnte: DIEBSTAHL IST EIN VERBRECHEN.

Der Mann sagte: »Ist denn, Ihrer Meinung nach, irgendetwas, Sie wissen schon, etwas *Illegales* hier geschehen?«

»Ich weiß nicht.«

»So etwas wie: Jemand hat gegen das Gesetz verstoßen?«

»Warum sollte jemand gegen das Gesetz verstoßen haben?«

Die Frau fragte: »Vielleicht können Sie uns das sagen …?«

»Ich weiß nicht.«

»Hat Ihre Freundin gegen das Gesetz verstoßen?«

»Nein, ich glaube nicht.«

»Und Sie – haben Sie gegen das Gesetz verstoßen?«

»Nicht, soweit ich weiß.«

»Sehr schön. Passen Sie auf, dass das auch so bleibt, okay?«

»Okay.«

Beim Aufstehen sagte sie: »Gut, das war's dann. Überlassen Sie den Rest uns.«

Es ist Sonntagnachmittag. Ich komme an und bin überrascht, sie rauchen zu sehen.

Der Rauch steigt aus ihrem Mund auf und aus den Poren ihrer Haut. Ihr Mund schwimmt im Rauch und löst sich von ihrem Körper. Der Rauch bildet Buchstaben in der Luft, als ob sie komplexe Rauchringe pusten würde. Ich finde sie schwer zu lesen.

O – T – G – E – H – J –

Ich sage: »Hey, das ist ein toller Trick!«

– E – T – Z – T – W –

Sie antwortet nicht. Ich sage: »Ähm …«

– E – G –

Sie sieht unglücklich aus. So habe ich sie bisher noch nie gesehen. Ich überlege, ob das überhaupt Elice ist. Vielleicht bin ich den falschen Baum hinaufgeklettert. Die Äste draußen sehen allerdings doch vertraut aus. Die Buchstaben steigen immer schneller auf, in einer kunstvollen Handschrift, die sich an ihren Körper schmiegt. Wenn ich von unten hätte rufen müssen, hätte sie dann für mich Haare aus Rauch hinuntergelassen, an denen ich anstelle des Baumes hätte hinaufklettern müssen?

Rauch ist überall, und Asche fällt von ihrer Zigarette in einen Aschenbecher aus Glas.

Im Hostel erzählte Mr Milk: »In dieser Gegend gehen öfter Leute verloren.« Er zeigte in nordöstlich-südwestliche Richtung und meinte die Westküste.

Ich fragte: »Viele Leute? Warum?«

Er zuckte mit den Schultern. Seine Westküste war ein Ort voller Regen. Der Regen kam und ließ Flüsse über die Ufer treten, Wasser floss über die Dielen von Häusern und Geschäften. Die Menschen ließen ihren Versuchstierbestand – Büffel, Vogel Strauß, Lama – oder die Haufen von Torfmull zurück und stapelten Sandsäcke an den Flussufern. Brücken wurden unterspült. »Kriminalität ist hier also nicht das Problem – das Wetter ist zu schlecht für Verbrecher.«

»Und wohin gehen dann die Leute, die verschwinden?«

»Hier gibt es Straßen und Städte – aber dazwischen, da ist viel Wildnis.«

Doch ich war mir recht sicher, dass Elice wahrscheinlich nicht in der Wildnis verloren gehen würde. Zwischen diesen Wildnisflecken, da war Zivilisation. War es hier, wo Elice verloren gegangen war?

Es ist Sonntagnachmittag. Sie küsst mich. Durch das Fenster sind Wolken zu sehen, über deren Formen wir uns einig sind. Später, als es dunkel ist, schlafe ich ein. Sie ist schon eingeschlafen. Ich bin nicht in ihrem Schrank gewesen, und von ihrer Mutter ist nichts zu hören. Ich frage mich, ob ihre Mutter ausgegangen ist.

Später werde ich dadurch geweckt, dass Elice mich schüttelt. Ihre Augen sind weit aufgerissen und rasen durchs Zimmer. Ich kann im Mondlicht immer noch Wolken sehen. Sie zischt: »Schrank!«

Ich taumele zum Schrank, und Elice wirft mir meine Kleider hinterher. Ihre Mutter öffnet die Tür und fragt: »Hast du ein Geräusch gehört?«

»Nein«, antwortet Elice.

»Ich dachte, ich hätte etwas gehört.«

»Ich nicht.«

»Bist du sicher?«

Der Mondschein erleuchtet die Äste des Baumes vor dem Fenster, sehe ich durch das Schlüsselloch.

Elice sagt: »Ja.«

»Es könnte aber ein Geräusch gewesen sein, das du nur nicht gehört hast.«

Es ist noch dunkler als sonst im Schrank. Ich spüre einen Schuhkarton, der mit kleinen kalten Objekten gefüllt ist, die zu identifizieren mir schwerfällt.

»Wahrscheinlich nichts«, erwidert Elice.

»Na ja, vielleicht ...«

»Ich bin sicher, da ist niemand.«

»Meinst du?«

»Nein. Kein verrückter Killer oder Psychopath oder so.«

»Nein, wohl nicht ...«

»Niemand versteckt sich in den Schatten und klettert durch dein geöffnetes Fenster.«

»Ich glaube, mein Fenster ist zu …«

Ich fühle mich in der abgestandenen Luft des Schranks langsam unwohl. Jacken und Kleider stoßen gegen meinen Kopf und Nacken.

»Was für eine heiße Nacht, oder?«

»Ja.« Ich höre, wie Mrs Cunninghams Schritte unentschlossen aus dem Zimmer verschwinden und wie die Tür geschlossen wird.

Am nächsten Morgen klettere ich in den Baum, zögere aber, bevor ich auf den Boden springe. Am Himmel eilen Wolken dahin.

Ich rufe: »Elice?«

Ich mag es, sonntagnachmittags in einen Baum hinaufzuklettern und ihn später oder am Montagmorgen wieder hinunterzuklettern, aber ich mag es nicht, mich schnell in ihrem Schrank verstecken zu müssen, wenn ihre Mutter ins Zimmer kommt.

Ich höre eine Bewegung, dann sagt Elices' Stimme: »Ja?«

Ich hänge mit meinen Händen an einem Ast. »Ähm … Ich frage mich …«

Sie sagt noch einmal: »Ja?«

»Immer diese … Geheimniskrämerei, der Baum und das Verstecken …«

Ich zögere. Ich finde es schwierig, über so etwas zu reden, während man in einem Baum hängt.

»Was wolltest du sagen?«

»Warum musst du mich denn unbedingt vor deiner Mutter verbergen? So schlimm kann sie doch gar nicht sein.« Langsam verlässt die Kraft meine Hände.

Ich sage: »Das ist doch irgendwie nicht normal …«

Nach einer Minute antwortet sie: »Normal? Aber du kennst meine Mutter doch gar nicht.«

Angesichts meiner derzeitigen Situation stimmt das sogar. Ich lasse mich fallen und gehe.

Rover kam in den Schlafsaal. Er wackelte mit dem Schwanz und sah mich begeistert an. Mit seinen Ohren wies er Richtung Tür, und ich folgte ihm aus dem Zimmer und dem Haus hinaus in den Regen. Er sauste über den aufgeweichten Rasen zu einem alten Schuppen im Garten hinter dem Haus.

Der Schuppen war baufällig – im Dach war ein Loch, in den Wänden fehlten Bretter, die Tür schloss nicht richtig und hing schief in den Angeln. Drinnen herrschte ein Durcheinander aus alten Farbeimern, Packen verrottender Zeitungen, in den Regalen lagen Werkzeuge und alte Weinflaschen, eine Wand wurde von einem schrottreifen Fahrrad gestützt. Rover drehte sich um und sah mich erwartungsvoll an.

Ich fragte mich, warum er mich hierhergebracht hatte. Er begann auf dem dreckigen Boden hin und her zu laufen. Ich wich den riesigen Spinnweben aus und fragte: »Was ist denn hier? Willst du was?« Er antwortete nicht, lief aber weiter schwanzwedelnd hin und her. Ich suchte in den Regalen etwas, das interessant sein könnte für einen Hund – oder mich. Es war nicht zu erkennen, ob Rover mir etwas anbieten wollte, selbst nach etwas verlangte oder mir etwas zu erklären versuchte.

Etwas Interessantes schien es dort nicht zu geben. Die Anhäufung von Zeitungen verriet weniger als die gesammelten, aber nutzlosen Werkzeuge und Haushaltsgegenstände. Rover hechelte mich an. Ich suchte nach etwas Verborgenem, konnte aber nichts entdecken. Rover war ungeduldig, schon bald verließ er den Schuppen. Ich ging auch hinaus. Er stand draußen und wartete im Regen mit einem Stock im Maul auf mich.

Im Schuppen war nichts Interessantes. Beziehungsweise: Wenn dort etwas gewesen war, war es jetzt verschwunden. Ich saß wieder im Schlafsaal. Rover war mir mit seinem Stock gefolgt und schaute mich mit traurigen Augen an. Vielleicht hatte er mir über den Schuppen als Ganzes etwas mitteilen wollen? Eine Geschichte über Farbeimer oder einen Schrein der ausrangierten Dinge?

Florian sagte: »Geschichte, haha! Dieser Ort hat keine Geschichte.« Mr Milk war nicht da – vermutlich, um Florian aus dem Weg zu gehen, der zwar von Kopf bis Fuß in einem Lycra-Fahrradanzug steckte, aber keine Anstalten machte aufzubrechen. »Meine Heimatstadt wurde von den Römern erbaut. So etwas kann man unter den Füßen spüren. Hier ist doch kein Gebäude älter als ein paar hundert Jahre!«

Ich hätte sagen können: Wir sammeln Farbeimer, so wie die Europäer alte Gebäude sammeln. Unsere Geschichte sind ausrangierte Dinge, verteilt im oder unter dem Haus oder in Schränken oder Schuppen.

Florian stand plötzlich auf und nahm Rovers Stock. Hatte mich der Hund zu dem Schuppen geführt, um mir zu sagen: Elice könnte unter so etwas verschwinden? Ein Mensch könnte zwischen alten Flaschen, Staub, Äußerungen, Erinnerungen verloren gehen? Rover blinzelte mir zu, als er und Florian hinaus in den Regen gingen.

Meine Geschichte würde immer in einen Rucksack oder einen Kofferraum passen. Mein Vater fuhr, und meine Mutter bat ihn, langsamer zu fahren. Das Innere des Autos wurde zu einer eigenen Welt. Alles hinter der Fensterscheibe hätte weit unter uns sein können, vielleicht ein Vulkan, der Rauch und Asche spie.

Sie ruft mich an. Das ist ungewöhnlich, da wir uns normalerweise einfach am Sonntagnachmittag bei ihr oder im Café treffen. Sie sagt: »Ich möchte dich nicht sehen.« Ihre Stimme ist matt und zögerlich.

»Okay. Und wann *möchtest* du mich wieder sehen?«

»Ich möchte nicht. Es tut mir leid …«

»Es ist in Ordnung … dass du mich nicht sehen willst.«

»Es ist in Ordnung?«

»Ja – aber *wann* möchtest du mich nicht sehen?«

»Bitte … zwinge mich nicht, es auszusprechen …«

»Ja, aber wenn du es mir nicht sagst, kann ich es auch nicht wissen!«

»Du weißt es nicht …?«

»Elice! Bitte …«

Ihre Stimme ist noch matter als zuvor, sodass ich mich anstrengen muss, sie zu verstehen. »Ich möchte … dich nicht sehen.« Vor meinem Fenster dröhnt der Verkehrslärm.

Ich sage: »Na gut.«

Sie sagt: »Tschüss …«

Ich bin mir nicht sicher, was in solch einem Moment zu tun ist. Draußen ziehen graue Wolken langsam über den Himmel. Sie scheinen nahe genug zu sein, um sie berühren zu können. Ich öffne das Fenster und lange nach oben, doch sie bleiben außer Reichweite. Ich schaue nach Elice' Gesicht in den Wolken, kann aber nur einzelne Schuhe erkennen – und eine Ansammlung von Rauch und Asche.

Die Polizei interessierte sich jetzt für meine Rolle bei Elice' Verschwinden. Es war ein paar Wochen her. Ich wies darauf hin, dass immer wieder Leute verschwinden. Dass es nutzlos war, solch ein Verschwinden verstehen zu wollen, denn es war schlicht nicht möglich. Ich wollte meine Reise die Westküste hinunter fortsetzen.

Der Polizist sagte: »Warum wollen Sie fort? Was ist mit Ihrer Freundin?«

»Ich bin sicher, sie kommt nicht mehr. Ich habe nach ihr gesucht – sogar schon bevor sie verschwunden war –, und es gab nie auch nur einen Hinweis.«

Die Frau sagte: »Die Polizeiarbeit können Sie uns überlassen, okay?« Sie musterten mein Gesicht. »Warum wollte Ihre Freundin, ähm …«

»Elice.«

»… genau. Warum wollte sie mit Ihnen auf Reisen gehen? Gab es eine Absicht dahinter? War das typisch für sie?«

»Vermutlich habe ich sie dazu überredet …«

Sie schauten sich an, und der Mann schrieb etwas auf seinen Notizzettel. Er sagte: »Erzählen Sie uns etwas über Ihre Beziehung zu ihr.«

»Warum sollte ich … es ist doch so, dass das überhaupt nicht relevant ist. Ich bin nicht hierhergekommen, um über …«

Die Frau fragte: »Warum genau sind Sie dann noch einmal zu uns gekommen?«

Ich war nicht sicher. Sie lehnten sich zurück und sahen mich an. Der Mann sagte: »Ich würde Ihnen empfehlen, keinen Ärger zu machen, klar?«

Ich treffe sie im Café. Wir hatten uns seit mehreren Monaten nicht gesehen – wir sind kein Liebespaar mehr (wenn wir das überhaupt jemals waren). Stattdessen sind wir Freunde. Ich habe gekündigt und möchte für einige Zeit auf der Südinsel herumreisen. Die Westküste ist einer der Orte, an denen ich noch nie gewesen bin. Ich weiß, dass es kein Risiko ist, Elice zu fragen, ob sie mitkommen möchte; sie würde nicht wollen – sie hat eine Schicht Heimat um sich herum, die es ihr unmöglich macht, fortzugehen.

Aber ich frage sie, und sie ist einverstanden. Nach einigem Hin und Her beschließen wir, dass sie mich in G. treffen wird.

Übersetzt von Jörn Pinnow

William Brandt

Die Schuhe seines Vaters

Den ganzen letzten Winter lief ich in einem Paar dieser, ihr wisst schon, dieser Kung-Fu-Schuhe rum, die nur aus dünnem Stoff bestehen, schon halb auseinandergefallen, mit einem großen Loch an den Zehen. Also saugten sie sich in den Pfützen voll, und meine Füße wurden ganz kalt und nass. Ich brauchte wirklich ein gutes Paar neuer Schuhe. Ein gutes Paar Lederschuhe. Wasserdichte Schuhe, bequem und strapazierfähig, in denen ich lange Strecken laufen kann. Die meine Füße vor der Straße schützen, vor spitzen Gegenständen, vor Kälte und Matsch.

Und mein Vater hatte dieses Paar alter Bootsschuhe. Er trug sie gar nicht mehr auf dem Boot, nur bei der Gartenarbeit. Für das Boot hatte er ein neues Paar. Diese sind nur seine alten ausgelatschten Schuhe für die Gartenarbeit. Er arbeitet aber nie im Garten. Sie stehen bloß in der Waschküche unter dem Waschbecken.

Diese Schuhe aber waren das, was ich brauchte. Ganz genau das, was ich brauchte. Sie passten mir, sie waren gut verarbeitet, bequem und wasserdicht. Also sprach ich ihn einmal darauf an, ob er mir diese Schuhe geben würde. Ich erklärte ihm, dass ich viel herumlaufe und gute Lederschuhe für meine Füße brauche. Ich fragte ihn höflich und angemessen. Ich fragte ganz vorsichtig, man könnte auch sagen, ich schlug einfach nur vor, ob ich sie haben könnte oder ob er mir ein Geschenk machen wollen würde, nämlich die alten Gartenschuhe aus der Waschküche.

Und seine Antwort war Nein. Was typisch für ihn war. Und so fragte ich ihn, wirklich höflich und angemessen, was der Grund für seine Ablehnung sei, und er antwortete, dass sie eine emotionale Bedeutung für ihn hätten. Seine exakten Worte waren: »Lieber nicht, sie haben eine emotionale Bedeutung für mich, weißt du.«

Eine emotionale Bedeutung.

Ich entschied mich, diese Frage der Emotionen, des Gefühls und der leidenschaftlichen Bindung weiterzuverfolgen, denn ich spürte, dass ich ihm eine Menge zu diesem Thema sagen konnte. Es gab vieles, was ich ihm sagen wollte. Und was ich ihm in diesem Moment vorschlagen wollte, war, dass es für ihn möglicherweise eine größere emotionale Bedeutung haben könnte, wenn er seinem Sohn etwas gäbe, was dieser brauchte, ihm ein Paar Schuhe zu geben, anstatt diesem Sohn ein Paar Schuhe zu verweigern, nur um dieses alte Paar ausgetretener Bootsschuhe im Haus behalten zu können.

Doch ich wollte ihm zugleich auch verständlich machen, dass ich weder verärgert noch durcheinander war, dass ich nur noch etwas weiterreden und dieses Thema im Sinne einer lebhaften, man könnte auch sagen geistvollen oder sogar launigen, dabei aber nicht leichtfertigen Debatte beibehalten wollte, ohne jede Schärfe, nur um klarzumachen, nur um ihm dies zu verdeutlichen, also um ihm zuerst zu zeigen, dass ich ganz ruhig und überhaupt nicht verärgert war, um ihm das zu zeigen, gähnte ich langsam, drei Mal, ganz bewusst, bevor ich fortfuhr, um ihm verständlich zu machen, dass ich keineswegs erregt oder verwirrt war.

Ich habe ihm dann, wie gesagt, dargelegt, dass, was für eine emotionale Bedeutung auch immer er mit diesem alten Paar Schuhe verbinde, es für seine emotionale Bindung, für seine väterlichen Gefühle sicherlich wertvoller sei, seinem Sohn ein Geschenk zu machen. Ein ganz einfacher Grund, ein stichhaltiges Argument.

Er lehnte es rundweg ab, irgendein Gespräch über dieses Thema zu führen. Er weigerte sich ziemlich kategorisch, irgendeine der folgenden Fragen zu beantworten, die ich ihm bei dieser Gelegenheit stellte. Er wiederholte einfach immer und immer wieder seinen Standpunkt: »Ich möchte nicht darüber reden. Ich möchte nicht darüber reden.« Das waren exakt seine Worte.

Man kann mit diesem Kerl nicht reden. Und das ist typisch für die Art von Einstellung, die er pflegt. Das sind die Situationen, in die wir geraten, wenn ich versuche, ihm meinen Standpunkt zu verdeutlichen, meine Gefühle klarzumachen, und er einfach nicht zuhört.

Also warf ich eine Glaskugel an die Wand, und das Ergebnis war, dass die Glaskugel kaputtging und in sehr kleine Teile zersplitterte. Ich schlug mit meiner Faust sehr fest gegen die Tür, um ihm zu zeigen, wie es mir ging. Was ich ihm zeigen wollte, war, dass er es mir nicht erlaubte, meinen Standpunkt klarzumachen, und dass ich deshalb diese Dinge tat, um meine Frustration und meinen Ärger auszudrücken. Doch er verließ einfach das Zimmer. Solche Dinge passieren eben.

Aber das – das wird jetzt allerdings richtig heftig. Meine Mutter – meine Mutter stand am Ende des Flurs und bat mich, ja sie bettelte mich buchstäblich an, das Haus zu verlassen, wegzugehen. Und er saß einfach nur im Wohnzimmer und tat so, als würde er Zeitung lesen. Aber seine Hände zitterten.

Ich brüllte meine Mutter an. Ich ließ absichtlich die Tür zum Wohnzimmer offen, damit er hören konnte, was ich sagte. Ich sprach mit meiner Mutter, aber eigentlich sollte er zuhören. Ich fragte, wie ich all diese Dinge, die ich zu sagen habe, mitteilen kann, wenn er nicht zuhört? Er kann zuhören, aber er würde nie zugeben, dass er es kann. So führt sich mein Vater auf. Er nutzt seine einflussreichen Beziehungen und seine Arglist, um mir mein Menschsein zu verweigern. So läuft das eben.

Zu diesem Zeitpunkt war Hochsommer. Mein Bedarf an einem Paar Schuhe war daher nicht so groß, also ließ ich die Sache auf sich beruhen. Ich ging die meiste Zeit barfuß oder trug die Kung-Fu-Schuhe. Ich dachte, wenn er seinem Sohn solch eine Kleinigkeit, die mir so guttun würde und ihm nicht schadete, verweigerte, dann sollte er das ruhig weiter tun. Nicht mein Problem. Sollte er es allein durchstehen.

Als der Winter dann vor der Tür stand, fiel mir wieder ein, dass ich wirklich ein Paar Schuhe brauchte. Will sagen, meine Füße brauchten welche, Mann …

Einmal ging ich in Hannahs Schuhgeschäft. Ich sah mich um und fand ein Paar Schuhe, die mir recht gut passten. Sie waren ganz in Ordnung. Sie waren aus Leder und hatten eine gute, strapazierfähige Gummisohle. Die Schuhe wären ganz in Ordnung gewesen. Sie kosteten 89,95 Dollar. Ich hatte das Geld damals und hätte sie beinahe gekauft, aber ich tat es nicht. Ich weiß nicht, warum, ich war kurz davor, sie zu kaufen, aber dann habe ich das Geschäft einfach wieder verlassen. Ich hatte die Schuhe in der Hand, doch dann ließ ich sie fallen. Ich musste raus. Dieser Ort war nicht gerade reizvoll.

Dann überlegte ich mir, ihm noch eine Chance zu geben. Noch eine Chance, etwas für seinen Sohn zu tun, eine Kleinigkeit nur, eine kleine Geste der Zuneigung zwischen Vater und Sohn, etwas, das einfach so, ohne groß nachzudenken, ablaufen sollte.

Um sicherzugehen, dass er sich wirklich über die Situation im Klaren war, in der ich mich befand, und zwar über die ganze Situation, damit er nicht später sagen konnte, er hätte gar nicht alle Tatsachen gekannt oder wäre nicht umfassend informiert worden, begann ich mit einer höflichen Plauderei, schuf einen angemessenen Hintergrund beziehungsweise eine angemessene Kulisse. Übers Wetter reden, über die Zustände der Straßen, über den Zustand meines jetzigen Schuhwerks und meiner Füße.

Dann fragte ich ihn noch einmal, höflich und angemessen, man könnte auch sagen, ich schuf ihm die Gelegenheit, mir die Schuhe zu geben. Ich hatte sie am Nachmittag gesehen, sie standen noch immer in der Waschküche. Er sagte, er würde mir die Schuhe niemals geben. Ich solle die ganze Sache vergessen, ich solle es einfach vergessen. Er äußerte sich mit Nachdruck. Er sagte, es gebe nicht die geringste Möglichkeit, dass er seine Meinung dazu noch ändern werde, und obwohl ich ihm die Gelegenheit geben wollte, noch einmal ein wenig darüber nachzudenken, sobald er sich ein wenig beruhigt habe, sagte er nein, er sagte, dies sei jetzt seine endgültige Antwort. Also schlug ich die naheliegendste, folgerichtigste Lösung vor, die in einem fairen Kompromiss bestand. Wir würden uns die Schuhe teilen.

Ich würde die Schuhe tragen. Wenn er im Garten arbeiten wollte, müsste er mich nur am Tag zuvor kontaktieren, mir vierundzwanzig Stunden vorher Bescheid geben (und ich war bereit, die volle Verantwortung dafür zu übernehmen, dass er absolut sicher sein konnte, mich zu jeder Tages- und Nachtzeit erreichen zu können), und ich würde umgehend dafür sorgen, dass die Schuhe für seinen Einsatz im Garten zurückkamen, natürlich auf meine Kosten. Es sei denn, ich wäre im Ausland. Dann müsste er die Kosten tragen.

Er sagte mir, ich solle abhauen. Seine exakten Worte waren: »Hau jetzt ab. Hau jetzt ab.«

Von da an hatte ich keinerlei Interesse mehr an meinem Vater. Ich habe mich in diesem Moment nicht mehr als seinen Sohn betrachtet, und ich tue es auch jetzt nicht. Ich habe ihm deshalb vorgeschlagen, dass wir die Sache ein für alle Mal besiegeln sollten: dass er mir, als seinem rechtmäßigen Erben, hier und jetzt den Gewinn aus jedweder Hinterlassenschaft oder jedweden Eigentums, das mir bei seinem Tod rechtmäßig zustünde, übergeben solle, und im Gegenzug sei ich bereit, jedwedes Dokument oder Einvernehmen zu unterzeichnen, das er benötige oder von mir fordere, zum Beweis dafür, dass er alle Verpflichtungen mir gegenüber abgeleistet habe. Dann könne er mich in aller Form und rechtlich abgesichert als Sohn verstoßen. Wir würden dann für immer auseinandergehen. Keine der beiden

Parteien würde irgendeine weitere Kontaktaufnahme beginnen oder sonstige weitere Ansprüche verfolgen.

Ich war bereit, einen Scheck anzunehmen.

Dann kündigte ich mein Vorhaben an, das Land zu verlassen. Ich würde nach Deutschland gehen, wo ich meine Absicht verwirklichen wollte, mir eine einträgliche Anstellung als Dachdecker zu suchen. Deutschland sei eine hoch entwickelte Industrienation mit einer ständig wachsenden Bevölkerung. Die Bauindustrie sei daher von stetigem Zuwachs geprägt, und ich hatte keine Zweifel, schnell eine Arbeitsstelle zu finden. Das deutsche Volk sei, als Nation, gut ausgebildet und organisiert. Sie seien sauber und lebhaft und wüssten, wie man die Arbeit im Team erledigen müsse. Und sie seien sehr ungekünstelt. Ich dachte und ich denke, dass mir ein Leben unter diesen Bedingungen sehr entgegenkommen würde und dass ich ein neues, glückliches und produktives Leben in Deutschland beginnen könnte.

Das war am Freitag. Am Samstagmorgen entschied ich mich, nach Wellington zu trampen. Ich nahm einen Bus bis nach Manukau City und versuchte von dort aus per Anhalter weiterzukommen. Aber nach zwei Stunden hatte ich noch immer keine Mitfahrgelegenheit gefunden. Ich war ziemlich entmutigt, ziemlich deprimiert und entschloss mich, eine Essenspause einzulegen, schließlich hatte ich noch 7,55 Dollar in der Tasche.

Nach dem Essen versuchte ich noch einmal zu trampen, doch es wurde allmählich dunkel, und ich hatte noch immer kein Glück. Also entschied ich, dass meine Chancen auf eine Mitfahrgelegenheit an diesem Abend ohnehin gegen Null gingen. Ich lief zurück in die Stadt.

Jetzt fühlte ich mich orientierungslos, ohne Gefühl für eine

Richtung, ohne Ziel, das ich hätte anstreben können. Es schien nichts zu geben, woran ich meine Hoffnungen hätte knüpfen können, weder im unmittelbar bevorstehenden Moment noch in den nun folgenden Tagen. Alles war schiefgegangen, und ich fürchtete mich vor der Polizei. Ich war sehr traurig und niedergeschlagen. Außerdem war ich in eine Pfütze getreten, als ich meinen Weg durch matschiges Brachland suchte. Meine Füße waren kalt und nass.

Ich versuchte auf den Treppenstufen vor einer Kirche zu schlafen, aber das war nicht machbar. Der Wind war kalt und tote Blätter wurden durch die Luft gewirbelt. Ich konnte es nicht verhindern, dass mir die toten Blätter auf widerwärtige Art und Weise ins Gesicht geweht wurden.

Es schien ziemlich sinnlos zu sein, so weiterzumachen.

Also entschloss ich mich, in meines Vaters Haus zurückzukehren und meinen Vater zu fragen, ob er sich meinen Vorschlag durch den Kopf hatte gehen lassen. Ich konnte sonst nirgendwohin.

Als ich ankam, war das Haus leer. Mir fiel ein, dass sie an diesem Wochenende segeln gefahren waren. Ich hatte meinen Schlüssel verloren, folglich konnte ich nicht hinein. Aber die Tür zur Waschküche war nicht verschlossen. Sie hatte eigentlich auch gar kein Schloss. Ich betrat die Waschküche in der Absicht, auszuruhen und abzuwarten.

Ich schaltete das Licht ein und sah dort die Schuhe meines Vaters. Sie standen unter dem Waschbecken. Ich ging zu ihnen hinüber und wischte die Spinnweben von ihnen ab.

Und ich schlüpfte mit meinem rechten Fuß in den rechten Schuh.

Das ist es. Der richtige Schuh. Fühlt sich gut an. Ein guter Lederschuh. Und dann schlüpfte ich schnell mit dem linken Fuß in den linken Schuh, und das war es. Ich hatte wieder Schuhe. Gute Schuhe. Ich hatte keine Wahl. Ich brauchte Schuhe, Mann. Er hätte sie mir geben können, aber er wollte nicht. Es hätte eine gute und warmherzige Sache zwischen Vater und Sohn werden können, doch stattdessen hat er getan, was er immer getan hatte, er verweigerte mir das, worum ich ihn gebeten hatte, was ich brauchte, was ich wollte. Ich will deine Schuhe, Dad. Ganz einfach. Ich will deine Schuhe.

Übersetzt von Jörn Pinnow

Fiona Farrell

Eine Geschichte über Skinny Louie

DIE KULISSE

Stellen Sie sich eine kleine Stadt vor: an ihren Rändern Chaos.

Im Osten sind das Klirren des Kiesschelfs und die tosende See zu hören, die über Tausende von Meilen hinweg, von Möwen überzogen, mit weißen Krönchen und schwankend, von Südamerika hereinbrandet.

Im Süden ragt der verwitterte, stoppelig mit dunklen und schweigenden Kiefern bewachsene Buckel eines Vulkans empor, sein Hang ist an den Stellen mit Grübchen versehen, wo geschmolzener Fels und Feuer ins Meer gespien wurden, wo sie zischten und zu massiven, von Rot durchzogenen schwarzen Blasen wurden.

Im Westen sieht man eine Reihe hügeliger Terrassen, Schicht für Schicht geformt aus Muschelschalen, die einst triefend nass aus dem Meer aufstiegen und die genauso leicht erbeben und wieder darin verschwinden könnten, wie es der Fisch der alten Maori-Legende nach tat.

Im Norden erstrecken sich flache Felder, mit Pockennarben aus Steinen, und der Fluss, der diese unablässig von Kanal zu Kanal spült, hinein in sein breites verzweigtes Bett.

Nichts ist sicher.

Die Stadt gibt natürlich vor, es sich mit dem Hintern fest auf der Küstenebene und mit dem Rücken zur See gemütlich gemacht zu haben, zu jener See, die jedes Jahr ein bisschen hier und ein bisschen dort abknabbert, bis schließlich das gesamte Fußballfeld der Highschool für Jungen verschwunden ist und der Fußweg am Kliff einbricht. Das Meer verlangt nach Besänftigung, nach Lastwagenladungen voller Schutt und Betonblöcke. Zentimeter für Zentimeter weicht die Stadt zurück, in akkuraten rechtwinkligen Schritten die Hänge des Vulkans hinauf, den der Stadtrat nach einem früheren Bürgermeister benannt hat, einem fetten Mann mit Koteletten, in der Hoffnung, den Vulkan damit zu zähmen, so wie die Griechen glaubten, sie könnten die Furien täuschen, indem sie sie »die Wohlmeinenden« nannten; die Stadt weicht zurück über einen Streifen Kies und einen Flachssumpf hinweg zu den Muschelkalkterrassen und darüber hinaus, wo schließlich die Ordnung ausfranst in unbefestigte Straßen, wo Bäche wie schwarzes Öl unter von Winden umschlungenen Weiden fließen und in löchrigen Reihen alte Landhäuser auf schiefen Säulen schwanken, mit einer Hühnerplage im Hof und einem gelbzähnigen Hund, der am Wassertank angekettet ist.

Im Stadtzentrum scheinen die Dinge unter Kontrolle zu sein. Das Postamt gleicht einer weißen, muschelförmigen und gerüschten Hochzeitstorten und auf der anderen Straßenseite haben sich die Banken eine verantwortungsbewusste griechische Fassade übergestreift (obwohl sich dahinter nur baufälliges Wellblech verbirgt). Zu beiden Enden der Hauptstraße beklagt die Stadt ihre ruhmvollen Toten, mit einem trauernden Soldaten in Wickelgamaschen im Norden und einem herausfordernden Löwen im Süden. Dazwischen waren zum Gedenken Ulmen gepflegt worden, bis man 1952 bemerkte, dass die Bäume im Dunkel der Erde aus der Reihe tanzten und unter der Straße herumwühlten, sodass im Asphalt Risse entstanden und der Stadtrat sich gezwungen sah, hart durchzugreifen: Alle Bäume wurden herausgerissen und durch Beete mit fügsameren Studentenblumen ersetzt. Es gibt Geschäfte, Tankstellen, Kirchen und zur Verschönerung ein paar blühende Kirschbäume sowie einen kleinen Hafen mit einem Teehaus im Windschatten des Vulkans. Die Stadt ist einfach großartig, so hübsch garniert wie ein Kuchen und sieht aus wie aus dem Ei gepellt.

Stellen Sie sich das vor.

Stellen Sie sich das nachts vor, eine Kopie all dessen, nur aus Formen und Schatten bestehend. Früher Morgen, 24. Januar 1954. Die rüschenartig verzierten Zeiger an der Postamtsuhr zeigen 3 Uhr 30, also ist es 3 Uhr 25, wie jeder weiß. (Die Zeit ist hier höchstens so verlässlich wie die Erde, die man unter den Füßen hat.) Für die Jahreszeit ist es ungewöhnlich kalt. Eine Brise streift über die Wellenbrecher im Hafen und fährt in die leeren Kartons und Verpackungen beim Teehaus, kitzelt die Pferde des Karussells auf dem Spielplatz, sodass sie hüpfen und quietschen, spielt mit den Borsten der Kiefern und drückt ächzend deren Äste in eine dunkle Grube der Stille. Entlang der Hauptstraße wurden Blumenkästen aufgehängt, die im Wind schaukeln und Blütenblätter von Fuchsien und Nelken verstreuen. Es gibt farbige Lichter und Beflaggung, bei der man, wäre es nur helllichter Tag, die Farben Rot, Weiß und Blau erkennen könnte, denn morgen kommt die Queen. Um 15 Uhr 05 wird der Royal Express, eine Lokomotive der Ja-Klasse (Nummer 1276) mit einem halben Dutzend renovierter Waggons, am Bahnübergang der Hauptstraße eintreffen. Hier werden Ihre Majestät Königin Elizabeth II. und Seine Königliche Hoheit Prinz Philip in eine Limousine umsteigen, die sie durch die Hauptstraße und vorbei an Postamt, Banken und Geschäften chauffieren wird, die für diese Gelegenheit ihre Fassaden neu gestrichen haben (die Rückseiten bleiben wie immer, schmutzig und rostfleckig). Am trauernden Soldaten wird das königliche Paar links Richtung Park abbiegen, wo es um 15 Uhr 20 vom Bürgermeister und seiner Frau offiziell begrüßt und die Hände von fünfundvierzig bedeutenden Bürgern schütteln wird. Die beiden erhalten dann, als Zeichen der Gewogenheit, einige Geschenke von der Stadt. Um 15 Uhr 25 werden sie zu ihrem Zug zurückgehen und um 15 Uhr 40 in Richtung Süden weiterfahren. Dieser Ablauf ist Schritt für Schritt im Königlichen Reisezeitplan aufgeführt, die Bühne ist bereitet, der Text sitzt, und die Bürger, ob prominent oder nicht, liegen jetzt, im sicheren Wissen, dass alles ordentlich vorbereitet worden ist, unter ihren Decken und Federbetten. Wenn sie ein bisschen unruhig sind, dann nur, weil der Wind an den Vorhängen zupft oder weil sie durch den Nebel ihrer Träume vor den Fenstern seltsame Geräusche hören, dort, wo ihre Hunde und Katzen ihr Tages-Ich abgelegt haben und raubtierhaft durch den Dschungel aus Rhabarberstangen und Johannisbeerbüschen streifen. Das Meer atmet. Es rauscht und zischt.

BRIAN BATTERSBY WIRD ZEUGE EINES SELTSAMEN PHÄNOMENS

Auf halber Höhe der Hull Street an den Ausläufern des Vulkans ist ein Bürger wach. Brian Battersby sitzt auf seinem Garagendach. Seine Beine sind in eine karierte Wolldecke gewickelt, seine Thermoskanne ist mit einer Gemüsesuppe gefüllt, und mit seinen steifen Fingern bemüht er sich, sein neues 4-Inch-Teleskop auszurichten. Tausende von Meilen über seinem Kopf baut eine Zivilisation, deutlich weiter entwickelt als irgendeine auf der Erde, einen Kanal, und im gedämpften roten Schein seiner Taschenlampe verfolgt Brian dessen Verlauf: vom Nodus Gordii südostwärts in Richtung Mare Sirenum, in einem schwindelerregenden Tempo. Graben sie hundert Meilen am Tag?

Vielleicht sogar zweihundert! Was die für Maschinen haben müssen und was für eine Energie! Über dem Kap leuchtet ein Meteor grün und weiß auf, und Brian hält inne, um auf den Sternschnuppenschwarm zu warten, der nun folgen müsste, aber der Meteor wird immer heller. Heller als der Mars. Größer. Ein Feuerball so groß wie der Vollmond! Einen Augenblick lang erstrahlt die ganze Stadt als leuchtende Silhouette, und Brian sitzt reglos auf dem Garagendach, die Musik, ein merkwürdiges schlagendes Ticktack, nimmt er nur am Rande wahr. Er kann es nicht nicht bestimmen, Tatsache aber ist, dass jedes Huhn der Stadt zu singen begonnen hat. Die Hälse gereckt, die winzigen Augen wie Bernsteinperlen, die in der warmen Dunkelheit der Höfe leuchten, singen sie im Chor: Wa-a-a-chet auf, ruft uns die Stim-me. Wa-a-a-chet auf! Wa-a-a-chet auf! In der Awamoa Road schwebt eine Hereford-Kuh, die feinfühliger ist als ihre Schwestern, über eine Hecke, und Katzen und Hunde haben den

Dschungel vergessen, knien nieder, die Pfoten unter den weichen Bauch gezogen. Schließlich explodiert der Meteor, zerstiebt in einen glitzernden Wasserfall leuchtender Teilchen, und die Stadt erholt sich: Die Hühner stecken die Köpfe unter die Flügel, die Kuh landet mit einem leichten Rumms, Katzen und Hunde strecken sich und schauen sich mit angelegten Ohren unsicher in der Nacht um. Brian zittert oben auf dem Garagendach. Plötzlich und mit absoluter Klarheit weiß er nun, dass diese Kanäle nicht das Werk überlegener Wesen sind, die der fehlbaren Menschheit Erlösung bringen könnten, sondern bloße Staubwölkchen, die ein heulender Wind in die eine oder die andere Richtung trägt, und er weiß, dass er, Brian, ein kleiner, recht selbstgefälliger Buchhalter ist, der die nächsten dreißig Jahre im Büro des Elektrizitätswerks verbringen wird, und dass seine Frau sich heute wünscht, doch Don Barton, den ehemaligen All-Blacks-Spieler und erfolgreichen Viehzucht- und Landwirtschaftsberater, geheiratet zu haben, als er ihr, da war er noch eine vielversprechende Nachwuchskraft, 1948 einen Antrag gemacht hatte. Sie bleibt wegen der Kinder bei Brian und kompensiert ihre Enttäuschung durch hausfrauliche Perfektion. Das sind zu viele Wahrheiten auf einmal. Am besten geht man ihnen aus dem Weg. Brian greift nach seinem Notizbuch. »24. Januar 1954. 03:57 UT«, schreibt er mit zitternder Hand. »Magnitude –?? Feuerball in klarem Himmel. Grün und weiß.« Was für ein unglaubliches Glück! Was für ein Treffer! Er späht in die Dunkelheit, seine Augen sind noch immer geblendet von dem Gefunkel, und er versucht eine genaue Schätzung. »Bahn 30° – 35° Anfang 25° Höhe 140° Azimut. Dauer ca. 1 Min. 58 Sek.« Das wird für Aufregung in den ›Meteor News‹ sorgen! »Akustisches Begleitphänomen«, ergänzt er und greift nach seiner Thermoskanne für einen Schluck heißer Suppe.

Zwei Meilen von seinem Garagendach entfernt, im Begonienhaus des Botanischen Gartens, bringt Louie Symonds, Skinny Louie, fünfzehn Jahre alt, ein Kind zur Welt.

SKINNY LOUIE HAT EIN BABY

Das Begonienhaus ist warm und dampfig, schwül vor lauter Urwaldgetropfe und süß-saurem Geruch nach ungezügeltem Wachstum. Louie hat eine Kokosmatte in eine Ecke gezogen und hockt nun dort, dickbäuchig und berstend, ihre Hände umklammern ein Wasserrohr, während ihr Körper in Stücke zerreißt. Niemand kann ihr Stöhnen hören. Der Garten ist leer. Nur Stiefmütterchen- und Petunienbeete drehen sich in Schleifen vom Glashaus weg, an den Rändern der Kieswege entlang, umkreisen die Peter-Pan-Statue, den Gallipoli-Springbrunnen und die seltenen Bäume mit ihren an die Stämme genagelten Erläuterungsschildchen. Louie ist auf sich allein gestellt.

Weit entfernt im Süden befindet sich der dunkle, kleine Kaninchenverschlag, in dem sie mit ihrer Mutter Lill lebt. Es trifft sich, dass Lill heute Abend auch nicht zu Hause ist. Sie ist für ungefähr drei Wochen auf einem koreanischen Schiff und wird erst zurückkommen, wenn das Schiff mit seiner Ladung an Barschen und Tintenfischen Richtung Norden ablegt und die Mädchen an Land gesetzt werden. Lill sagt, sie habe eine Schwäche für die Schlitzaugen. Sie mag, dass sie klein und geschmeidig sind, sie mag es, dass sie sie anstandslos bezahlen, und sie mag die Geschenke: Whisky, Nylonstrümpfe, eine hübsche Jacke. Das ist besser, als am Robbie Burns Day herumzuhängen und ihr Glück bei irgendeinem bescheuerten John zu versuchen, der zwischen zwei Knastaufenthalten mal scharf ist. Louie war ein oder zwei Mal mit ihr auf dem Schiff, aber sie ist allen auf den Wecker gegangen, hat die Leute genervt, weil sie so still war, weil sie einfach überflüssig war, also blieb Louie von da an zu Hause, während Lill mit ihren Joan-Crawford-Lippen und ihren dauergewellten Haaren zum Hafen ging. In diesem Augenblick dümpelt sie ungefähr zwei Meilen vor Kaikoura herum und fragt sich, ob ihre Karten genug hergeben für »acht ohne Trumpf«, und Louie hat Schmerzen. Zu diesem Ort ist sie tagelang gelaufen, sie war nachts unterwegs, und wenn am Tag die Sonne herunterknallte wie ein Deckel auf einen Topf, rollte sie sich um ihren Bauch herum zusammen und schlief unter einem Gebüsch oder einer Brücke.

Sie hat das schon oft gemacht: Wenn sie unruhig wird, einfach losmarschieren, bis sie wieder Ruhe findet, dann zurück nach Hause. Dieses Mal war es besonders schlimm. Sie war tagelang auf diese Weise unterwegs, hatte an einem Stein gelutscht, um Spucke zu bekommen, war der Straße von der Stadt hinauf in die Hügel gefolgt, an dem weißen Felsen vorbei, wo sie vor Monaten einmal gelegen hatte, um sich in der Sonne zu wärmen. Sie hatte ausgestreckt dagelegen, vor sich hin gedöst, das Licht hatte wie kleine rote Sternchen in ihren Wimpern gespielt, als ein Schatten wie ein Stein auf sie herabfiel. Louie schaute hoch, und da schwebte ein Falke über ihr. Sie lag ganz still. Der Falke kam näher, landete. Sie spürte sein Gewicht, schnappte nach Luft, als seine Krallen winzige Löcher in ihre Brust bohrten. Seine Schwanzfedern tauchten kurz in ihren geöffneten Mund. Sie roch seinen trockenen Vogelgeruch. Dann flog er flügelschlagend der Sonne entgegen, und in dem grellen Licht verlor sie ihn aus dem Blick.

An diesem Felsen war sie zwei Nächte zuvor vorbeigekommen. Gestern Morgen machte sie an einem kleinen Laden Rast, wo sie blitzschnell ein ganzes Milchweißbrot unter ihren Mantel schob, während der Mann Paletten von einem Lastwagen lud. Am frühen Morgen saß sie im Dämmerlicht unter einer Hecke und pulte ein Loch ins Brot. Sie kaute langsam, und eine dickliche graue Stute näherte sich ihr aus dem Nebel und blieb stehen, als sie ihre Zitzen drückte und die Milch trank, sie von ihren Fingern leckte, dickflüssig, klebrig, wie Kondensmilch. Nach Sonnenaufgang schlief sie. Es war klug, sich tagsüber zu verstecken. Sie traute den Autos nicht. Als sie klein war, kamen Autos zu ihrem Haus, krabbelten wie kleine graue Käfer auf der Straße vom Hafen herauf, und wenn sie sie entdeckten, rannten sie fort, sie und Alamein und Yvonne, denn die Autos bedeuteten Fragen und das Absuchen ihrer Haare nach Läusen, dann Eisstiele, die ihre Zungen nach unten drückten, und dann die Fragen: Wo? Und warum? Und wie oft! Und Lill bekam einen Wutanfall, obwohl sie ganz freundlich zu der Frau war, ihr einen Platz frei räumte und fragte, ob sie eine Tasse Tee möchte. Doch kaum war das Auto wieder weg, war sie eine blöde Kuh, und warum verdammt noch mal, könne Louie nicht lernen zu lächeln, sondern stehe wie eine Bekloppte da; sie würden sie nach Seacliff bringen, so dämlich, wie sie aussah. Lill putzte sie schonungslos herunter, sie sollten lernen, sich in alle Richtungen zu verteilen, wenn Autos kämen, sich wie Katzen an weichen Plätzchen unter der Hecke oder in der Waschküche zu verstecken. Doch einmal waren Ally und Yvonne nicht schnell genug, und die Frau erwischte sie, nahm sie irgendwohin mit, und sie wurden nie wieder gesehen. Also versteckte sich Louie vor Autos. Man konnte ihnen nicht trauen.

In dieser Nacht hatte Louie ein paar Felder durchquert, wobei sie schnuppernd nach dem Meer suchte, und war schließlich auf einen Hügel gelangt, von dem aus sie eine kurvige Bahnlinie sehen konnte, die abwärts in ein kreuz und quer schraffiertes Muster aus Licht führte. Ihr Körper war schwer, und ihr Rücken schmerzte. Sie hatte gerade kleine Kügelchen aus dem Brot geformt, als sie plötzlich, ohne Vorwarnung, Wasser lassen musste, in ihre Hose. Also zog sie sie aus und stopfte den dampfenden Stoff in einen Busch. Mäh, sagte ein Schaf. Louie ging die Bahngleise entlang in Richtung Stadt. Der Schmerz in ihrem Rücken wurde stärker, und ein kleiner Teil des Schmerzes drückte auf ihren Schädel.

Stapf stapf stapf, Schwelle für Schwelle, vorsichtig, um nicht in den Zwischenraum zu treten und damit das Unglück heraufzubeschwören. Um sie herum wurde alles lebendig: Bäume klopften auf ihre Schulter, Zaunpfosten tapsten von hinten heran, und das Gras stellte sich auf und winkte. Das Gewicht in ihrem Bauch drehte sich, und sie musste am Fuß des Berges anhalten, um alles zur Ruhe kommen zu lassen. Die Schienen kreuzten eine Straße. Louie trat von den Schwellen auf Asphalt, und vor ihr war ein Blumenbogen, der einen dunklen Schatten einrahmte.

Dann kam der Schmerz von hinten und griff so nach ihr, dass sie aufschreien musste, wie früher in der Schule, wenn Wayne Norris ihren Arm im Brennnesselgriff drehte oder sie mit einer Kugelschreiberspitze pikste und »Angsthase! Heul doch, du Baby, heul doch!« rief, nur war es jetzt schlimmer, und sie versuchte, durch den Bogen in die Dunkelheit davonzulaufen. Dort verließ der sie Schmerz für eine Weile, sodass Louie die Gelegenheit nutzte und über ein Rasenstück in den Schutz von Bäumen und zu einem Käfig stolperte, aus dem sie ein hübscher Kakadu ansprach, dann über Wege, gesäumt von grauen Blumenrüschen, bis zu einem Glashaus lief, das schimmerte, als der Mond hinter einer Wolke hervorkam, und in dem sich Louie, in eine Ecke gekauert, versteckte. Aber dieser Schmerz war zu clever. Er war schon in sie geschlüpft und drückte hinterhältig zu, Angsthase, Angsthase, führte sie in ein schwarzes Loch, in dem nichts war außer einem Stöhnen immer und immer wieder, und ihr Körper riss entzwei, und dann war auf einmal Stille. Ein Schlittern. Und Stille.

Auf der Kokosmatte zwischen ihren Beinen lag ein klebriges schwarzes Ding, das sich im süßlichen Blutgestank wand. Louie kauerte sich zusammen und wartete darauf, dass der Schmerz wieder über sie herfallen würde, aber er war verschwunden, hatte sich davongeschlichen und leise die Tür hinter sich geschlossen. Louie wischte etwas Glibber von dem schwarzen Ding, und es miaute unter ihrer Hand.

Sie lagen still beieinander. Langsam wurde das Glas über ihnen zu grauen Quadraten, dann zu weißen, und Louie fühlte, wie ihre Beine zitterten. Die warme Luft hier drinnen legte sich wie eine dicke Decke über sie, und sie musste raus. Sie nahm ihre Strickjacke und wickelte sie um das Ding, dann stand sie vorsichtig auf, ein wenig wackelig, und ging nach draußen, wo das Gras feucht glänzte und ihre Füße dunkle Abdrücke hinterließen. Sie gelangte am Vogel und den Blumen vorbei zum Bogen und auf die Straße, bewegte sich langsam an Häusern mit noch zugezogenen Vorhängen entlang und an Katzen, die zum Schlafen nach Hause gingen, eine lange Straße zur Küste hinunter. Das Meer räkelte sich und wurde langsam wach, und während sie über den Strand lief, wirkten die Wolken wie goldene Bänder, durch die hindurch die Sonne schien. Von Zeit zu Zeit blieb sie stehen, um sich Blut von den Beinen zu waschen. Sie aß das restliche Brot. In einer Felsspalte unten an der niedrigen Lehmklippe stand ein Ford ohne Räder, einige fleckige Matratzen lagen herum, die Fusseln ausspuckten, kaputte Kisten, ein Haufen verfaulender Pflaumen. Louie war erschöpft. Sie zog eine Matratze ins Auto und rollte sich zum Schlafen ein. Um den Schaltknüppel hatte eine Raubspinne ihr Netz gesponnen. Babyspinnen zitterten unter der Membrane, es waren Hunderte. Louie gab der blickdichten Umhüllung einen kleinen Schubs, und sie stoben bei ihrer Berührung auseinander, aber sie gab acht, kein Loch hineinzubohren, denn dann würde Kälte eindringen können und sie alle töten.

Das ist die Geschichte, wie Louie Symonds, Tochter von Lilleas Symonds, allgemein bekannt als Shanghai Lill, ein Kind gebar. Der Vater des Kindes ist nicht bekannt. Möglicherweise ist es Wayne Norris, ein Jüngling mit Akne, der Louie seit Grundschulzeiten für einen schnellen Fick auf dem Friedhof mit Tüten voller Lutscher bezahlte, wenn sie nach der Schule nach Hause gingen. Vor allem auf die Zauberkugeln ist sie ganz versessen. Sie mag es, auf dem Rücken im hohen Gras neben dem Stein mit der Inschrift IN L   BENDER   NNERUNG an Isabella Grant, 18, Leerzeichen Leerzeichen, O T D, WO IS   DEI   ST CHEL zu liegen, während Wayne mit seinem

Schwanz wackelt und erwartungsvoll in ihr herumstochert, und wenn sie genug davon hat, kann sie sagen, geh runter, roll rüber und sieh mal, wie sich der Lolli von Rot über Gelb zu Blau verfärbt hat.

Wayne ist bestimmt eine Möglichkeit.

Genauso wahrscheinlich ist es aber, dass der Vater ein Falke ist.

DIE QUEEN KOMMT MIT DEM ZUG

Die Queen traf ein. Maura stand mit ihrer Mutter und ihrem Vater und Shona an dem Bahnübergang ganz am Ende der Strecke. Sie wäre so gerne im Park gewesen und hätte Höllenqualen der Eifersucht gelitten, während ein anderes kleines Mädchen mit perfekten Locken und einem perfekten Kleid der Queen mit einem perfekten Knicks ein Sträußchen überreichte, aber sie waren zu spät aufgebrochen, und näher kamen sie nicht mehr heran.

Ihr Vater hatte überhaupt nicht kommen wollen. »Papperlapapp«, hatte er gesagt. »Mrs Windsor und dieser Kretin mit dem fliehenden Kinn, den sie geheiratet hat, fahren vorbei und winken den Bauern zu, und der verrückte Sid und die anderen bilden die Nachhut und katzbuckeln, so gut sie können. Was für ein Quatsch.« – »Ich finde sie schön«, erwiderte Maura, die eine goldene Besuchsmedaille an ihr schickstes Kleid geheftet und in ihrem Zimmer ein Sammelalbum mit Bildern aus ›Sunny Stories‹ hatte: Die jungen Prinzessinnen beim Spiel mit den Königlichen Corgis auf dem Rasen in Balmoral, Die jungen Prinzessinnen in ihrem Theater, das sogar ein richtiges Obergeschoss hatte und nicht einfach nur ein umgebauter Schweinekäfig war, mit aufgetrennten Betttüchern als Gardinen. »Mrs Barnett sagt, die Queen hat einen pfirsich- und milchfarbenen Teint.« – »Pfirsich und scheiß Milch!«, brüllte ihr Vater und schlug so heftig auf den Tisch, dass sein Tee überschwappte. »Von Pfirsichen war 1848 noch überhaupt keine Rede, als ihr Pack sich in London der Völlerei hingab und unser Pack hier Gras fressen musste, vergiss das nicht.« Ihr Vater hasste die Queen, Oliver Cromwell und Winston Churchill wegen der Unruhen und Hungersnöte und wegen ihres Hier-rüber-kommen-und-uns-ihre-Regeln-diktieren-Wollens. »Das ist doch schon lange her«, sagte ihre Mutter. »Und jetzt dreh dich um, Maura, damit ich die andere Seite ausbürsten kann.« Maura wandte den Kopf und war froh, die engen, an Würstchen erinnernden Lockenwickler loszuwerden, die sich die ganze Nacht in ihre Kopfhaut gebohrt hatten. »Und was haben sie im Krieg gemacht?«, fragte ihre Mutter, die an diesem Tag rosa Bäckchen hatte und streitlustig war. »Sie sind doch in London geblieben, oder etwa nicht? Sie sind während des Luftkriegs bei den Leuten im East End geblieben, und die Königinmutter hat sogar gesagt, dass sie froh war, dass der Palast getroffen worden ist, denn so konnte sie das Leid der anderen teilen.« – »Das Leid?«, fragte Marty. »Was weiß die schon von Leid, sie stammt doch aus einer der reichsten Familien der Welt, und du weißt ja, wie sie dazu geworden sind, oder? Durch Mord und Verrat, und noch dazu ist die Hälfte von denen illegitim, außerehelich geboren …« – »Pst«, sagte ihre Mutter, die Lippen fest um ein blaues Satinband geschlossen. »Die Kinder … Halt still, Maura, um Himmels willen.« Marty trank mürrisch seinen Tee. »Gras fressen«, brummte er. »Dreck fressen, damit diese englischen Arschlöcher sich in Samt hüllen können.« Ein letzter

Ruck am Band, und Maura war erlöst. »Also, kommst du jetzt mit oder nicht?«, fragte ihre Mutter und steckte eine Hutnadel in ihren prächtigen pinkfarbenen Sonntagshut, und ihr Vater sagte, er würde, wenn sie darauf bestehe, aber er sei verflucht, wenn er sich dafür umziehen würde. Die Queen müsse ihn in seinen Gartenklamotten ertragen oder es bleiben lassen, und ihre Mutter erwiderte: »Quatsch, du gehst nicht in diesem Pullover aus dem Haus, steh auf und zieh dich um, es ist noch Zeit«, aber natürlich war keine Zeit mehr, und sie konnten die Menge schon wie eine donnernde Welle tosen hören, bevor sie den Hügel auch nur halb hinunter waren, und sie mussten rennen und drängeln, um zum Platz bei dem Tor am Botanischen Garten zu gelangen.

Die Dudelsackkapelle schnaufte und jammerte nur ein paar Meter entfernt, und Maura wäre gerne hingelaufen, um von Nahem zuzuschauen, wie sich die Wangen der Männer aufbliesen und wie sie mit den weißen Pfeifen klapperten, und um ihre Ohren vom Grollen und Brummen der Trommeln surren zu lassen. Doch all das war unerreichbar und durch einen dichten Wald von Beinen und Hinterteilen versperrt: Fett, mager, behost, geblümt und gestreift walzte diese Menge umher, sodass sie sich so ängstlich und unbedeutend fühlte wie damals, als sie bei Onkel Roy das Gatter geöffnet hatte und die Kühe sie in ihrem Eifer, auf die Koppel zu gelangen, hinausdrängten und sie hin und her schoben, noch bevor sie zur Seite springen konnte. Sie hätte jetzt gerne auf den Schultern ihres Vaters gesessen, doch diesen Platz hatte schon Shona inne, die mit ihrer Papierfahne und der zwischen die Zähne geklemmten Nuckelflasche albern aussah. Maura zog an der Hand ihrer Mutter, doch sie wusste schon, dass sie zu schwer war und ihre Mutter sie nicht hochheben konnte, schon gar nicht jetzt mit dem Baby im Bauch. Ihre Mutter schaute nach unten und sagte: »Mach kein Theater, Schätzchen, und halt dich gut fest, hier sind so viele Menschen.« Maura brauchte keine Anweisungen. Um sie herum quetschten sich die riesigen Körper, und sie klebte förmlich am Rock ihrer Mutter fest. Der Lärm der Menge war wie ein Rauschen, in das sich Fetzen von »God Save the Queen« und Jubelrufe mischten. (Die Gattin des Bürgermeisters hatte Ihrer Majestät eine weiße Begonie in einer silbernen Kassette geschenkt, wie Mrs Barnett ihnen am nächsten Morgen berichtete, und der Bürgermeister hatte dem Prinzen ein Foto vom Begonienhaus überreicht, damit es an einer Wand im Buckingham Palace hängen konnte.) Dann schwoll das Getöse wie ein Trommelwirbel an, und ihre Mutter stellte sich auf die Zehenspitzen und rief: »Oh, sie kommt! Maura, du musst sie dir genau anschauen, das siehst du nur einmal im Leben!« Und noch bevor Maura protestieren konnte, hatte sie sie hochgehoben, einem Mann auf die Schulter getippt und gefragt: »Könnte meine Tochter bitte nach vorne durch? Sie kann nichts sehen.« Wie ein Paket wurde sie weitergereicht, von Zuschauer zu Zuschauer, bis sie ganz vorne, vor der Menschenmenge stand, wo es keine Kutsche gab und keine Pferde, sondern einen gewöhnlichen Mann und eine gewöhnliche Frau, die auf der Straße am Schwimmbad vorbeigingen und dann und wann zu der Menschenmenge sprachen oder winkten und das Gesicht der Frau sah ein bisschen aus wie das der Queen, aber ohne Pfirsiche und Milch, und sie trug einen gewöhnlichen Hut, keine Krone. Die Leute riefen Hurra, Hurra, und die Dudelsackkapelle gellte, also winkte Maura unsicher mit ihrem Fähnchen, als der Mann und die Frau vorüberkamen und in einer ganz gewöhnlichen Art und Weise, so wie es jeder tun würde, die Stufen in den Zug hochstiegen, sich umdrehten und winkten, und der Zug tuckerte (zischend und rauschend) auf den Schienen von dannen.

Dann verlor sich die Menge. Maura blieb mit ihrem Papierfähnchen stehen, aber aus dem Gewühl der Körper kam keine Hand hervor, und keine Stimme sagte: »Ach, hier bist du, Maura«, um sie in Sicherheit zu bringen … Sie wurde herumgeschubst und gestoßen, gedreht und vorwärts geschoben, bis sie sich vor einem Blumenbogen wiederfand, hinter dem ein glatter und leerer Rasen lag, also ging sie dorthin, und kaum war sie dort, erinnerte sie sich an den Papagei und dann an Peter Pan und dann an das Begonienhaus, wo man Fuchsienblüten vom Boden auflesen und sie als Ohrringe tragen konnte, und so fand sie das Baby.

Es war, wie wenn man blinde miauende Kätzchen findet, die im hohen Gras beim Sandkasten herumkriechen, bloß waren die Augen des Babys offen und es winkte mit seinen klebrigen, cremig verschmierten Händen, die aber ganz perfekt waren, wie die ihren, sogar mit richtigen Fingernägeln. Maura nahm ihr Taschentuch, spuckte darauf, wie ihre Mutter es immer bei einer Katzenwäsche tat, und wischte damit über die schmutzige Wange des Babys. Das Baby drehte sich sofort zu ihrem Finger, öffnete seinen rosafarbenen zahnlosen Mund und saugte. Maura war entzückt. Sie nahm das Baby hoch, wie sie auch die Kätzchen hochgenommen hatte, wickelte es fest in die schmutzige Jacke ein und trug ihre Entdeckung nach draußen in den Sonnenschein.

PEG UND MARTY WIRD VERSTÄNDNIS GEWÄHRT

Sie standen am Tor, verzweifelt und blass. »Verdammt unverantwortlich«, sagte Marty. »Ein Kind in ihrem Alter in einer Menschenmenge wie dieser allein zu lassen.« Bis zu diesem Moment hatte er sich nicht klargemacht, wie sehr Pegs impulsiver Optimismus, den er eigentlich liebte, ihn auch wütend machte und wie sehr er sich wünschte, ihn anzugreifen und zu zerstören. Es war vorhersehbar, dass sie nicht zugeben würde, wie schrecklich diese Situation war. Er jedoch wusste es. Er hatte schon erlebt, wie das Schlimmste eintrat. Er hatte erlebt, wie ein Mann auf eine Stelle im Wüstensand trat und ihm die Beine abgetrennt wurden, der Rumpf fiel in einem rasanten, wuchtigen Bogen hinterher. Er ging zur Messe, wusste aber, dass es sinnlos war, es war nur eine Angewohnheit, und dass man beten konnte, wie Donovanes auf dem Lastwagen, der ihn aus Sidi Rezegh fortbrachte, es tat und noch im Sterben, den Mund voller Blut, mit den Lippen das Ave Maria formte. Er wählte die Labour-Partei und stritt in der Teestube mit Jansen darüber, der sagte, dass die Gewerkschaften voller bescheuerter Kommunisten seien und dass sie verdammt noch mal recht gehabt hätten, als sie '51 die Armee schickten, aber er wusste, dass auch dieser Glaube eine Illusion war, es gab keine gemeinsame Sache, in Wirklichkeit stand doch jeder für sich allein, jammernd, wenn ihn der Schlag traf. Und hier war Peg mit einem blöden, breiten, verzweifelten Lächeln und meinte, zur Schaukel, sie sei doch bestimmt zur Schaukel gegangen. Peg vermeidet es, Marty in die Augen zu sehen, aber sie weiß ihn an ihrer Seite, sein schweres dunkles Gewicht und seine Verzweiflung, die sie niemals wird antasten können, geschweige denn lindern. Sie kann ihn zum Lachen bringen, sie kann ihn lieben, aber wenn sie nebeneinanderliegen, breitet sich ein ödes und gesichtsloses Nichts zwischen ihnen aus, das sie an der Kehle packt, und sie wacht auf, mit rasendem Herzen, Nacht für Nacht. Sie kämpft gegen das an, was in Marty steckt, unterdrückt, so wie jetzt, ihre Panik und weigert sich, seine Sicht der Dinge zu teilen (Maura mit dem Gesicht nach unten im Ententeich, von den Schwänen in die Seerosen gezogen, Hand in Hand mit einem verlockenden, unaussprechlichen Entsetzen ...). Doch in diesem Augenblick wird ihr plötzlich klar, dass sie sich nicht für immer damit herumplagen kann, dass ihr Optimismus ein zerbrechliches Etwas ist und dass sie einmal eine Entscheidung würde treffen müssen: fortgehen oder den Kampf beenden, sich der Finsternis überlassen. Lieben und Überleben stehen im Gegensatz zueinander. Es ist schrecklich. Diese Erkenntnis ist zu gewaltig, um ihr auf einmal entgegenzusehen. Besser sich ihr Stück für Stück nähern. Aber sieh mal an, da ist Maura doch, gesund und munter (»Glaubst du es jetzt?«), ihr blaues Nylonkleid voller Flecken und im Arm ein schmuddeliges Bündel. »Mama«, sagt Maura, »ich habe ein Baby für uns gefunden.«

Sie nehmen das Baby mit die Straße hinunter zu Dr. Orbells Praxis, und wenn sie an Menschen vorbeikommen, weichen diese zu beiden Seiten, wie sich trennende Wellen, und es herrscht für einen Moment neugierige Stille. Doch sobald die Familie mit ihrem schmuddeligen Bündel vorübergegangen ist, geschieht etwas Außergewöhnliches. Menschen wenden sich einander zu, und in einer plötzlichen, ernsten und eifrigen Hast gestehen sie sich Dinge, die sie belasten. Sie erzählen einander Wahrheiten, angenehme und unangenehme. McLean, der prominenteste der prominenten Bürger, erzählt etwa Davis, dem Stadtsekretär, dass er sechs Monate vor der Erschließung Land auf der nördlichen Flussseite gekauft habe, nachdem sein Cousin, der im Stadtrat sitzt, ihm einen Tipp gegeben hatte. Jameson, Juniorpartner bei Lowe, Stout und Jameson, sucht Lowe auf und erzählt ihm, dass er 5000 Pfund an Kundengeldern in eine Lachszuchtanlage investiert habe, die nun pleitezugehen droht. Partner eröffnen Partnern, dass sie betrogen haben, Eltern haben Kinder drangsaliert, Freund hat Freund enttäuscht. So endet der Tag des Besuchs der Queen für manche in Handgreiflichkeiten und gegenseitigen Beschuldigungen, für andere in Vergebung und Mitleid. Wir machen aus der Wahrheit, was wir können.

WIE ES MIT LOUIE WEITERGING

Als es dunkel wurde, ging Louie den Kiesstreifen entlang zur Flussmündung. An ihren Beinen lief noch immer das Blut hinunter, und in ihren Brüsten kribbelte es so stark, dass sie sich mit dem Gesicht nach unten in den kalten Flusssand legen musste, um die Schwellung zu lindern. Sie folgte dem Ufer landeinwärts durch nasskaltes Gras, Weiden und Brombeeren und spürte, wie ihr Körper leichter wurde und ihre Füße, die nun wieder zu sehen waren, am Beutel ihres entleerten Bauches vorbei, den gewohnten Rhythmus wiederfanden. In dieser Nacht aß sie eine Pastete, die ein Camper in einem Säckchen an einen Baum gehängt hatte. Gelber Teig, saftig, Fleisch. In der dritten Nacht aß sie nur eine Handvoll Blätter, sodass ihr grünes, wiedergekäutes Futter aus dem Mund rann. Der Nordwestwind blies Richtung Tal, verbrannte das Gras zu braunem Geknister, und ein butteriger Mond glitt über den Himmel. Der Fluss war laut, lärmend wurden die Steine zum Meer gezogen. Sie kam zu einem Herrenhaus, das hell erleuchtet und von einem Ring aus Autos umstellt war. Sie stieg auf die sanfte Kuppe des Hügels hinter dem Haus. Fetzen von Musik, dumpfe Geräusche vom Tanz, Gelächter, das Rappeln der Schafe, die ins Bültgras und zwischen die Matagouri-Büsche davonlaufen. Louie steht allein auf der Kuppe und blickt ins Tal. Die Stromleitungen winden sich von Hügel zu Hügel, und Louie greift danach, um sich daran hinunter und fort zu schwingen. Wie im Film. Wie Tarzan.

Für einen Augenblick ist sie geblendet und steigt dann in aller Herrlichkeit in den Nachthimmel auf.

DER YOUNG FARMERS' CLUB ERLEBT EINEN STROMAUSFALL

Im Tal wird der Sommertanzabend des Young Farmers' Club mitten im »Military Two Step« von einem Stromausfall unterbrochen. Pärchen halten sich im Dunkeln im Arm, während Mort Coker die Schalter und Sicherungen in der Küche untersucht. Jemand schaut nach draußen und ruft, da ist ja alles schwarz, das muss ein Vogelschlag gewesen sein, oder eine Leitung im Tal ist zusammengebrochen. Im Dunkeln taumeln Körper gegen Körper, es wird gekichert. Dann findet Ethne Moran eine Taschenlampe, und deren Schein zieht Schnörkel über Gesichter mit weit aufgerissenen Augen, wie Kaninchen, die auf der Straße geblendet werden. Jemand bringt eine Öllampe. Die Band spielt ein paar Takte, diedumm diedumm who'syerladyfren, hört dann aber wieder auf, da niemand interessiert zu sein scheint. Stattdessen stehen sie herum und reden, einige Pärchen ziehen sich in die schummrigen Ecken zurück. Dann klatscht Ethne, die das Abendessen organisiert hat, in die Hände und springt auf die Bühne. »Na los«, ruft sie, und die Öllampe beleuchtet den Erdbeercremekuchen, den sie in den ausgestreckten Händen hält. »Kein Grund, gutes Essen verkommen zu lassen! Margie, hilf uns mal.« Margie Pringle bringt die Wurstbrötchen und treibt ein Brotmesser auf, Ethne kniet sich neben die Lampe, um den Kuchen in Dreiecke zu schneiden, wobei Sahne unter der Klinge hervorquillt. Die Seiten ihres weißen Kleides sind aus durchsichtigem Stoff, und Ross Meikle, der sie beobachtet, findet, dass sie eine tolle Frau ist. Große Brüste, ein runder Bauch, lange Beine und gesunde, weiße und gerade Zähne, mit dieser kleinen Lücke vorne. Ethne blickt auf. Sie reicht ihm ein Stück Kuchen, beugt sich dann hinüber und beißt sehr sacht in sein Ohrläppchen, wo sie in dem weichen Fleisch einen ungleichmäßigen Abdruck hinterlässt. »Irgendetwas machst du mit mir«, singt sie in einem summenden Geflüster, »das mich unter Strom setzt.« Also gehen sie hinaus in die warme Nacht, wo sich herausstellt, dass sie gar nicht so sehr in Bevan Water verschossen ist, sondern dass sie schon sehr lange ein Auge auf Ross geworfen hat. Auf dem Rücksitz des Holden beweist sie zudem, dass sie erstaunlich einfallsreich ist, sodass sie mit Leichtigkeit eine ganze Reihe von Manövern ausführen, die Ross zuvor als womöglich riskant, auf jeden Fall aber als seltsam und gefährlich nah am Abnormen abgetan hatte. Ross überlegt daher, ob es sich nicht lohnen würde, Margie Pringle fallen zu lassen, die ihm mit ihrer lispelnden Anmut ohnehin auf die Nerven geht, und dass er mit Ethne besser dran wäre, die zwar weiß Gott rechthaberisch war, aber auch einiges drauf hatte.

In der Zwischenzeit gesteht Warren Baty im Haus, dass es sein Schafbock war, der sich vergangenen Winter unter Coopers Corriedale-Romney-Herde gemischt hatte, und Jim Cooper, der damit eine ganze Zuchtsaison verloren hat, sagt, macht nichts, ist ja kein dauerhafter Schaden entstanden. Und Alasdair McLeod erzählt den Paterson-Brüdern, dass er es war, der ihre Kettensäge geklaut hat; er war eines Nachmittags vorbeigekommen, als sie gerade unterwegs waren, und hatte sie sich ausgeliehen und wollte sie auf jeden Fall zurückgeben, aber als sie solch ein Aufhebens darum gemacht hatten, die Polizei riefen und all das, da wusste er, dass er das nicht mehr konnte, und er werde in den nächsten Tagen vorbeikommen, nur um dieses verdammte Ding, das auf seinem Gewissen lastete, loszuwerden. Miria Love erzählt Joan Shaw, dass sie die Art, wie sie die Frauentreffen leitet, nicht mag, und Pie Fowler erzählt jedem, der es hören will, dass sie das Tal nicht ausstehen könne, dass sie alle ein Haufen von Snobs seien, die sie, Pie, keine Minute lang vergessen lassen können, dass sie ein Stadtkind ist, und dass sie wieder in die Stadt zurückgehe, sobald sie die Sache mit Bill geregelt habe.

An den Wänden hängen die Tal-Mannschaften seit 1919, aufgereiht für den Fotografen, Beine gespreizt, Fäuste geballt, wenig erbaut über die außergewöhnlichen Vorgänge im verdunkelten Herrenhaus: Unter dem Einfluss der Nacht, mit einem Wurstbrötchen in der einen Hand und einem Bier in der anderen, scheinen die jungen Farmer von der Wahrheit überwältigt worden zu sein. Der Raum dröhnt vor Ehrlichkeit, und für manche wird diese von Liebe und Vergebung begleitet, für andere von bitteren gegenseitigen Beschuldigungen. Es wirkt, als sei es plötzlich wärmer geworden. »Denkt an den Morgen danach«, raten die Tal-Mannschaften mit versteinerter Miene. »Am Morgen folgt die Abrechnung.«

Ein Team des Elektrizitätswerks überprüfte am nächsten Tag die Leitungen. Die Leute fanden nichts Ungewöhnliches, und der Strom war bei Tagesanbruch von allein wiedergekommen. Sie berichteten, es gebe ein Paar Fußabdrücke, das tief in einen Fels neben dem Hochspannungsmast eingebrannt sei; etwa Größe 37. Das war alles.

So, das ist die Geschichte, wie Skinny Louie, Tochter von Lilleas Symonds, allgemein bekannt als Shanghai Lill, ein Kind gebar, ins Tal gelangte und in Herrlichkeit verschwand.

Ihr Baby wurde von Marty und Peg Conlan in Pflege genommen. Sie müsste nun schon groß sein, bereit, ihr Revier in Beschlag zu nehmen. Wir könnten nun jeden Tag von ihr hören, wie sie von der Wüste her hereinstürmt, mitten aus der Sonne herabstößt, die Wahrheit wie einen strahlenden Schatten um sich werfend.

Wir sollten uns nicht verstecken.

Übersetzt von Jörn Pinnow

Owen Marshall

Der Tag, an dem Hemingway starb

Man sollte sich davor hüten, in allem eine Bedeutung zu sehen, aber ich hatte damals schon einiges von Hemingway gelesen, obwohl er nicht im Lehrplan stand. Thema der Vorlesung war das Epos ›The Faerie Queene‹, was tatsächlich an die Uni gehört, denn freiwillig würde das keiner lesen. An diesem Nachmittag ging es um die arachnoide Metaphorik in Band zwei. Der Professor hatte die Angewohnheit, vom Pult aufzuschauen und verzweifelt in die gestaffelten Sitzreihen zu blicken, als fürchtete er, wir würden näher rücken, um ihm die Luft abzuschnüren.

Es regnete an diesem Tag. Die Straßen wirkten dadurch wie gedämpft, und Autos zischten an mir vorbei. Ich fuhr ganz langsam, denn mein Fahrrad hatte vorn kein Schutzblech, und je schneller ich unterwegs war, desto mehr Wasser spritzte vom Reifen zu mir herauf. Ich war auf diese Weise zwar länger im Regen unterwegs, aber das Wasser von oben war sauberer als das von unten. Als es mir über das Gesicht lief, stellte ich mir vor, ich wäre ein Neandertaler, der beharrlich und missmutig seinen Weg fortsetzte. Die Autos hinter mir fauchten beim Überholen wie Tiere aus der Urzeit.

Mrs Ransumeen beschwerte sich immer, wenn ich drinnen

alles volltropfte, deshalb ging ich zuerst in die Waschküche und trocknete mich mit einem Kissenbezug aus dem Wäschekorb ab. Meine Stiefel quietschten, wenn ich die Zehen bewegte. Ich schlurfte vorsichtig durch den Flur, um nicht gehört zu werden.

»Keine nassen Socken im Zimmer!«, sagte Mrs Ransumeen.

»Sie sollten die Neandertaler nicht unterschätzen«, sagte ich. »Immer mehr Studien belegen, dass sie bleibende Spuren im Genpool hinterlassen haben.«

»Und glaub ja nicht, dass ich morgen wasche.«

»Ich weiß, es ist albern, aber manchmal spüre ich die Regungen eines Neandertalers. Das ist vermutlich ein geistiger Atavismus.«

»Ach, hör auf mit deinem Geschwätz«, sagte Mrs Ransumeen. Ihr Gesicht erinnerte an einen verschrumpelten kleinen Luftballon, den man vergessen hatte abzuhängen: die Oberfläche war voller Schwangerschaftsstreifen und Narbengewebe. Dennoch hielt der innere Luftdruck dem äußeren stand. So sah auch Mrs Ransumeens Gesicht aus, aufgeblasen und schlaff zugleich.

»Für drei Pfund zehn die Woche muss ich mir nicht auch noch dein Gelaber anhören«, sagte sie. »Und deine nassen Socken aufsammeln muss ich schon gar nicht. Jetzt verzieh dich, du machst alles nass.«

Mrs Ransumeens Haar war dicht und schwarz, der Traum eines jeden Mädchens. Wenn sie es lange gebürstet hatte, schimmerte es geheimnisvoll wie Wasser in einem tiefen Brunnen. Vermutlich besitzt jede Frau ein wenig Schönheit.

Als ich quietschend die Treppe hinaufging, rief mir der Luftballon von unten nach: »Heute essen wir kalt.«

Durch das Fenster tropfte Regen auf den Treppenabsatz. Ich hätte umkehren und sie daran erinnern sollen, dass eine warme Mahlzeit pro Tag vereinbart war. Das war ich mir um meiner Selbstachtung willen schuldig. Einen Moment lang dachte ich, ich würde es tun.

»Okay«, sagte ich. »Geht in Ordnung.« Selbst Neandertaler haben rezessive Gene.

Neddys Tür stand offen. Er lag auf dem Bett und hatte seine Arme hinter dem Kopf verschränkt. Als ich vorbeiging, grinste er mich an. Beim Sockenwechseln hörte ich durch die Wand, wie er mich nachäffte: »Okay, Mrs Ransumeen. Geht in Ordnung, Mrs Ransumeen. Köstlich, Ihr kalter Tee, Mrs Ransumeen. Darf ich Ihren Arsch küssen, Mrs Ransumeen?« Neddy war angehender Ingenieur. Er hatte wenig Sinn für Kultur, aber erstaunlich viel Courage. Von Zeit zu Zeit legte er sich mit den Ransumeens an, ohne Erfolg zwar, aber zumindest bot er ihnen die Stirn. Den nötigen Mut trank er sich an. Oder ihn trieb seine Angst, an der Uni zu versagen. Obwohl er einfach gestrickt war, verteidigte Neddy seine persönlichen Ideale mit zähem Mut, der Bewunderung wie Mitleid weckte. Ansonsten war er sehr durchschnittlich.

Als wir zum Abendessen hinunterkamen, lief in der Küche wie immer das Radio. Der Luftballon hörte am liebsten das Sorgentelefon und genoss es, wenn die Leute sich zum Narren machten. »Hör dir diese dumme Kuh an«, sagte sie.

Pfffft. Ihr Mann ließ einen fahren.

»Lieber Himmel, verschon uns mit deiner Furzerei«, sagte Mrs Ransumeen.

»Das ist doch ganz natürlich. Ein natürliches Bedürfnis,

weiter nichts.« Ransumeen hatte den gerissenen und vieldeutigen Gesichtsausdruck eines Menschen, dem jede Selbstachtung fehlt. Seine Miene verriet Ungestüm ohne jegliches Talent und gleichzeitig permanente Unterlegenheit. Sie offenbarte den Charakter eines Mannes, der immer den leichten Weg geht, ein Gesicht, in das man nicht gern blickt aus Angst, sich selbst darin zu erkennen.

Im Radio kam die Meldung, dass sich Hemingway mit einer Schrotflinte in den Kopf geschossen hatte. »Ich finde es erbärmlich, wenn ein Mann seine natürlichen Bedürfnisse unterdrücken muss«, sagte Ransumeen, »und das im eigenen Haus.« Seit der Nachricht war jeder Gegenstand in meinem Blickfeld von geradezu höhnischer Klarheit. Da war das Sandwich mit Wurst auf meinem Teller. Die pinkfarbene Wurstscheibe lugte hervor wie eine rosa Katzenzunge. In der oberen Hälfte des Sandwichbrots gab es eine leichte Delle, die durch eine Blase im Teig entstanden war.

»Die alte Hexe von nebenan hat schon wieder ihren Müll in unsere Tonne geworfen. Ich habe sie beobachtet«, sagte der Luftballon. Salz- und Pfefferstreuer waren aus geschliffenem Glas und hatten rote Plastikdeckel. Von den fünf Löchern des Salzstreuers waren zwei verstopft. Was in mir vorging, hatte weniger mit Hemingway als Autor zu tun, als vielmehr damit, dass sich niemand dafür interessierte, ob er tot oder lebendig war. Es gab bessere Schriftsteller als Hemingway, aber er war derjenige, der an diesem Tag gestorben war. Alle Haushalte des Landes hatten die Nachricht empfangen, aber keinen kümmerte es. Auf der Spüle stand eine mit Wasser gefüllte Kuchenform, um die Reste der angebrannten Aprikosen einzuweichen, und eine Packung mit goldgelben Makronen. Der Preis war mit Filzstift auf das Zellophan geschrieben.

»Lincoln ist in der Hinrunde immer schwer zu schlagen«, sagte Neddy.

»Das nächste Mal schnappe ich mir so viel Müll, wie ich tragen kann, und werfe ihn der alten Schlampe vor die Tür.«

»Da kam gerade, dass Hemingway tot ist«, sagte ich.

»Brot«, sagte Ransumeen und streckte seine Hand aus.

»Nur weil sie alleine lebt, glaubt sie, sie kann machen, was sie will.«

»In der Hinrunde wird sich auch zeigen, wie gut sie auf nassem Rasen sind.«

»Hemingway hat sich umgebracht, hab ich gesagt.«

Pfffft. »Ah, besser, er ist draußen, als dass er drin bleibt, sagte die Nutte zum Pastor.«

Ich mag Makronen eigentlich ganz gern. Beim Lernen hätte ich eine ganze Packung verdrücken können, aber der Luftballon gab jedem immer nur zwei. Die erste Kurzgeschichte, die ich von Hemingway gelesen habe, war »Indianerlager«. Er hatte mehr drauf als bloß Macho-Allüren. Als Mrs Ransumeen sich umdrehte, um ihren Mann zu ermahnen, schimmerte ihr dunkles Haar so lila wie die Haut eines melanesischen Bischofs, den ich einmal in Timaru hatte predigen hören. Ein breites gelbes Band zierte ihre Haarpracht. Oft dachte ich, ihr Haar sei nicht echt, und vermutete darunter eine Frisur, die besser zu dieser Kneifzange passte. Neddy bat um eine stärkere Glühbirne für sein Zimmer. Er könne kaum lesen, sagte er, und diese Woche müsse er zwei Arbeiten einreichen. »Ach, halt die Klappe«, erwiderte Mrs Ransumeen.

»Genau«, sagte ihr Mann. »Halt dein blödes Maul. Du bist hier bloß Untermieter.« Vulgär zu sein war der Grundzustand der Ransumeens. Dagegen aufzubegehren war so, als würde man die Nässe des Regens oder den Gestank von Methan beklagen.

Das Salz im Streuer neigte sich von oben links nach unten rechts, der Pfeffer andersherum. Der Inhalt hatte sich wahrscheinlich so verteilt, als Mrs Ransumeen sich die Streuer beim Tischdecken zwischen die Finger geklemmt hatte. Auf der Butter war ein Streifen Marmite-Paste, der aussah wie ein langer Tintenstrich, am Wasserhahn hing zaudernd ein einsamer Tropfen. Die Nachrichten hatten Hemingway abgehandelt und berichteten jetzt über die politische Instabilität in Italien, was vermutlich wichtiger war. »Du bleibst heute Abend zu Hause«, sagte der Luftballon zu Ransumeen, der an seinem Sandwich kaute, ohne eine Miene zu verziehen. In seinem Schweigen lag nicht List, sondern Hoffnung. »Bist du schwer von Begriff?«, sagte sie. »Ich hab noch was vor«, antwortete er. Mrs Ransumeen begann, ihren Mann mit Vorwürfen zu überschütten, aber angesichts der zahllosen Siege klang ihre Stimme gelangweilt. Neddy und ich gingen nach oben.

In meinem Zimmer war alles wie immer, trotz Hemingway, auch die Häuser draußen wirkten unverändert. Wie immer, wenn es regnete, tauchten Schimmelflecken auf dem Verputz auf, und die zerdrückten Kamelienbüsche wiegten sich leicht in Wind und Nieselregen. Auch am Himmel gab es keine Spur zu Ehren Hemingways, weder eine einem Pikador würdige Abendröte noch eine Wachtel im Sonnenlicht.

Mrs Ransumeens Stimme erreichte die Höhe, in der Auseinandersetzungen gewonnen werden. Sie konnte endlos fortfahren, denn ihre Boshaftigkeit war mehr in Selbstmitleid als in echtem Hass begründet. »Und überhaupt, warum suchst du dir, verdammt noch mal, nicht einen besseren Job. Ich versteh das nicht«, sagte sie.

»Ach, hör doch auf.«

»Kein Wunder, dass du nicht vom Fleck kommst. Wir werden nicht einmal mehr eingeladen.«

»Wer sollte uns denn einladen, meine Güte?« Ransumeen ging hinaus. Sie blieb keifend zurück.

»Dann geh doch. Geh doch!«, rief sie ihm hinterher. »Du Scheißkerl, ob ich dich wieder reinlasse, ist eine andere Frage.« Sie knallte das Geschirr in die Spüle und wandte sich dem Radiosprecher zu: »Und du halt die Fresse!« Sie tauschte ihn gegen an- und abschwellende Wogen von Filmmelodien ein und schien im Rhythmus der Musik mit dem Geschirr zu klappern.

Mit einfallender Dämmerung wurde es in meinem Zimmer immer kälter. Die Glühbirne schien in der Kälte noch matter zu leuchten als sonst. Neddy kam herein. In seinen zwei Wollpullis hatte er eine richtige Wampe. »Der Drachen hat die Heizung abgestellt«, sagte er. »Das ist ja nicht auszuhalten.« Seine Hände waren gelb vor Kälte, seine Fingernägel schimmerten lila. Unten hatte sich Mrs Ransumeen wieder beruhigt. Sie hatte die Falle aufgestellt und wartete zufrieden. »Das lassen wir uns nicht bieten. Warum auch? So können wir unmöglich lernen«, meinte Neddy.

»Heute sage ich auch etwas«, versprach ich. Meine Zustimmung gab Neddy neuen Auftrieb.

»Okay, dann knöpfen wir sie uns mal vor.« Dieser Quadratschädel war pragmatisch veranlagt und hatte ein starkes Gerechtigkeitsgefühl. »Jetzt wird gehandelt. Wie kann dieser Drachen mitten im Winter die Heizung abstellen.« Neddy lief im Zimmer auf und ab, einerseits, um sich aufzuwärmen, andererseits, um seinen Kampfgeist anzustacheln.

Als wir zusammen hinuntergingen, spürte ich, dass dieser Tag nach etwas Besonderem verlangte. Wenn schon kein Blitz vom Himmel fuhr, war zumindest ein Wagnis gefragt am Tag, an dem Hemingway starb. Unten war es angenehm warm. Mrs Ransumeen saß am Tisch und hatte die Arme von sich gestreckt. »Unsere Heizung ist aus«, begann Neddy.

»Genau«, sagte ich, um unser Bündnis zu bekräftigen. Mrs Ransumeens Arme waren fett und voller Dellen. Breit lagen sie auf dem Tisch, als wären sie mit Wasser gefüllt.

»Na und?«, sagte sie.

»Es ist kalt«, klagte ich. Hemingway wusste alles über Kälte.

»In so einer Kälte kann kein Mensch lernen«, meinte Neddy.

»Ach, Pferdekacke«, entgegnete Mrs Ransumeen und atmete laut durch die Nase. Sie rutschte auf ihrem Stuhl hin und her, und mir kam es so vor, als würde sie gleich platzen. Dann begann sich ihre Stimmung zu verändern, wie bei einem Wetterwechsel. Ihr trüber Blick glich einem Tümpel, über den ein schwaches Lüftchen wehte. Sie ließ die Schultern hängen und schien für einen Augenblick selbst überrascht von dem neuen Verlangen, das sich in ihr Bahn brach. Sie spreizte ihre Finger wie ein Seestern, dann brach sie wider Willen in Tränen aus. »Ich weiß nicht«, sagte sie. »Ich weiß einfach nicht weiter.« Weinend hob sie die Hände und verschmierte ihre Tränen im ganzen Gesicht. »Manchmal wäre ich lieber tot«, sagte sie. »Tag für Tag nichts als Ärger. Kein eigenes Haus und ein Mann, der immer mehr zum Versager wird.« Vom Schluchzen hatte sie Schluckauf bekommen. Sie stand auf, ging zum Kühlschrank und öffnete ihn. Aus dem Fach in der Tür nahm sie ein Ei nach dem anderen heraus, holte mit Unterarm und Handgelenk aus und warf sie ohne großen Elan gegen Fenster, Sitzbank und Schränke. Ihr Aufbegehren wirkte halbherzig. Wenn die Eier zerbrachen, klang es, als würden Käfer zertreten. Mrs Ransumeen schien trotz allem keine Erleichterung zu empfinden, und wir sahen ihr beschämt zu.

Die Szenerie hätte eigentlich komisch sein können: Meine Vermieterin wirft Eier durch die Küche am Tag, an dem Hemingway starb. Aber es war alles andere als lustig. Im Radio erklärte ein Mann, wie wichtig es war, Stauden im Sommer mit Mulch zu bedecken, während Mrs Ransumeen stumpfsinnig Eier durch die Luft warf, die wie Käfer zerplatzten. »Das war schon lange fällig, verdammt noch mal«, sagte sie. »Endlich habe ich es getan. Der wird Augen machen, wenn er nach Hause kommt.«

»Wird er bestimmt«, sagte Neddy sanft. Er wollte ihre Apathie nicht stören. Gleich würde sie wieder anfangen zu weinen. Ihr Mund verzog sich zu der kleinen Schnute, die Tränenausbrüchen vorausgeht. Sie schloss die Kühlschranktür und stand wie angewurzelt da. In der Hand hielt sie das letzte Ei.

»Alles Pferdekacke«, stieß sie hervor, aber der Ausbruch war ihrem Kommentar bereits zuvorgekommen. Mrs Ransumeen steckte in einer tiefen Krise, aus der kein Ausweg in Sicht war. Eierwerfen und Heulen war das Einzige, was ihr einfiel. Neddy und ich hatten keinen Trost zu bieten, denn Geringschätzung und Angst waren stärker als unser Mitgefühl. Wir ließen sie stehen und schlichen die Treppe hoch. Neddy war verunsichert.

»So hab ich sie noch nie erlebt«, sagte er. »Völlig durchgedreht.«

Das war bei mir los an dem Tag, als Hemingway starb. Eigentlich wollte ich eine witzige Glosse schreiben, gewürzt mit etwas Sex, Sprungfedern und unterdrücktem Stöhnen. So etwas gefällt den Leuten in Erzählungen. Aber es bleibt nun einmal, was es war: nass und kalt, Pferdekacke und zerschlagene Eier, ein unbeheiztes Zimmer und eine fiese Vermieterin, die in der Küche lauthals weinte.

Übersetzt von Tarek Münch

Vincent O'Sullivan

Palmen und Minarette

»Aber entscheiden musst du. Nur du weißt, ob du ausgelaugt bist oder nicht.«

Meine Frau saß unter dem Lampenschirm, der aus Notenpapier mit alter Kirchenmusik gemacht worden war. Wir hatten ihn aus Spanien mitgebracht.

»Ich werde mich entscheiden«, versicherte ich ihr. »Ich entscheide mich noch vor dem Wochenende.«

Ihre Nadeln klapperten beim Stricken. Das Strickmuster-Buch mit den glänzenden Seiten lag aufgeschlagen auf dem Sofa neben ihr, und sogar während sie sprach, huschten ihre Augen von den Nadeln zu der Anleitung im Buch und zurück zu ihrer Arbeit. Ich schaute an ihr vorbei zu den roten Linien auf dem steifen, gewölbten Pergament, zu den strengen schwarzen Quadraten darauf, die genau vorgaben, wohin die Stimme des Mönchs gehen musste, wann in der großen kühlen Düsterkeit einer Kirche seine Stimme zu steigen oder zu fallen hatte, während das Licht durch ein hoch gelegenes Fenster auf die kahlrasierten Köpfe der Mönche schien. Genauso hatte ich es nämlich einmal in Spanien erlebt. Meine Frau war auf der Suche nach einem Geschäft, das die Sorte Spitze verkaufte, die sie in

Toledo gesehen hatte. Dort hatte sie beschlossen, sie nicht zu kaufen, dann aber noch einmal darüber nachgedacht und drei Tage lang von nichts anderem gesprochen. Wir waren in einer Stadt, an deren Namen ich mich nicht mehr erinnern kann und in der wir eigentlich gar nicht hätten sein sollen. Als meine Frau sich am Nachmittag ausruhte, lief ich durch Straßen, die nur aus hohen weißen Wänden und scharfen Schatten zu bestehen schienen. Während sie am späteren Nachmittag nach ihrer Spitze suchte, betrat ich eine kleine Kirche und damit das Auf und Ab der Stimmen hinter dem schweren Ledervorhang an der Tür, die schwarzen Quadrate auf den roten Linien hinter dem Kopf meiner Frau.

»Wenn du dich nicht dazu durchringst, jetzt eine Pause einzulegen, wer weiß, wo es dann endet?«

In der Düsternis hatte es nach Beton gerochen, nach Wasser, das auf Beton gespritzt worden war. Ein junger bärtiger Mönch erinnerte mich an einen berühmten Schauspieler.

»Ich habe dir doch gesagt, ich gehe nächste Woche hin.«

»Aber du weißt doch selber ganz genau, dass man bei einem Facharzt einen Termin lange im Voraus machen muss.«

»So lange halte ich sicher noch durch«, antwortete ich. Die Nadeln meiner Frau stießen zusammen, sie waren aus Stahl und stießen nur leise zusammen, aber möglicherweise war sie mir auch böse, dass ich diese Dinge immer vor mir herschob. Ihre Haare, die ich einmal so hübsch gefunden hatte, lagen flach an ihrem Kopf an. Sie wirkten rot im Licht der Mönchsgesänge, der Musik, zu der ich keine Melodie hatte, keine Noten, die ich lesen konnte, obwohl ich jahrelang Klavierunterricht hatte. Meine Mutter hatte gesagt: *Er wird niemals ein Konzertpianist, so viel ist wohl klar, aber er bleibt an einer Sache dran.* Sie sagte das zu meiner Tante, während sie in der Küche an der Spüle hantierte. Sie trug rosa Gummihandschuhe, von denen mir fast schlecht wurde, wenn sie meine Haut berührten. *Du kannst doch das Stück spielen, das du auch bei der Prüfung gespielt hast*, schlug sie mir vor, *das Stück, das du gestern Abend für deinen Vater gespielt hast.* Aber das war für *ihn*, dachte ich, ich spiele es für keinen anderen.

Ich spiele es, wenn sie nächste Woche kommt, entgegnete ich. Ich beobachtete, wie die rosafarbenen Handschuhe jedes Mal, wenn sie sie aus dem Wasser hob, glänzten, und wie blass ihr Inneres war, wenn sie sie ausgezogen hatte. *Nächste Woche, Tante. Dann kann ich es auch besser.*

Nur selten, ein oder zwei Mal bei der Armee und ein weiteres Mal in einer Kirchengruppe, bin ich Männern begegnet, die über ihre Väter gesprochen haben. Ich meine jetzt nicht die Art Gespräche, in denen man sich mit Freunden an alte Zeiten erinnert, weil sie ihn wahrscheinlich kannten oder zumindest von ihm gehört hatten. Ich meine die Gespräche, in denen Männer anderen zu erklären versuchen, wer ihre Väter waren. So etwas geschieht nicht oft, und ich glaube, dass die meisten Männer lügen, wenn es doch passiert.

Mein Vater war klein, er hatte scharfe Gesichtszüge, wie aus Papier geschnitten. In den letzten Monaten habe ich sehr oft an ihn gedacht. Ich glaube mich an das erste Mal zu erinnern, als er mit mir die Straße entlanglief. Er hielt meine Hand, wenn ich über die durch Helligkeit und bewegte Schatten gebildeten Kreise und Flecken auf dem gesprenkelten Bürgersteig stieg, weil ich noch zu klein war, um zu wissen, dass sich nicht der Gehweg bewegte, sondern dass das Flimmern von den Bäumen stammte, die die Straße flankierten. Wenn wir auf eine Pfütze aus Licht stießen und ich stockte, nahm er meine beiden Hände und sagte: »Lass uns rübergehen, Soldat.«

Ich kenne keinen anderen Menschen, dessen Vater solch ein Dandy war wie meiner, ein Mann, dem fast nichts gelang, außer seine Schuhe stets perfekt poliert zu halten und Witze zu reißen, wenn er melancholischerer Stimmung war, als man es ihm ansah. Er liebte es, auf der Veranda hinter dem Haus zu stehen, ohne Jackett, aber die weißen Ärmel nicht hochgekrempelt, die Manschetten mit schmalen Jade-Manschettenknöpfen geschlossen, die Weste zugeknöpft und die Uhrkette deutlich sichtbar glänzend über seinem flachen Bauch. Auf eine Hand gestützt stand er dort im Sonnenlicht mit einem aufgeschlagenen Buch (es ist niemals Winter, wenn ich an ihn denke), und aus der Ferne sah er dabei geschmeidig und irgendwie einzelgängerisch aus, wie eine Figur aus einem Western, die eben ein Buch und keinen Colt in der Hand hielt. Er nahm Bücher auf eine Weise zur Hand und legte sie wieder beiseite, als trügen sie etwas in sich, das durch grobe Handhabung freigesetzt werden könnte.

Das einzige Hobby meines Vaters war Poolbillard. Mehrmals in der Woche ging er nach dem Abendessen noch aus. Meine Mutter pflegte dann zu sagen, dass es sehr gut sei, sich für etwas zu interessieren, aber dass es doch schön wäre, wenn dies auch etwas zu essen auf den Tisch brächte. Ihn in den Billardsalon gegenüber der Bibliothek zu begleiten war eines meiner großen Vergnügen. Eigentlich waren Kinder in dieser bläulichen Dunkelheit mit den großartigen Lichtpyramiden aus den

Lampen über den Tischen nicht erwünscht, doch mein Vater nickte dem Mann am Eingang zu und gab ihm zu verstehen, er würde ein Auge auf mich haben. Er schaute zu mir herab und sagte: *Du wirst den Laden doch nicht auseinandernehmen, hast du mich verstanden?* Die Tische waren so glänzend und grün, dass wochenlang meine Hoffnung nur darin bestand, einfach einmal einen berühren zu können. Erst bei meinem vierten oder fünften Besuch fragte ich, ob ich dürfe, und mein Vater überraschte mich, denn er lachte leise, drückte meine Schulter und sagte: »Geh ruhig hin und fass ihn an, wenn es das ist, was du willst.« Er sagte das so, als wäre nichts dabei, dass ich mir gerade ein Herz gefasst hatte zu fragen, und ich ließ meine Hand erst über die glatte, lackierte Tischkante gleiten und dann über die Platte, vor und zurück auf der geschmeidigen, knautschigen Festigkeit des Filzes.

Eigentlich ist es mein Partner, der dafür sorgt, dass wir Geld verdienen. Er kommt mit Ideen für neue Produktlinien und vor allem für neue Werbemaßnahmen zu mir, und in den Vorstandssitzungen beginnt er immer mit »Wir haben beschlossen« oder »Wir haben daraus gefolgert«, und der Vorstand glaubt, dass er auch tatsächlich uns beide meint, wenn er »wir« sagt. Er ist loyal mir gegenüber, denn ich habe ihn vor zehn Jahren in die Firma gebracht, obwohl es Widerstand gab. Er hatte keine Qualifikationsnachweise und ist ein so hässlicher Typ, wie man vermutlich hässlicher nicht sein kann. Bei den Barbecues der Firma (ich denke, hier fällt es am meisten auf) trägt er ein kurzärmeliges Hemd, und sein Wanst schwabbelt über dem Gürtel. Seine Arme sind fett, bleich und unbehaart, sein Haupthaar hat sich immer weiter zurückgezogen von der Stirn, auf der stets ein feiner Schweißfilm glänzt. Man sieht ihn an, weil man muss. Es ist nicht möglich, mit einem Mann zusammenzuarbeiten oder mit ihm Verantwortlichkeiten in einer Firma zu teilen, und dabei seine aufdringliche körperliche Erscheinung außer Acht zu lassen. Auch würde niemand seine Frau attraktiv nennen, doch zumindest ist sie nicht dick, ihr Anblick löst nicht den Wunsch aus, Teller und Gläser beiseitezuräumen, sowohl Essbares als auch Getränke verschwinden zu lassen, weil man weiß, wie alles sacken wird, gegen den festgezogenen Gürtel drückt und diese widerwärtigen Arme aufbläht. Sie ist eher klein, und wenn er neben ihr steht, wirkt sie nicht einmal halb so groß wie er. Ihre Kleider hängen von den Schultern bis über ihre Knie gerade an ihr herunter. Es ist natürlich völlig bedeutungslos, wie sie aussieht, ob sie rundlich ist oder ein lebender Bleistift, aber mir fällt es auf, weil sie so gar nicht zu ihrem Mann passt. Sie sind jeweils ein Zerrspiegel des anderen. Sie legt ihre schmalen Finger auf seinen gepolsterten Unterarm, er lässt dann und wann seinen Arm auf ihren Schultern ruhen, wobei seine Hand locker vor ihrem flachen Busen hängt, als wolle er diesen beschützen. Vielleicht weil ihre Haut so fahl ist, so sehr der Farbe einer dunkelgelben Seife ähnelt, fühle ich mich an eine asiatische Frau erinnert, vielleicht eine Inderin, die ich in ›National Geographic‹ gesehen haben könnte und die ganz entspannt eine dicke Schlange um ihren Hals gelegt hat. Doch ich muss einräumen, dass niemand das Recht hat, an dem Leben oder dem Geschmack anderer herumzumäkeln.

Manchmal bemerke ich, wie er die Augen leicht zusammenkneift, wie gegen Rauch, und meine Frau und mich mustert.

Ich frage mich, warum er so peinlich genau darauf bedacht ist, mich dem Vorstand gegenüber vorteilhaft erscheinen zu lassen. Oder warum er, wenn er mit den Mitarbeitern scherzt, so tut, als würde ich mich genauso verhalten? Von der Firma kann er nicht noch mehr erwarten, er ist mein gleichrangiger Partner, obwohl mich der Vorstand recht offen fragte, ob ich wisse, was ich tue, als ich ihm seinerzeit den Weg ebnete. Schon damals war er fett und lächelte dauernd. Als er bei der allerersten Sitzung seine Augen mit der blassen Hand verdeckte, dann die Finger spreizte und wie ein Kind in die Runde spähte, als befürchtete er, gleich angegriffen zu werden, und erst dann seine Zahlen erläuterte, lachten alle und waren von ihm eingenommen. Mehrmals haben sie mir in den letzten Jahren versichert, dass sie mir für ihn danken müssten. Und wenn er immer wieder in den Konferenzen mit »Wir haben beschlossen« oder »Wir glauben, dass es am besten wäre« beginnt, meint er damit auch stets, dass er *mir* für sie danken müsse.

Ich setzte mich auf eine Bank im Krankenhausflur und lehnte meinen Kopf an die Wand. Ich trug einen dieser unförmigen blauen Krankenhauskittel und saß mit übereinandergeschlagenen Beinen da, während Schwestern geräuschvoll die Schwingtüren zu den Röntgenräumen aufstießen. Ein paar Meter von mir entfernt saß ein alter Mann in einem Rollstuhl. Seine Augen lagen tief in ihren Höhlen, und seine Hände strichen unablässig die Decke über seinen Knien glatt. Obwohl ich mich unwohl in Gesellschaft von Kranken fühle, beobachtete ich ihn weiter. Ich vergeudete den größten Teil des Nachmittags damit, einen Arzt zufriedenzustellen, den ich wegen gelegentlicher Schmerzen im

Brustraum, die sich nach dem Essen einstellten, aufgesucht hatte. (»Wir werden erst wissen, dass alles in Ordnung ist, wenn wir uns das hier angeschaut haben«, sagte er mir einige Wochen später. Er zog ein großes Negativ aus einem braunen Umschlag und hielt es vor das Fenster, sodass wir sich überlappende Schatten und Linien inspizieren konnten. Es hätte aber auch ein durch Wolken aufgenommenes Luftbild einer mir nicht bekannten Stadt bei hereinbrechender Dämmerung sein können.) Ich sah auf meine nicht zusammenpassenden Schuhe und Socken hinunter, die ich auf Anweisung eines Pflegers angelassen hatte, und dann zu einem jungen Mann, der mir gegenübersaß, barfuß und mit einem Kittel wie dem meinen. Dann blickte ich wieder auf meine Uhr, vermutlich etwas ungeduldig. Eine Frau neben mir fragte: »Möchten Sie vielleicht hier reinschauen? Dann vergeht die Zeit schneller.« Sie bot mir eine ›Australian Post‹ an, die nach dem Einsatz bei all den Gelangweilten und Kranken schon völlig zerknittert war. »Nein, danke«, antwortete ich. Als sie die gefalteten Hände in den Schoß legte, bemerkte ich einen Ehering an einem ihrer Finger. Unter den Ärmeln ihres Kittels ragten die Knochen ihrer Handgelenke wie kleine Kuppeln hervor. Ich betrachtete wieder den alten Mann, das glänzende Linoleum, hörte das Quietschen von Gummisohlen, wenn Krankenschwestern kamen und gingen. Die Frau neben mir hieß Eva, und solange ich sie kannte, war dies ihre Art zu sitzen, die Knie zusammengestellt und die Finger ihrer Hände ineinander verschränkt, wenn sie auf ihrem Rock oder ihrem Hausmantel mit Paisleymuster oder im Sommer auf ihren bloßen Beinen ruhten.

Wir scherzten oft darüber, dass wir uns in einem Krankenhausflur kennengelernt hatten, in schlecht sitzenden Kitteln, begleitet vom Klappern der Metalltabletts und dem unentwegten Schwingen der Türen. Wenn sie später Termine für Röntgenaufnahmen oder andere Untersuchungen hatte, wartete ich im größeren Raum am Ende des Korridors. Es wurde immer einfacher, Zeit außerhalb meines Büros zu verbringen, als ich mir je hätte vorstellen können. Ich ging um zehn oder um zwölf oder um drei, wann immer mir danach war, und fühlte mich so frei wie ein Schuljunge, der beschlossen hat, den Unterricht zu schwänzen. Wir fuhren zum Cornwall Park, zu den grauen, stets rauschenden Olivenbäumen, die Eva so liebte, oder zu dem Kiosk im Domain Park, und an einem makellosen Tag Anfang September überquerten wir die Harbour Bridge und liefen hinauf und hinunter im dunklen Grün der einheimischen Bäume, hoch über dem glitzernden Meer. Häufiger jedoch waren wir, und das war mir auch lieber, bei Eva, in ihrer kleinen Sozialwohnung am anderen Ende der Stadt – von mir aus gesehen. In dem einzigen Winter, den wir zusammen verbrachten, pflegten wir auf dem Sofa vor einem offenen Feuer zu sitzen und dicke Kiefernscheite zu verbrennen, die ihr Bruder von seiner Farm geschickt hatte. Es zischte an den Enden der Klötze, wenn der Baumsaft austrat und einen reinen, zarten Duft verströmte. Und in unserem einzigen gemeinsamen Sommer saßen wir manchmal auf Liegestühlen hinter dem Haus, auf dem kleinen Rasenviereck, vor den Nachbarn und dem Wind durch Platten aus Wellplastik geschützt, die ich für sie angebracht hatte.

Wenn ich so zurückdenke, dann selten an einen bestimmten Moment und noch weniger an das, worüber wir gesprochen haben. Ich denke dann an etwas ganz Schlichtes, an die Nähe zwischen uns, die sich ganz von selbst eingestellt hat, als hätten wir uns in unserer gemeinsam verbrachten Zeit immer unter einem Baldachin der Zufriedenheit bewegt, wie eine Ikone während einer Prozession (die ich auch in Spanien gesehen habe). Und ständig steht mir Evas körperliche Ruhe vor Augen, ihre beinah schroffe Stimme, in der mehr Leben steckte als in jeder anderen, die ich gehört habe. Und dabei war sie noch nicht einmal auf der Südinsel gewesen, wo ihr Mann sich mit seiner zweiten Familie niedergelassen hatte.

Seit sie vor acht Jahren aus einem kleinen Ort im Norden in die Stadt gekommen war, arbeitete sie in einem Lagerhaus, an dem ich jeden Tag vorbeifuhr. Durch das Fenster hinter ihrem Schreibtisch konnte sie unsere Fabrik sehen, mit meinem Namen an der Außenwand.

Ich hatte zu meiner Frau gesagt, dass ich in den nächsten Wochen nicht ausgehen wolle, weder zu Essenseinladungen noch zu Partys oder dem Ehemaligenball, den sie schon einige Male erwähnt hatte. »Du gehst aber auf jeden Fall«, sage ich zu ihr. »Seit zehn Jahren gehen wir mit denselben Leuten hin, du kennst dort jeden.«

»Ich denke nicht einmal im Traum daran«, erwidert sie. Sie lächelt und gibt mir damit zu verstehen, dass sie sich ihre Enttäuschung niemals anmerken lassen würde. Mein Partner hat mehrfach zu mir gesagt: »Diese Frau ist eine Wucht«, also bin ich nicht verwundert, dass sie sich heldenhaft gibt. Ich sage nur: »Vielleicht änderst du ja deine Meinung noch. Vielleicht gehst du ja doch, wenn es erst so weit ist.« Sie lächelt wieder und schüttelt den Kopf, und dabei machen ihre Ohrringe zarteste metallische Geräusche.

Meine Frau gehört zu der Art von Frauen, von der jeder sagt, sie sei charmant. Als wir das letzte Mal gemeinsam aus waren, in der vorvorletzten Woche bei einer Veranstaltung unserer Firma, sagte die Frau, mit der ich tanzte: »Ihre Frau bringt ihn dazu, ihr aus der Hand zu fressen.« Sie meinte damit einen der Direktoren, der ein Toupet trug und seine gespreizte Hand über den Po meiner Frau gleiten ließ, als sie sich gerade im Schatten am anderen Ende des Saals drehten. Sie griff nach der Hand und führte sie zurück auf ihre Hüfte. Ich tanzte mit dieser jüngeren Frau, weil ich dazu gezwungen war. Sie war die Gattin eines unserer vielversprechenden aufsteigenden Mitarbeiter, eines kindisch launenhaften Mannes, der mit seinem Drink in einer der Sitzecken am Rande der Tanzfläche saß, sein Bein, wegen eines beim Skifahren verstauchten Knöchels bandagiert, steif von sich gestreckt. Während seine Frau mit mir sprach, lachte sie mich an und schüttelte ihr Haar, und ich vermute, ich sollte auch ein bisschen von ihrem Charme bezaubert sein. »Ach«, antwortete ich, »ist das so?« Und die junge Frau, die ich im Arm hielt und mit der ich mich im Kreis drehte und die mich zu Tode langweilte, sagte: »Da haben wir's, jeder Mann, der eine reizende Frau hat, spielt es herunter.« Ihr Lachen klang nach fröhlicher junger Ehefrau einer Führungskraft, als ließe man einen Schlägel über ein Xylophon für Kinder gleiten. Als ich einen Blick auf den jungen Hals und die vom Kleid hochgehaltenen Brüste und das gefaltete Spitzentaschentuch warf, das wie ein kleines Tier dazwischengesteckt war, kam mir der Gedanke, dass Eva, die weder gut aussah noch Charme hatte, alles war, was in meinem Leben zählte, selbst nach vierzehn Monaten noch.

So wie in dieser Nacht, in der ich mit den jungen Ehefrauen meiner Mitarbeiter tanzte, oder auch bei anderen Gelegenheiten, an die ich mich erinnere, allein mit meiner Familie oder während ich mir ein Bein für meine ebenfalls wohlerzogenen Gäste ausreiße, ist es eigentlich immer. Ich sehe in die Gesichter vor mir, als wären sie aus Pappe oder Plastik; ich denke an die Frau, die nichts und nirgends ist, und sie ist wirklicher für mich als meine eigene Hand. Immer wenn ich an sie denke, trommele ich mit meinen dicken quadratischen Nägeln (mit denen Eva so gerne spielte; sie schnippte mit ihren eigenen Nägeln dagegen oder schob das Nagelbett zurück) gegen etwas, das gerade in meiner Nähe ist. Gegen das abscheuliche Ding aus Marmor auf meinem Schreibtisch im Büro oder gegen einen Aschenbecher zu Hause, bis meine Frau sagt: »Ich will ja nicht nörgeln, aber könntest du damit aufhören? Es nervt mich.«

»Das würde das Atmen auch, wenn du es hören könntest«, antworte ich. Als sie mich einmal fragte, ob ich das nur tue, um mir die Zeit zu vertreiben, antwortete ich: Nein, es ist mehr als das. Es geht auch darum, zu hören, wie die Zeit vergeht, und sie und ihre Tochter blickten sich dann »vielsagend« an, wie sie es vermutlich nennen würden. Ihre Blicke sagen, schau an, wie überspannt Ehemann und Vater ist, bereits im Stadium einer fortgeschrittenen Depression, dabei bin ich nur gelangweilt, nur gelangweilt. Kürzlich träumte ich, dass ich in einem See fischte. Mehrere Schnüre hingen vom Heck des Bootes, es war wie eine Art Schleppnetz. Im See war kein Wasser, und die Haken schleiften über den Grund wie die Zähne eines Pfluges. So weit ich zurückblicken konnte, sah ich die akkurat parallel verlaufenden Linien der schleifenden Haken. Aber während ich mit meinen Fingernägeln gegen Aschenbecher, Tisch oder die hölzerne Armlehne eines Stuhls trommele, wendet meine Frau ihren Kopf und hebt die Hände beim Sprechen, ihre Ringe und Ohrringe funkeln, und ihre Stimme »klingt glockenhell«, wie sie gerne gesagt bekommt. Sie schimmert wie eine Wasseroberfläche im Spätnachmittagslicht, ich sehe sie im Leben stehen und als Kind in den seichten Stellen eines Flusses planschen. Von dort aus spricht sie zu mir, und ich antworte vom trockenen Grund meines Sees aus.

Eines Nachmittags hielt mein Vater mit mir an einem prachtvollen Haus, viel schöner als das unsere. Den ganzen Vormittag war ich mit ihm in der Bibliothek gewesen. Um zwei Uhr zog er sein Jackett über die langen weißen Ärmel mit den Manschettenknöpfen aus Jade und die dunkle Weste, die er beim Arbeiten nicht ablegte. Ich war gerne mit ihm in dem Raum, in dem er seinen Pflichten nachkam, und atmete den Geruch von Klebstoff, alterndem Papier und dem glänzenden Lederstuhl ein. Seine Aufgabe war es, alle Zeitungen, die in der Bibliothek eintrafen, zu ordnen und sie in hölzerne Halter zu spannen, damit sie zusammenhielten. An den Haltern waren Messinghaken befestigt, und die Halter hingen nebeneinander in Reihen. Zwischen den Reihen zu stehen war, wie in einem Tunnel aus Papier zu sein.

Er nahm seinen Hut von einem hohen Regal und drehte ihn, wie er es immer tat, gegen seinen Ärmel, wobei er das Ärmelende mit der Hand festhielt. Samstags gingen wir manchmal in den Billardsalon, wo ich ihm beim Spielen zusah, oder in die Nachmittagsvorstellung im Kino. Ich erinnere mich vor allem an Geschichten über die Wüste und an Scheichs in langen wallenden Gewändern und mit Kopfbedeckungen, die hinter ihnen her flatterten, wenn sie auf ihren Pferden dahingaloppierten und einen Schleier aus Flugsand hinter sich herzogen. Oft standen Palmengruppen dort, wo sie in seidenen Zelten mit Frauen sprachen, oder sie hielten sich in Städten mit wunderbar weißen Mauern und schmalen, hohen Türmen auf. Wenn der Film zu Ende war und wir auf die Straße traten, nahm ich seine Hand, und nach dem, was wir eben gesehen hatten, war dort alles so grau und gewöhnlich und langweilig. Doch an jenem Tag sagte er: »Ein schöner Nachmittag, um sich die alten Beine zu vertreten, nicht wahr?« Oft wusste ich gar nicht so genau, was er eigentlich meinte. Ja, sagte ich zu allem. Er nahm einen Stapel Bücher vom Tisch, auf dem noch ein Stoß Zeitungen in braunem Packpapier lag. Wir liefen die lange Straße entlang bis zur Brücke und dann über die Baumkronen unter uns hinweg. Ich schaute durch das Geflimmer in den Spalten im Betonzaun in die Schlucht hinunter. Am Ende der Brücke hob er mich hoch, und ich hielt mich an den kleinen Drahtvierecken fest und drückte mein Gesicht dagegen. Ich konnte in die runden Baumkronen hinunterblicken, und im hellen Sommerlicht glänzten einige Blätter wie Glas.

Wir gingen weiter, bis wir zu einem Haus gelangten, das an drei Seiten von einer Veranda umgeben war. Eine Frau öffnete uns die Tür, und als wir eintraten, fühlte es sich an, als hätten wir eine tiefe kühle Höhle betreten. Mein Vater legte die Bücher auf einem kleinen Tisch im Flur ab, auf dem auch ein schiefer weißer Turm stand, der, so erklärte sie mir, aus nur einem Stoßzahn aus Elfenbein geschnitzt worden war. Mein Vater und die

Frau saßen in einem großen Zimmer mit schweren Vorhängen, deren Faltenwurf an die Vorhänge in einem Kino erinnerte. Sie saßen dort und tranken Tee aus Tassen, die winzige Sprenkel hatten, durch die man hindurchsehen konnte, wenn man sie gegen das Licht hielt. Die Frau trug ein kleines Tablett hinaus auf die Veranda, mit einem Glas Limonade und einem Kuchen, den ich nicht mochte, da in jedem Bissen Körner waren. Ich lief immer wieder über die Veranda und streckte meine Hände durch die Zwischenräume im Geländer und zog mir einen Hocker heran von der Stelle, an der Drahtkörbe mit Kletterfarn und Schlingpflanzen vom Dach hingen. Ich kniete mich auf den Hocker und lehnte mich an das Geländer, als wäre ich auf einem Schiff. Ich konnte über die Schlucht schauen, über die wir gekommen waren, und den ganzen Bereich unter der Brücke sehen, der wie ein Teil eines riesigen Reifens aussah. Und noch viel weiter unten war der Hafen, so leuchtend blau, dass ich sicher bin, dass er in meiner Erinnerung intensiver leuchtete, als er es in Wirklichkeit getan hatte.

Nach unserem Besuch bei der Frau liefen wir zurück über die Brücke, und das hieß auch zurück zum Alltag. Wir erzählen einfach, dass wir spazieren gegangen sind, wenn wir zu Hause sind, sagte mein Vater, das bleibt unser Geheimnis. Wir warteten im Sicherheitsbereich des Bahnsteigs auf die Straßenbahn, die uns nach Hause bringen sollte. Normalerweise ließ mich mein Vater auf der abgerundeten Einfassung des Bahnsteigs sitzen, und ich hielt mich dabei an seinem Arm fest, aber ich weiß noch, dass wir an diesem Tag beide standen. Als wir den kleinen Hügel hinunter zu unserem Haus gingen und uns dem Gartentor näherten, das immer hakte, da ein Teil des Riegels verloren gegangen war, sagte mein Vater: »Mekka, nicht wahr, alter Freund?«

»Ja«, antwortete ich. Ich wusste, dass auch das eine Art Geheimnis war, lange bevor ich wusste, was es auch sonst noch war.

Auf meinem Schreibtisch steht ein Tintenfass aus Marmor, ein Geschenk meiner Frau, das sie mir vor zwei oder drei Jahren aus Mexiko mitgebracht hat. Mir ist aufgefallen, dass ich fast immer mit meinen Fingernägeln dagegen trommele, wenn ich an meinem Schreibtisch sitze. Die Seiten des Marmorstücks sind teils gebrochen weiß, teils gelblich, reizlos durchzogen von kaum dunkleren Adern. Er sieht aus wie Schnee, wenn es zu tauen beginnt, jenes Versickern und Tröpfeln und Verblassen, das man in sich auflösenden, am Straßenrand aufgetürmten Haufen sieht, wenn der Schnee an den Rändern angefressen ist, ungleichmäßig und fleckig. Daran hat mich Zelmas Geschenk sofort erinnert, als sie es zu Hause auf meinem Schoß ablegte und verkündete: »Das ist für dich, Señor«, während die Kinder mit ihren breitkrempigen, paillettenbesetzten Hüten herumstolzierten. Ihr hatte Acapulco noch besser gefallen, als sie sich vorgestellt hatte, und noch viel besser als Spanien bei unserer Reise damals, noch ohne Kinder, als wir uns vormachten, wir würden zurückkehren, um dort zu leben.

»Noch besser als Honolulu?«, fragte mein Sohn.

»Du musst nicht immer alles vergleichen, Dummerchen.« Sie kippte den Hut so nach vorne, dass die Krempe auf der Hemdbrust des Jungen zu liegen kam. Das Hemd war auch ein Geschenk, blaues Leinen mit auf den Schultern aufgestickten Adlern.

»Fast hätte ich dir auch ein Hemd gekauft«, sagte sie zu mir.

»Fast?«

»Hättest du es denn getragen?«

Ich blickte auf die grellen gestickten Flügel und log, ich sagte: »Man kann nie wissen.«

»Natürlich hätte er es nicht getragen«, sagte meine Tochter. »Er würde ja sterben, wenn er etwas Farbiges anziehen müsste.«

»Könnt ihr ihn euch auch mit diesem Hut vorstellen?« Die Kinder streckten ihre Arme steif von sich, wie wir es machten, wenn wir marschierende Holzsoldaten spielten, aber jetzt ahmten sie nur ihren Vater nach. Der Junge legte den Kopf ein wenig zur Seite, wie ich es vermutlich tue, und nickte mehrfach knapp, wie sein Vater, wenn er die Nachbarn grüßte. Er, das Mädchen und ihre Mutter wurden fast schon hysterisch: »Wie er in den Klamotten aussehen würde!« Meine Frau musste sich setzen und flatterte mit beiden Händen, bis sie sagte: »Okay, das reicht, wir hatten jetzt unseren Spaß.« Ich faltete meine Hände unter dem Kinn und betrachtete sie, die Adler bewegten sich, wenn sich die Arme des Jungen bewegten, und die Hüte blitzten, wenn sie sich drehten.

»Hast du dir einen Stierkampf angesehen?«, fragte ich.

»Denkst du, ich bin krank oder was?«, erwiderte sie. »Er fragt eure Mutter, ob sie hingegangen ist und zugeschaut hat, wie diese Barbaren einen Stier zu Tode foltern«, rief sie an die Kinder gewandt. Bei dem Gedanken daran schloss sie die Augen, und das Mädchen sagte: »Ich fände es sicher abscheulich, so etwas zu sehen, das ist mal klar.«

»Was ist mit dir?«, fragte ich den Jungen. »Ich vermute, du könntest einen Stierkampf aushalten?«

Der Junge drehte den Hut nun in seinen Händen, mit seinen Daumen fuhr er wieder und wieder die Krempe entlang. Er zuckte mit den Schultern, als ich ihn fragte, wie er darüber dachte. »Nicht mal interessiert genug, um es herauszufinden?«, fragte ich, und meine Frau und meine Tochter schauten sich an und zogen zur gleichen Zeit die Augenbrauen hoch. »Wir belassen es dabei, einverstanden?«, sagte meine Frau. »Sonst fangen wir nur wieder an zu streiten.«

Ein ums andere Mal habe ich bemerkt, wie nahe sie sich stehen. Sie brauchen noch nicht einmal miteinander zu sprechen. Ich habe sie auf Partys beobachtet, sie ziehen ihre Kreise und bewegen sich wie zwei Tiere, von denen man annimmt, sie hätten sich gegenseitig nicht wahrgenommen, aber wenn sie dann wieder zu Hause sind, weiß jede genau, was die andere getan hat, mit wem sie gesprochen hat und wann. Wenn sie beieinandersitzen und sich unterhalten, sind sie wie Katzen, genau. Sie befinden sich gleichsam über dem Gesprächsgegenstand, was immer es auch sein mag, und beschnüffeln ihn, stupsen ihn schnell und vorsichtig hin und her.

Kürzlich sprachen sie eines Abends über Brautkleider, als ich noch vor dem Abendessen ins Wohnzimmer kam. Sie sprachen schnell, ohne zu bemerken, dass ihr Ehemann und Vater ins Zimmer gekommen war, bis sie mich mit den Flaschen klirren hörten und ich sie fragte, warum kein Eis da sei. »Da ist doch Eis«, entgegnete meine Frau. Sie drückte ihre halb gerauchte Zigarette aus.

»Bleib sitzen«, sagte meine Tochter zu ihr. »Ich hole es ihm.« Während sie an die Rückwand des Eisfachs hämmerte, nachdem sie ihren Arm hinter das Tiefkühlgemüse und die Fertiggerichte gestreckt hatte, wo ein kleiner Eiswürfelbehälter festgefroren war, legte meine Frau ihre Handflächen auf die Lehne des Ledersessels und schloss die Augen. Sie ähnelte einer ägyptischen Statue, wie sie vor Grabmalen zu finden sind.

»Du musst es dir doch selber holen«, rief meine Tochter. »Es ist so fest angefroren, ich kriege es nicht raus.«

»Es wird auch schon eine ganze Weile da hinten drin sein«, sagte ich.

»Kaum zu glauben, bei dem Eisverbrauch, den du hast.«

»So?«, fragte ich. »Was willst du damit sagen?«

»Das Tranchiermesser liegt da, wenn du es brauchst«, erwiderte sie. Ich stocherte mit dem Messer zwischen Eisfachwand und Metallbehälter herum, und das Mädchen ging zurück zu ihrer Mutter. Als ich an dem Eiswürfelbehälter zog, rutschte meine Hand ab, und meine Finger erwischten eine der scharfen Kanten im Eisfach. Plötzlich bemerkte ich auf den weiß überzogenen Eiswürfeln kleine Blüten meines eigenen Blutes, Spritzer, die sich wie winzige Blumen öffneten. Ich sah einen Moment lang auf die Tropfen, auf die dichte Folge von Flecken auf dem Eis, und mein Magen zog sich in einer Art Abscheu zusammen. Ich muss wohl eine ganze Weile so dagestanden haben, fasziniert von den lebhaften Klecksen, die von mir stammten. Die anderen bemerkten die Stille nach meiner Herumstocherei, und meine Tochter rief: »Hast du es geschafft?«

»Ich habe mir in die Hand geschnitten«, sagte ich.

»Mit dem Messer?«

»Im Kühlfach.« Ich wartete, denn ich dachte, eine der beiden würde sich jetzt rühren. Ich presste meinen Finger in mein Taschentuch, doch der Schnitt war nicht tief. Noch immer erwartete ich, dass eine der beiden herkommen und fragen würde, ob alles in Ordnung sei, oder sogar um den Eiswürfelbehälter für mich herauszuholen und Eiswürfel in mein Glas zu füllen. Als ich mich zu ihnen umdrehte, sah ich, dass mich beide anschauten.

»In der Schublade sind Pflaster«, sagte meine Frau. »Rechts von dir.« Ich öffnete die Schublade und wühlte mit meiner anderen Hand durch den Wirrwarr von Papieren, Briefmarken, Gummibändern und Döschen.

»Findest du's?«, rief sie.

»Ich hab's gleich«, antwortete ich. Ich hatte die Rolle gefunden, doch als ich sie aus der Schublade zog, stellte sich heraus, dass es kein Pflaster war, sondern Abdeckband. Ich ließ meinen Finger im Taschentuch eingewickelt und wandte mich wieder meinem Drink zu. Ich ließ heißes Wasser über den gefrorenen Behälter laufen, das Eis knackte unter dem Strahl des dampfenden Wassers. Keine der beiden Frauen – denn das ist auch sie schon, denke ich zumindest, meine Tochter – erkundigte sich, wie es mir ging, als ich zurück ins Wohnzimmer kam, die Hand in der Hosentasche versteckt. Ich nippte an meinem Gin, die Eiswürfel stießen klirrend an das zarte dänische Glas, von dem mein Partner uns letztes Jahr zu Weihnachten ein Set geschenkt hatte. »Nicht, dass ich an Weihnachten glauben würde«, hatte er gesagt, als er die Schachtel mit der farbenfrohen weihnachtlichen Verpackung meiner Frau überreichte, »aber ich glaube an Geschenke.« Das war der erste Abend gewesen – Heiligabend letztes Jahr –, an dem mir klar wurde, wie offensichtlich ich Dinge wie auf einem Bildschirm wahrnahm. Ich habe oft über diesen Vergleich nachgedacht, und jedes Mal wurde mir stärker bewusst, dass das, was ich sah, nichts mit mir zu tun hatte. Jetzt betrachtete ich die beiden Frauen und drehte langsam mein Glas in der Hand, um die Eiswürfel klirren zu hören. Sie sprachen darüber, ob die Haare meiner Tochter geschnitten werden müssten, wenn dieses Kleid dazu passen sollte. Ich betrachtete sie, als wäre noch ein Publikum zwischen uns, wie ein Mann, der im Kino sitzt und sich fragt, wie diese Schauspieler wohl sind, wenn die Kamera nicht mehr läuft, ob es irgendeine kleine Bewegung, irgendeine kleine Veränderung ihres Tonfalls gäbe, die ihm verriet, wie sie wirklich waren. Ich kenne niemanden, der sich nicht hinter Make-up versteckt, der nicht jenseits eines tiefen Grabens steht. Ich versuche an Menschen zu denken, die nicht wie auf einem Bildschirm sind, und komme nur auf zwei, meinen Vater und Eva.

Ich hatte schon erwähnt, dass die große Stärke meines Partners seine Überzeugungskraft ist, ganz gleich, ob er sein Gegenüber kennt oder nicht. Er erklärt mir, dass es beim Verkaufen genau darauf ankomme. So zu tun, als legte man seinen Arm um die Schulter des anderen und redete mit ihm so, dass er meint, man wäre sein Freund. Ich habe ihm mehrfach zugehört, wenn er das den Mitarbeitern oder dem Vorstand erläuterte. Wenn er spricht, öffnen und schließen sich seine Hände. Sein Gesicht gibt sich seinem breiten Lächeln hin, oder er sieht seinen Gesprächspartner recht feierlich und aufrichtig an. Wenn er seine Hände öffnet und seine Handflächen zeigt, hat er die Taube des Vertrauens und der Nähe fliegen lassen. Sie schwebt über den Köpfen seines Publikums, das ihre Gegenwart spürt, die Menschen schauen genauso feierlich zurück. Wenn hingegen seine

Hände sich berühren und schließen und seine dicken Finger sich verschränken oder sich, wie in einem Liebesakt mit sich selbst, aneinander reiben, ist der Vogel zurückgekehrt, ist in seinen magischen Händen verschwunden, und die, die zugehört haben, lächeln zurück oder lachen, wenn er lacht. Es ist wie eine One-Man-Show vor dem Spiegel, und sein Spiegel sind Menschen.

Einmal sagte mein Partner zu mir: »Ich weiß, du findest meine Methoden aufdringlich, aber sie sind vor allem auch um sechsundzwanzig Prozent besser als alle anderen, die jemand in dieser Truppe einsetzen würde. Das ist kein schlechtes Ergebnis.« Er saß mir gegenüber, während ich mit meinen Fingernägeln gegen das Tintenfass aus Marmor trommelte. Seine Hände waren oberhalb seiner Wampe gefaltet, so wie er es immer tat, wenn wir miteinander redeten. Er ist wahrlich kein Idiot, und ich denke, ihm war schon sehr früh klar, dass ich nicht an die Taube glaubte. Er hatte gerade seine neuesten Ideen für eine Anzeigenkampagne auf meine makellos aufgeräumte Schreibtischunterlage gelegt. Was er dort abgelegt hatte, war das kolorierte Foto eines Fötus, selbst die winzigsten Venen im unverhältnismäßig großen Kopf des Wesens waren durch die ihn umgebende transparente Blase gut sichtbar. Daneben stand etwas Getipptes: *Niemand verpackt vorsichtiger als wir.*

»Ich kann allerdings nicht behaupten, das wäre ganz allein meine Idee gewesen«, räumte er ein. »Ich habe das einmal in einer amerikanischen Zeitschrift gesehen, aber die kennt hier kein Mensch.«

Ich sah wieder auf das glänzende Foto und die Wörter auf dem schmalen Papierstreifen, der danebengeklebt war. Die Hände auf dem Bild sahen wie kleine Flossen aus.

»Es ist gewissermaßen eine logische Fortsetzung«, fuhr er fort. »Erinnerst du dich an die Kampagne vom letzten Jahr, an das Foto mit dem in Zellophan eingewickelten Mädchen, das wir für den neuen Lunchwrap von Airtex gemacht haben? Weißt du noch?«

»Ja«, sagte ich. Ein lebensgroßer Abzug hing immer noch an der Wand in der Mitarbeiterkantine.

»Wir alle haben heute ein größeres ökologisches Bewusstsein als noch vor zwölf Monaten«, behauptete er. »Die kostenlose Kampagne, die wir auf unseren Lebensmittelkartons für die Büffel in den Buchenwäldern machen, nur als Beispiel. Die Leute bringen unseren Namen mit einem Bewusstsein für solche Dinge in Verbindung.«

»Die Öffentlichkeit?«, fragte ich.

»Die Leute«, antwortete er. »Deswegen können wir hiermit nichts falsch machen.« Er lehnte sich über seine dicken Oberschenkel nach vorne, und ein Streifen seiner blassrosafarbenen Manschette kam zum Vorschein, als er mit der Hand über den Fötus strich. »Man verwendet Fotos wie dieses nicht leichtfertig«, erklärte er mir. »Es ist doch immer noch etwas sehr Wichtiges, etwas sehr Heikles. Die Leute werden verstehen, dass wir es ernst meinen, weil wir uns ernsthaft um das kümmern, was wir vertreiben. So ernsthaft wie die Natur ist, wenn sie das hier verpackt, wenn du so willst.« Die Gesichtszüge des ovalen Kopfes wurden von seinem ausgestreckten kräftigen Zeigefinger verdeckt. »Wir möchten, dass sie wissen, dass wir das Verpacken genauso ernst nehmen.«

Ich blickte weiter auf das Foto, als er seine Hand zurückzog und sich zurücklehnte. Seine Beine waren übereinandergeschlagen, und einer seiner Füße zuckte leicht, während er auf meine Erwiderung wartete. Ich war verblüfft über die Klarheit dessen, was ich gerade betrachtete, das kleinste Detail der gänzlich verletzlichen und zugleich vertrauensvollen Wölbungen des unvollendeten Körpers. Ich hatte einmal darüber gelesen, wie ein Embryo alle Stadien der Evolution durchläuft, die verschiedenen Phasen eines Fisches und anderer Lebensformen, bevor er endgültig menschlich wird. Ich erinnerte mich daran, wie entsetzt ich war, als mich vor zwanzig Jahren der Arzt in das Zimmer meiner Frau rief, um mir meine neugeborene Tochter zu zeigen. Die Schwester wusch sie gerade mit einem angefeuchteten Wattebausch, und auf der winzigen Brust und den Beinen waren Schlieren von Blut und Seife. Der Arzt sagte: *Na, freuen Sie sich über sie?*, und ich sah zu, wie sich der Wattebausch unter dem fleckigen Arm bewegte, ein Ausdruck von Unbehagen oder sogar Schmerz auf dem vom Schreien verzogenen Gesicht.

»Machen wir damit weiter?«, fragte mich mein Partner.

»Du machst ohnehin weiter«, erwiderte ich. »Jeder wird es toll finden, egal ob du es aus einer amerikanischen Zeitschrift geklaut oder selbst ausgedacht hast.«

Er lachte breit und sagte: »Aber du denkst, es ist Scheiße.«

»Du weißt, wie ich darüber denke«, stellte ich fest.

»Wollen wir wetten, dass die Verkäufe innerhalb der nächsten drei Monate um mindestens fünfzehn Prozent steigen?«

»Ich würde eher wetten, dass wir in gläsernen Särgen liegen, noch bevor das Jahr vorbei ist«, entgegnete ich. »Deine Bemühungen um die Lebenden und die Ungeborenen können noch weiter getrieben werden als das hier.«

Eine Hand auf die Klinke gelegt, stand er in der Tür und rieb sich mit der anderen seinen Nacken, dabei gluckste er und schüttelte den Kopf. »Was sollen wir bloß mit dir machen, Partner«, sagte er affektiert.

Bevor er die Tür schloss, rief ich ihm nach: »Du hast das Foto vergessen!«

»Ich habe ein halbes Dutzend für das Meeting am Freitag gemacht«, antwortete er. »Du bist herzlich eingeladen.«

Ich hielt die Fotografie gegen das Licht, um sie besser betrachten zu können. Da waren sogar kleine Fingernägel an den Händen, sich verzweigende Adern in der Blase, die den Körper umschloss. Ich staunte über das winzige komplexe Wesen, das mit der Zeit zur Gefolgschaft meines Partners gehören würde, das zur Verzehnfachung unseres Profits bei gleichzeitig etwa fünf Prozent höheren Produktionskosten beitragen würde. Und dann rumorte ein merkwürdiges Gefühl in meinem Bauch, als mir klar wurde, dass das Ding da natürlich tot war. Eine solche Fotografie konnte es nicht geben, es sei denn, man hatte das Kind aus seiner Mutter entfernt. Dieser Gedanke beunruhigte mich, und doch war ich amüsiert über die Selbstzufriedenheit meines Partners, dass für die Bemühungen um unsere Kunden ein Häufchen menschlichen Fleisches stand, das vielleicht eine oder zwei Stunden von den ersten Anzeichen der Zersetzung entfernt war.

Wie gesagt, ich beobachte sie. Und nun schauen sie zurück, ja sie wenden sich mir sogar zu, was Menschen auf einem Bildschirm oder einer Bühne nie tun würden. Und ich erinnere mich, dass ich, als ich einmal mit Eva in Wellington war und wir zusammen an einem Hotelzimmerfenster standen und auf das

Gewirr der Straßen unter uns schauen konnten, sie fragte, ob sie Lust hätte, ins Theater zu gehen. Ich hatte Werbung dafür im ›Dominion‹ gesehen, den wir im Taxi vom Flughafen gelesen hatten. Wie eine Decke war die Zeitung über unseren Knien ausgebreitet gewesen, und ihre Hand lag auf der meinen, während sie sich vorbeugte, um zu lesen, denn sie weigerte sich, eine Brille zu tragen. Der Theaterbesuch sollte eine Überraschung sein. Am Nachmittag hatte ich zwischen zwei Sitzungen eine Möglichkeit gefunden, zum Theater zu gehen und zwei Karten zu kaufen. In Auckland hätten wir niemals zusammen ausgehen können, und daher fragte ich sie jetzt, als würde ich sie das auch an jedem anderen Abend fragen können, ob sie Lust hätte, ins Theater zu gehen. *Schatz*, sagte sie, *lass uns unsere gemeinsame Zeit nicht verschwenden.* Ich sagte nicht, dass ich schon Karten hatte, und stattdessen liefen wir durch die Stadt. Sie hatte sich bei mir eingehakt und wir schlenderten durch die leicht gewundene Straße, in der unser Hotel lag. Alle paar Minuten drückte sie meinen Arm, damit wir stehen blieben, während sie auf etwas hinwies, das ihren Blick gefesselt hatte, oder etwas anmerkte. Als es dunkel war, funkelten die Lichter auf den Hügeln. Genau über der Stelle, an der wir standen, war an der Mauer eines Klosters ein großes angestrahltes Kreuz angebracht, das aussah, als hielte es von selbst. Ich machte eine Bemerkung über Religion. Eva antwortete nicht, und wir gingen weiter, wobei der Wind ihre Haare über ihr Gesicht blies, die dabei auch meine Wange berührten. Sie hob die Hand, um sie zurückzustreichen und zu ordnen, und ihre Haut wirkte in der Dunkelheit sehr blass. *Wollen wir eine kleine Pause machen?*, schlug sie mir ein wenig später vor. Sie saß auf der Kaimauer, und wir waren in das gleißende, orangefarbene Licht der Laternen auf der Marine Parade getaucht.

»Müde?«, fragte ich. *Niemals*, antwortete sie, *ich möchte das nur aufsaugen*. Der Hafen war von einem breiten, fließenden Streifen Licht durchzogen, vom Mond, der hinter den Hügeln über der Stadt aufgegangen war. Es wirkte fast übertrieben, wie eine enorme Kulisse. Ich saß neben Eva auf der Mauer und sagte, wir würden niemals zufriedener sein als jetzt, was natürlich stimmte, doch damals entgegnete Eva, um mich zu necken, dass ich das so empfinde, weil ich, wie so viele reiche Menschen eben, sentimental sei.

»Na ja, nicht allzu reich«, sagte ich. Das Meer schlug ein paar Meter unterhalb von uns gegen die Mauer, und Eva ließ ihren Kopf auf meiner Schulter ruhen. Etwas später sagte ich, dass es kühl geworden sei, und obwohl sie behauptete, sie habe das gar nicht bemerkt, bat sie mich: *Können wir ein Taxi für die Rückfahrt nehmen, Schatz? Wärst du damit einverstanden?* Im Hotel legte sie sich aufs Bett und ließ mich den Fernseher einschalten, sie wusste, dass an diesem Abend eine Sendung lief, die ich gerne sah. Sie lag da, ihre Haare über das Kissen gebreitet. *Weckst du mich, falls ich einnicke?*, fragte sie. *Ich möchte nicht einen Augenblick verpassen.*

Evas Bruder war ein großer Mann, etwa in meinem Alter, sein Gesicht faltig und wettergegerbt, mit den gleichen grauen Augen wie seine Schwester. Er wartete auf dem obersten Absatz der Stufen, die zum Foyer und dem Empfangstresen führten, und kam herunter, als ich mich ihm näherte. Es war acht Uhr morgens, am dreiundzwanzigsten März. Ein kühler Wind wehte vom Watt herüber und hob die Ecken seines karierten Hemdkragens leicht an. Das Mädchen am Empfang stand da und schaute zu uns herüber. Sie hatte ihn wohl auf mich aufmerksam gemacht, als ich aus dem Auto auf dem Parkplatz auf der anderen Straßenseite gestiegen war.

»Ich bin Evas Bruder«, sagte er. »Ich möchte mit Ihnen nicht mehr Zeit verbringen, als ich muss.« Er sah mich mit jenem stieren Blick an, der Männern, die auf dem Feld arbeiten, eigen zu sein scheint, mit einer Härte, die jede Abweichung als Schwäche, jede andere Lebensweise als unmittelbar bedrohlich für die eigene empfindet. Ich habe solche Gesichter schon Hunderte Male in Fußballstadien und in den Straßen von Kleinstädten gesehen. Eva hatte mir, als sie zum ersten Mal davon sprach, einige Wochen mit ihm verbringen zu wollen, erzählt, dass er zu einer kleinen Sekte gehöre. Seine Frau war seine einzige Hilfe auf der Farm, mit der Unbeirrbarkeit von Propheten bearbeiteten sie ein Stück Land, das schwierig zu bestellen war. Eva hatte den Eindruck, dass die Ruhe und die Landluft ihr helfen könnten, wieder etwas zuzunehmen – sie hatte in den letzten Monaten viel Gewicht verloren. Ich bot ihr an, sie in den Norden zu fahren, doch sie sträubte sich dagegen, sie sagte, ihr Bruder würde unsere Beziehung nicht gutheißen, es wäre besser, er wüsste von nichts. »Ich bin nur hergekommen, weil es sich nicht vermeiden ließ. Eva ist tot.« Ich sah, wie sich der blau karierte Kragen im Wind hob und gegen seinen Kiefer gepresst wurde. Ich sah, wie das Mädchen noch immer hinter der glänzenden Glasscheibe stand und zu uns herüberschaute, und Evas Bruder räusperte sich. »Der Gottesdienst und alles andere ist vorbei«, sagte er. »Sie wollte unbedingt, dass ich Sie aufsuche.«

»Sie wusste Bescheid?«, sagte ich. Die Worte waren wie trockene Krümel in meinem Mund, sie waren farblose Klänge.

»Sie wusste, dass sie schwer krank war«, sagte ihr Bruder. »Ich dachte, so viel wüssten Sie. Ich dachte, es wäre mehr zwischen Ihnen gewesen als nur Sünde.«

»Sie hat nichts davon erzählt?«, fragte ich. Er fuhr sich mit der Zunge über die Lippen, dann wandte er sich von mir ab, um auf das Meer zu blicken. »Sie hat nie viel erzählt«, erklärte er mir.

Es gab nun nichts mehr, was ich ihrem Bruder hätte sagen wollen, und nichts mehr, was er mir hätte sagen wollen. Ich ging die Stufen hinauf, durch die Türen hindurch, die sich rasch und leise schlossen, und in mein Büro. Ich saß inmitten der üblichen Morgengeräusche und blickte über die Werkshallen und die freien Flächen bis zu den kleinen Seifenschaumhügeln in der flachen Bucht, der matschig-braunen Küstenlinie. In der Stille des geschlossenen Raums sah ich den seltsamen Bewegungen des Windes zu, dem Schaukeln einer leeren Tonne im Hof hinter der Werkshalle. Über den Gebäuden und den niedrigen Hängen der Hügel dehnte sich die Leere des Himmels. »Eva«, sagte ich. *Er legte die bunten Kugeln in das Holzdreieck und lehnte sich dann nur für einen kleinen Augenblick gegen den Billardtisch, denn er schien immer genau zu wissen, was er tat, während die anderen Männer warteten oder Übungsstöße machten und sich so weit vorbeugten, dass ihr Kinn eingeklemmt wurde oder sogar verschwand und ihre Augen auf Tischhöhe waren. Sein Queue war schon wieder aufgerichtet, bevor ich überhaupt den Stoß gesehen hatte, die Kugeln verteilten sich und glänzten und rollten über den Filz. Dann nahm er sie sich eine nach der anderen vor,* tack *und* tack, *dann das weiche Geräusch, wenn die erste in die Auffangtasche fiel und dieses andere Klicken, wenn danach weitere Kugeln die Netze in den Ecken oder der Mitte des Tisches ausbeulten.* Als ich Evas Namen ausgesprochen hatte, erlebte ich einen intensiven Moment lang das Gefühl der Unwiederbringlichkeit, ich stand in den bläulichen Rauchkringeln und unter der hellen Lichtpyramide, an die ich seit Jahren nicht mehr gedacht hatte. Und noch jetzt kommt es mir vor, als würde ich immer an zwei Dinge zugleich denken oder an eine Person, die mich dann augenblicklich an die andere erinnert. Die beiden sind dabei keine Gespenster, sie sind genau so, wie man auch alles andere wahrnimmt, wie das, vor dem alles andere verblasst – bis alles noch nicht einmal mehr ein Film ist, was ich da vor mir sehe. Es ist nur ein Negativ, das man an ein Fenster geklebt hat und das ich durch das von der anderen Seite einfallende Licht betrachte.

Sie sind gekommen, um einen Blick auf mich zu werfen und mir damit ihr Mitgefühl auszudrücken, stützen mich an den Ellbogen – eine Geste, in der auf der einen Seite die Sorge und die Pflichterfüllung der Ehefrau, auf der anderen Seite das Gefühl und die Vertraulichkeit liegen, die sich daraus ergeben, dass man Dutzende von Jahren täglich miteinander zu tun hat. Das steht ihnen zu. Schließlich bin ich das, woran sie gearbeitet haben und worüber sie daher verfügen können. Ich bin ihre Garantie dafür, dass *sie* geistig gesund sind. Ich lasse sie mich über die gelbliche Erde dahin bringen, wo der Verlobte meiner Tochter die Tür des Autos aufhält.

Meine Tochter mit Tränen in den Augen und meine Frau, die kein Make-up trägt, da ihre Blässe das Zeichen ihres Kummers ist, sitzen jetzt neben mir auf dem Rücksitz. Mein fettleibiger Partner gibt Gas, und die weiße Mittellinie auf der Straße verschwindet unter der langen glänzenden Motorhaube seines Autos, ein endloser Streifen, den er verschlingt. Ich sitze ziemlich gleichmütig da und denke darüber nach, wie ich jetzt gebrandmarkt bin, weil ich länger als gewöhnlich an einer Stelle zwischen den Maschinen und Planierraupen an der ausgebauten Schnellstraße stehen geblieben bin und in ein Loch hinuntergeschaut habe, in dem früher einmal ein wunderschönes Haus stand. Um dieses Haus herum verlief eine Veranda, und wenn ich mich an das Geländer lehnte, auf einem Hocker kniend, war es, als ob ich mich über eine Schiffsreling beugte. Ich stand auf dem feuchten Lehmboden und dachte an meinen Vater und an eine Frau, die ich geliebt hatte, die auch in einem solchen Loch, wenn auch einem kleineren, verschwunden waren. Darüber nachzudenken schien mir der beste Grund zu sein, um ganz still zu stehen, zu überlegen, was eine Bewegung zu etwas Bedeutungsvollem werden lassen könnte. Ich habe den Dingen ins Auge gesehen, weil sie nicht da sind.

Weil sie Dinge lieben und Berührungen, weil sie endlose Gespräche führen und es hassen, allein zu sein, glauben meine Frau und meine Tochter, mein Partner und der Freund meiner Tochter nicht an das, was sie sehen. All *das* – die Körper, die Autos, die mexikanischen Aschenbecher – ist für sie nur der Schatten dessen, was wirklich ist, was sein könnte. Sie glauben, dass die Wirklichkeit etwas ist, das sie aus all diesen Dingen machen sollen, und nicht, dass diese Dinge selbst Wirklichkeit sind. Sie schauen mich nun von allen Seiten an, mit verstohlenen Blicken in den Rückspiegel. Ich lächle ein wenig, womit ich genau das bestätige, was sie vermuten. Ich lächle, denn ich bin mit vier Menschen unterwegs, die glauben, dass unsere Fahrt mit vierzig Meilen pro Stunde entlang der Great North Road, in takt- und verständnisvoller Stille, irgendeine Rolle spielen könnte. Sie sind wie diese verrückten Heiligen einige hundert Jahre zuvor, Menschen, die nicht glaubten, dass die Welt ist, wie sie ist, sondern eine Verzerrung ihrer tatsächlichen Form, in die man sie mit Liebe, Mitgefühl und Gebet irgendwie wieder zurückbiegen könnte.

Wir fahren jetzt an den Gebrauchtwagenmärkten mit ihren Reihen flatternder greller Plastikfahnen vorbei, mit ihren aus kleinen Metallscheiben geformten Worten, die im Licht und im Wind schimmern. Wir nähern uns der Kurve, an der zur Linken hoch oben eine Kirche thront, ein langer grauer Steinfinger vor dem Himmel. Ich stelle mir für einen Moment mit einigem Vergnügen vor, dass wir eine Prozession aus jener Zeit wären, an die ich gerade dachte. Mein Partner, der wie der heilige Franziskus ist, öffnet seine dicken Hände, und die Fünfzehnprozent-Tauben landen auf seiner Schulter, stolzieren über seine ausgestreckten Arme. Neben und hinter diesem franziskanischen Fleisch sitzen meine Frau mit niedergeschlagenen Augen, meine Tochter wie eine Novizin, mein devoter Schwiegersohn, der er in zwei Monaten dann auch tatsächlich sein wird, während ich dorthin gebracht werde, wo man mich befragen will, gekleidet in ein besonderes Gewand, während mich Menschen berühren, die für das Wunder arbeiten, dass meine Welt zu ihrer werden möge. Sie werden mich zu den saftigen Weiden eines Einzelzimmers führen und mir das frische Wasser ihrer Wahl zu trinken geben. Und auf den grünen Streben ihrer Gartenstühle soll ich still sitzen wie ein Junge, der an der Hand seines Vaters aus dem Kino kommt und die armseligen Straßen betrachtet mit einem Blick, der noch erfüllt ist von Palmen und Minaretten.

Übersetzt von Jörn Pinnow

Keri Hulme

Haken und Fühler

Am Morgen, bevor es passierte, waren ihre Finger bedeckt von grauem, weichem Ton.

»Charleston«, sagt sie. »Der kommt aus Charleston. Es ist eigentlich Ton für den Modellbau, aber es werden bestimmt auch schöne Becher. Ich stelle sie mir wie hohe geriffelte Kelche vor«, sagte sie mit großer Geste. »Ich werde sie meerblau glasieren, und dann trinken wir Wein daraus, wir alle.«

Ich ging raus zum Schuppen und klopfte an die Tür. Keine Aufforderung, einzutreten, doch die Kerosinlampe leuchtet hell, also gehe ich hinein.

Sie versetzt das Rad der Töpferscheibe in Drehung, als gäbe es nichts Dringlicheres. Dabei macht sie gar keine Gefäße. Sondern hohe, schiefe Kegel. Ich weiß nicht, wozu sie gut sein sollen. Ich habe sie so etwas noch nie machen sehen. Der Boden, die Regale und die Bank, der ganze Raum ist gespickt damit.

»Sie haben angerufen«, sage ich.

Sie schaut nicht auf.

»Sie haben gesagt, er kann morgen nach Hause.«

Das Rad wird langsamer und kommt zum Stehen.

»Und?«

»Holst du ihn ab?«

»Nein.«

Das Rad beginnt wieder zu surren. Ein weiterer Kegel wächst unter ihren Fingern.

»Wofür machst du die?«

Sie schaut mich immer noch nicht an.

»Du holst ihn ab«, sagt sie, dann summt das Rad wieder.

Keine Chance.

Also hole ich ihn ab. Auf dem Weg nach Hause schwatze ich die ganze Zeit.

Er schweigt.

Ich trage ihn hinein, zeige ihm, was ich alles gestrichen habe, dass wir einen neuen Ofen haben, frage, ob ihm sein Geschenk gefällt. Er ignoriert alles.

Aber zu seiner Mutter sagt er leise Hallo. Sehr kühl.

Sie schaut in seine Richtung, schaut ihn an, schaut an ihm vorbei. Ihr Blick wandert hinauf und hinunter. Der einen Stelle, wo sie hinsehen müsste, weicht er immer wieder aus. Auch sie sagt Hallo.

»Lass mich bitte runter«, sagt er dann zu mir.

Kein »Danke fürs Abholen«, kein Interesse an der neuen Kleidung. Nur dieses höfliche, ausdruckslose »Lass mich bitte runter«.

Sonst kein Wort.

Er ging in sein Zimmer und schloss die Tür.

»Es ist einfach der Schock, wieder zu Hause zu sein, meinst du nicht?«

Ich sehe sie an, sie sieht mich an. Ich gehe zu ihr und streiche mit meinen Händen über ihre Schultern, ziehe sie an mich, reibe meine Nase an ihrem Ohr. Für einen Augenblick ist Frieden.

Dann entzieht sie sich.

»Mach Kaffee«, sagt sie schroff, »ich bin müde.«

Ich nehme es nicht persönlich. Als die Bohnen gemahlen sind, frage ich: »Wofür machst du diese Kegel?«

Sie zuckt mit den Schultern.

»Einfach so.«

Der Duft der zerstoßenen Kaffeebohnen ist stark und intensiv, mir wird fast übel davon.

Seine Tür geht auf.

In der Hand hält er seine Puppe oder vielmehr Stücke davon. Er hat den Kopf abgerissen, Arme und Beine fehlen.

»Die mag ich nicht mehr«, sagt er in die Stille hinein.

Er geht zum Feuer und wirft die Stücke hinein. Dann greift er in die glühenden Kohlen und scharrt den Kopf heraus, der zusammengeschmolzen ist und qualmt. Er sagt: »Hab's mir anders überlegt. Den behalte ich doch.«

Der Qualm ringelt sich um den Stahl, hängt beißend in der Luft.

Sie zog sich bald in den Schuppen zurück.

Ich ging runter in die Kneipe.

»Hey!«, schreit Mata. »Komm rüber zu uns!«

»Schau mal«, sagt er breit grinsend und winkt mit einem zerknüllten Stück Papier. Es ist ein Los der Golden-Kiwi-Lotterie. »Das Ding hat mir vierhundert Dollar eingebracht.« Er wedelt damit herum. »Was willst du trinken?«

Ich habe noch nie etwas gewonnen. Ich greife nach seiner Hand und schüttle sie. Sie ist warm und schwielig, fest und zupackend.

»Ich glaub's nicht, Mat. Du hast ja ein Schweineglück!«

Er grinst noch breiter, und seine zusammengekniffenen Augen sind kaum noch zu sehen.

»Klasse, was?«

»Du kannst 'ne Runde schmeißen. Ich nehme einen doppelten Whisky.«

Er gibt mir einen aus und dazu ein Bier, dann noch ein paar Doppelte und noch ein Bier. Ich fühle mich geborgen und froh – bis jemand das Radio anmacht.

»Hands across the water, hands across the sea …« Die Stimmen donnern in meinen Ohren, während Klavier und Geigen sich klagend um die Worte winden.

Der Schuppen ist dunkel.

Ich stoße sacht die Tür auf.

»Bist du da?«

Ich höre, wie sie sich bewegt.

»Ja.«

»Wie wär's mit etwas Licht?« Ich versuche, angeheitert zu klingen, aber die Worte klingen kaltschnäuzig und gemein.

»Die Lampe steht auf der Bank neben dir.«

Als ich danach greife, stoße ich gegen einen weichen, feuchten Tonkegel und ziehe schnell meine Finger zurück.

»Wozu, um alles in der Welt, machst du diese Kegel?«

Ich habe die Lampe gefunden und taste nach den Streichhölzern. Eine Weile hantiere ich ungeschickt herum, bis der Docht schließlich aufflammt.

Sie schnieft.

»Gib mir bitte die Streichhölzer.«

Ich werfe die Schachtel hinüber. Sie fängt sie aus der Luft.

Sie hält ein Hölzchen an eine Zigarette, es schimmert bläulich, flackert hell auf und leuchtet golden. Die Zigarette glimmt rot. Mit der Lampe stimmt etwas nicht.

Sie seufzt. Dichter Rauch steigt ihr aus Mund und Nase.

»Ich habe fast alle heute zu Pampe gemacht.«

Was? Ach so, die Kegel. »Pampe« nennt sie den Haufen Ton, der neu verarbeitet wird.

»Entschuldige«, sagte ich nach einer Pause, »ich glaube, ich habe einen kaputt gemacht, als ich nach der Lampe griff.«

»Macht nichts«, sagt sie und stößt wieder eine Rauchwolke aus.

»Den wollte ich sowieso plattmachen.«

Ich nehme meine alte, ramponierte Gitarre und beginne zu spielen. Ich spiele schlecht.

Ich habe nie richtig spielen gelernt.

Aus der Dunkelheit höre ich ihn sagen: »Wieso bist du traurig?«

»Wie kommst du darauf?«

»Weil du im Dunkeln spielst.«

Ich seufze. »Einfach so. Ein Mann kann im Dunkeln spielen, wenn er will.«

»Aber du hast geheult, ich hab's gehört.«

Mein lieber kühler Sohn.

»Ich heule eben manchmal.«

»Wieso bist du traurig?«, fragt er wieder.

Nichts als Fragen, seit er angefangen hat zu sprechen.

»Jetzt gib Ruhe.«

»Wegen mir?«, fragt er hartnäckig, wartet einen Moment, ob ich mich rühre.

»Oder wegen ihr?«

»Wegen mir. Und jetzt raus hier«, antworte ich grob und werfe die Gitarre hin. Sie ächzt. Die Saiten zittern.

Er bewegt sich nicht.

»Warst du in der Kneipe?«

Ich lehne die Gitarre an die Wand und stehe auf.

»Du warst in der Kneipe«, stellt er fest und verschwindet wieder in seinem Zimmer.

Am nächsten Tag kam meine Mutter, schon ganz gespannt, die Trümmer zu besichtigen. Sie hat einen guten Riecher für Katastrophen. Früher war sie eine starke kleine Frau, dann wurde sie immer wackliger und gebrechlicher. Das zierliche Gesicht ist voller Puder, doch dem dichten, feinen Flaum auf ihrer Haut gelingt es trotzdem, die Make-up-Schicht zu durchdringen. Ohne Puder und all das Zeug würde sie viel besser aussehen, aber ich kann mir ihr Gesicht ohne rosa verkleisterte Poren schon gar nicht mehr vorstellen. Es sieht immer gleich aus.

Sie hat ihm Lakritze mitgebracht. Als er sie zögernd annimmt, liebkost sie ihn, tätschelt seinen Kopf und streicht ihm über das Haar. Das hat er schon immer gehasst.

»Ach, Liebling«, sagt sie. »Deine arme unvorsichtige Mutter.« Und: »Armer kleiner Mann.« Und (mir zugeraunt): »Zum Glück hast du keine Tochter. Für ein Mädchen wäre das viel schlimmer.« (Er hat das gehört und lächelt undurchsichtig.)

Sie fragt ihn: »Wie machst du das jetzt? Mit der Gitarre oder beim Fußballspielen, all so was, hm?«

Er sagt, ohne zu zögern: »Schwierig ist nur das Arschabwischen.«

In diesem Moment habe ich ihn richtig gern.

Meine Mutter regt sich auf: »Also wirklich, so etwas sagt man doch nicht, Liebling ...«

Aber er hat sich bereits abgewandt.

Sobald meine Mutter weg war, ging ich raus zum Schuppen.

»Du hättest wenigstens mal vorbeischauen und Hallo sagen können«, sage ich vorwurfsvoll.

»Das hätte nur Streit gegeben.« Sie kauert auf dem Boden. Ihr Gesicht liegt im Schatten.

Ich schaue mich um. Der Schuppen ist aufgeräumt. Das ganze Gerümpel ist weggepackt. Eine Veränderung lässt allerdings nichts Gutes ahnen. Sie hat das Kruzifix gegenüber ihrer Töpferscheibe mit einem schwarzen Tuch verhängt. Zu sehen ist nur noch eine Hand, die an das hölzerne Kreuz genagelt ist.

»Ist das ein Zeichen der Buße? Oder trauerst du?«

Sie antwortet nicht.

Früh am Morgen, es ist noch ziemlich dunkel, weckt mich sein Schluchzen. Ich hebe die Bettdecke vorsichtig an – sie rührt sich nicht, ist versunken in Schlaf, ihr schwarzes Haar umschlingt ihren Körper wie Seegras – und schleiche mich in sein Zimmer.

Das unterdrückte Schluchzen würgt ihn, er keucht rau und kummervoll.

»Na?«

»Hey, Pa ...« Er dreht sich im Kissen um, dann hebt er seinen Kopf und streckt mir die Arme entgegen. Er tut das sonst nicht. Er hat das nicht mehr getan, seit er ein Baby war.

Ich nehme ihn, wiege ihn, drücke ihn fest an mich.

»Das Gefühl ist noch da, Pa. Das Gefühl ist noch da.« Er beharrt verzweifelt darauf und heult hemmungslos. Gleichzeitig ist er ungeheuer wütend auf sich.

»Ich weiß, da ist nichts mehr«, er verpasst sich einen Hieb, »aber ich spüre noch etwas ...«

Ich küsse und tröste ihn, dann hole ich das Beruhigungsmittel, das man mir im Krankenhaus mitgegeben hat. Er weint sich in den Schlaf und wendet sich schließlich von mir ab. Ich gehe zurück ins Bett.

Ihr Ozean, *te moananui a Kiwa*, zieht mich hinab. Weit weg am Strand höre ich ihn rufen, aber ich lasse mich immer mehr in die grünen Tiefen sinken, dorthin, wo ihr Gesicht ist, wo die zarten Tentakel der Seeanemone, die ihre Finger sind, lockend winken und mich mit sich nehmen zum weinenden Herzen der Welt.

Er bleibt noch eine Woche zu Hause. Gut, dass er nicht wieder zur Schule geht, denn als er sich zum ersten Mal aus dem Haus wagte, hänselten ihn die Nachbarskinder.

Ich beobachtete ihn, wie er zu ihnen hinüberging. Während er redete und gestikulierte, ließ er den Haken trotzig in der

Sonne blitzen. Die Nachbarskinder verstummten und rückten zu einem ängstlichen Haufen zusammen.

»Was hast du denn gemacht, dass sie aufhören?«, frage ich, als er hereinstolziert.

Er schüttelt den Kopf.

»Sag schon.«

»Ich musste gar nichts machen.« Er lächelt.

»Wieso?«

»Ich kann mir nicht vorstellen«, sagt er kühl, »dass jemand das hier ins Auge kriegen möchte.«

Mir sträuben sich die Nackenhaare.

»Hör mir mal gut zu. Du drohst ja keinem mehr damit, egal, was sie sagen!«, brülle ich ihn zornig und entsetzt an. »Oder ich schlag dich windelweich.«

Er zuckt mit den Schultern. »Okay, wenn du meinst, Pa.«

(Stell dir vor, wie diese grausame Stahlsichel dein Auge berührt und sich die fühllosen Metallgreifer hineinbohren.) Als er weggeht, funkelt der stählerne Haken.

Wie kann er mein Sohn sein und so wenig von mir haben? Wenigstens hat er mein helles Haar und meine stahlgrauen Augen, so wie er Teint und Knochenbau von ihr hat; er ist ein massiger brauner Brocken von einem Jungen.

Aber seine seltsame Kühle kommt von keinem von uns, zumindest nicht von mir.

Später an diesem Tag, als wir gerade am Feuer lesen, fällt ein Stück Kohle heraus. Er greift danach.

»Pass auf, es ist heiß«, warne ich ihn.

»Interessiert mich nicht, wie heiß das ist«, sagt er grinsend.

Die beiden Stahlfinger nehmen die Kohle auf und klopfen langsam die Glut heraus. Er hat schnell gelernt, mit diesen Greifern umzugehen. Er kann so winzige Dinge wie Stecknadeln oder kleine Knöpfe aufheben. Vermutlich übt er heimlich in seinem Zimmer. Mit fast allem ist er genauso geschickt wie zuvor.

Als er abends vom Duschen kommt, frage ich ihn: »Darf ich mal sehen?«

»Nein.«

»Na, komm schon.«

Er streckt schweigend seinen Arm vor.

Das ganze Handgelenk ist ab. Geblieben ist nur ein vernarbter lila Stumpf mit zwei weichen abgerundeten Höckern links und rechts. In der Mitte befindet sich ein kleiner Aufsatz mit einer Art Drehscheibe, in den der Haken eingesetzt wird. Ich verstehe nicht, wie das funktioniert, aber es sieht wie ein praktischer kleiner Mechanismus aus.

Er schaut zur Seite.

»Gefällt es dir nicht?«

»Geht schon … Ziehst du mir die Gitarrensaiten anders herum auf? Ich hab's versucht, aber es klappt nicht.«

»Klar.«

Ich hole seine Gitarre und fange gleich an.

»Wissen Sie, es gibt da neue Möglichkeiten für solche Fälle.« Der Spezialist zieht an seiner Zigarette und behält den Rauch in der Lunge.

Von dem antiseptischen Geruch wird mir übel. Der Raum ist in einem matten Grau gestrichen, an der Lampe klebt Fliegendreck. Ich schaue ihn an und lächle gezwungen.

»Ach so?«

»Gleich nach der Amputation können wir einen Teil der unversehrten Sehnen und Nerven mit diesem Aufsatz aus Nylopren verbinden.«

Er holt so ein Teil hervor, dreht es in seinen dünnen Fingern und legt es dann außer Sichtweite.

»Es handelt sich um ein dauerhaftes Implantat mit einer speziellen Prothese, die darauf passt. Das Kind wird wieder in der Lage sein, verschiedene Bewegungen mit seiner, ähm, Hand durchzuführen.«

Er inhaliert noch tiefer, während er mich verstohlen und erwartungsvoll anschaut. Dann bläst er mir den ganzen stinkenden Qualm auf einmal ins Gesicht.

»Sie sind also einverstanden?«

»Hm, ja.«

Später, in der Nacht, sagt sie: »Bist du auch noch wach?«

»Ja.«

»Woran denkst du?«

»An nichts. Ich habe nur zugehört, wie du atmest.«

Ihre Hand schleicht zu mir, tastet herum, bis sie eine Hand voll Wärme findet.

»Ich denke immer an die Tür«, sagt sie nachdenklich.

Kann sich jemand vorstellen, wie es klingt, wenn eine Autotür etwas zermalmt und der dumpfe Schlag nachhallt? So hörte es sich an: ihre hastigen Schritte, ein Sekundensplitter vollkommener Stille. Dann brach ein Schrei los, durchdringend, gequält, erbittert. Wir drehten uns um. Er war wie an den Wagen genagelt, wie gefesselt, denn seine Hand steckte in der Tür fest.

Sie stand da, biss sich in die Hand, sagte immer nur: »Oh, mein Gott! Oh, mein Gott!«, und rührte sich nicht von der Stelle. Sie war wie zu Eis erstarrt und wurde immer blasser.

Also musste ich die Tür aufmachen.

»Ich weiß, es ist albern«, fährt sie fort, während sie noch immer meine Hand hält, »aber wenn wir die Erdnüsse nicht gekauft hätten, wären sie nicht im Wagen herumgeflogen. Ich hätte mich nicht aufgeregt und wäre nicht aus dem Auto gestürmt. Dann hätte ich nicht ohne zu schauen die Tür zugeschlagen. Ohne zu schauen …«

»Die Erdnüsse, die hast du gekauft, weißt du noch?«, fügt sie beiläufig hinzu.

Ich antworte nicht.

Ihr Ozean hat sich verändert. Massive schwarze Schatten tauchen um mich herum auf, ohne zu offenbaren, was sie sind. Dann glitzert etwas, die Schatten zaudern und ziehen sich zurück.

Sie stießen ihm eine Nadel in den Arm. Die durchsichtige Plastikspritze füllte sich mit Blut. Dann verschwand das Blut, und das Medikament floss in seine Vene. Seine Augenlider wurden schwer und sanken nieder. Noch im erzwungenen Schlaf waren Tränen von Schmerz und Entsetzen auf seinem Gesicht.

Auf einem weiß glänzenden Tischchen lag die zerstörte Hand. Sie war nicht mehr Teil von ihm, sondern nur noch ein Klumpen rohes geschwollenes Fleisch mit zerstückelten, bläulichen Knöchelchen darin.

»Ich fürchte, wir müssen amputieren. Da ist nichts mehr zu retten.«

»In Ordnung«, sagte ich. »Was immer Sie für richtig halten.«

Von allen Sinnen soll das Gehör noch am längsten aktiv sein, wenn man ohne Bewusstsein ist. Das glaube ich nicht. Da sind auch noch Bilder oder, schlimmer noch, Andeutungen von Bildern, die aufflackern, platzen und schwinden, bevor ich ins traumlose Meer des Schlafes sinke.

Ich ging raus zum Schuppen.

»Der Tee ist fast fertig«, rufe ich durch die offene Tür.

»Gut«, antwortet sie. »Komm rein und schau.«

Sie hat über hundert große flache Weinschalen gemacht. »Krater«, sagt sie und lächelt mich flüchtig an.

Ich grinse froh zurück.

»Die sollten sich gut verkaufen.«

Sie neigt den Kopf, während sie getrockneten Ton von der Bank kratzt.

»Sag mal, wofür waren die Kegel?«

Sie schaut zu mir auf, ihr Lächeln ist vollkommen verschwunden.

»Unwichtig«, sagt sie, »unwichtig.«

Sie spülte gerade Geschirr, als es wie ein Wunder endlich wieder geschah. Zum ersten Mal, seit die Tür zugeschlagen war, schaue ich sie an, und sie erwidert meinen Blick. Ihre Augen werden zu tiefen endlosen Gewässern, die meine Seele anlocken. Versenke dich in mir … finde zu dir selbst. Ich schlinge meine Arme um sie, ertaste ihren festen, echten Körper. Ah, meine Hände reiben an starken Muskeln, klammern sich daran. Ich streichle und massiere sie, um die schlafende Frau in ihr zu wecken, die geheimen Orte zu spüren, die ihre Straffheit birgt. Sanft reibe ich die zarte feuchte Furche, liebkose sie überall mit meinen lustvoll forschenden Fingern.

»Scharf«, sagt eine kühle Stimme voller Hohn.

Sie schnappt nach Luft und erstarrt wieder.

»Mach, dass du ins Bett kommst«, sagt sie, ohne sich umzudrehen.

»Ich schau euch zu.«

Eine unbändige Wut durchflutet mich. Ich springe auf, balle die Hände, die gerade noch zärtlich waren, zu Fäusten.

»Na, warte …«

»Nein«, sagt sie warnend, »nein«, und fasst nach mir.

Sie geht zu ihm hinüber und kniet vor ihm nieder.

(Ich sehe, wie er zittert.)

Sie küsst sein Gesicht.

Sie küsst seine Hand.

Sie küsst den Haken.

»Geh jetzt schlafen, *e tama*.«

Er steht unschlüssig auf der Türschwelle. Auf einmal und zu abrupt, um einschreiten zu können, holt er mit dem Haken aus und schlägt ihr damit auf die linke Brust.

Zornig stürze ich mich auf ihn.

»Nein«, sagt sie wieder. Sie bleibt bewegungslos auf den Knien. »Nein.«

»Geh schlafen, *tama*«, sagt sie zu ihm.

Ihre Stimme ist warm und freundlich. Ihre Miene ist heiter.

Er gehorcht, dreht sich um und verschwindet im Dunkeln.

Ich schlug vor, am Wochenende einen Ausflug zu machen.

»Schon wieder?«, fragt sie und zieht ihre schwarzen Augenbrauen hoch.

»Wir könnten doch *pauas* und Kresse sammeln, dann machen wir ein Picknick am Strand. Es wäre gut, mal ein bisschen rauszukommen. Diese Woche war nicht so gut für mich, weißt du.«

Beide zucken mit den Schultern

»Okay«, sagt er.

»Ich kümmere mich um die *pauas*«, sagt sie und streift sich die Jeans ab. »Und du übernimmst die Kresse«, sagt sie zu ihm.

»Ich komme mit und helfe dir«, sage ich.

Er schaut mich bloß an. So stählerne Augen in einem braunen Gesicht. Dann zieht er einen Schmollmund, nimmt den *kete* auf und geht in Richtung Bach.

Er pflückt einen Stängel und zerdrückt ihn plötzlich. Von der Pflanze bleibt fast nichts übrig. Er scheint die Kresse zu exekutieren, bevor er sie auf den Haufen im Korb legt. Er sieht mich nicht an und spricht nicht mit mir. Wie besessen tötet er Kresse.

Meine Hilfe ist nicht gefragt.

Also ziehe ich mir Taucherbrille und Flossen an und wate ins Wasser, tauche unter die Wasseroberfläche. Eine ganze Weile bleibe ich, erfüllt von Frieden, löse Wellhornschnecken ab und schaue zu, wie sie schaukelnd auf den Grund sinken. Ich tauche an einem Felsen entlang, pflücke Tang und lasse ihn unter Wasser wegtreiben. Als ich das Ende des Riffs erreiche, höre ich das Dröhnen und Murmeln des Ozeans. Das Geräusch kommt immer näher, ich tauche auf.

Hundert Meter entfernt sehe ich meinen Sohn, wie er gegen eine Strömung ankämpft, die ihn ohne Erbarmen hinausziehen will.

Als ich den Strand erreichte, war ich vollkommen erschöpft.

Ich stehe keuchend da, halte ihn in meinen Armen.

Sein Gesicht ist grau und wächsern, Wasser rinnt aus uns beiden und tropft auf den Sand.

»Du warst zu weit draußen …«

Er weint.

»Wo ist sie?«

Wo ist sie? Sammelt irgendwo *pauas* … aber auf einmal bin ich mir selbst nicht sicher. Ich ziehe mir die Brille wieder auf, lasse ihn am Strand zurück und tauche unter die Wellen, um sie zu suchen.

Als ich sie entdecke, treibt sie auf dem Rücken durch Seetang. Wie feine dunkle Hände umschlingen die Fasern ihren Leib.

Wasser spritzend und geifernd stürze ich auf sie zu, schluchze. »Dein Sohn ist fast draufgegangen, weil er dich gesucht hat. Wieso hast du nicht Bescheid gegeben?«

Sie schlägt träge ihre braunen Augen auf.

Nein, nicht träge – ermattet, überdrüssig.

»Wie um alles in der Welt bist du bloß darauf gekommen, ich würde ertrinken?« Grob reibt sie mit dem Handtuch über ihre Haut.

Ich sage stockend: »Weißt du, er war so überzeugt, dass …«

(Er liegt zusammengerollt am Feuer, das ich gemacht habe, und schläft.)

»Überzeugt wovon?«

»Ich weiß nicht. Er bekam Angst und ging dich suchen. Du warst nirgendwo zu sehen.«

Eine Art Schauder durchfährt sie, eine Welle.

»Er hatte recht«, sagt sie ganz ruhig. Sie lässt das Handtuch fallen, umgreift ihre linke Brust und deutet auf etwas.

»Fühl mal.«

Ich spüre einen harten ovalen Klumpen inmitten des weichen Gewebes.

»Oh Gott, hat er ...«

»Nein. Das wächst schon seit einem Monat. Vielleicht auch länger, aber ich habe es neulich erst bemerkt.« Sie reibt nachdenklich ihre Achsel. »Hier ist auch einer, und da unten auch.« Sie zeigt auf ihren Kiefer. »Die müssen alle raus.« Ich kann nicht anders, ich stöhne auf.

Verstehst du, wenn ich nicht da gewesen wäre, wären beide ertrunken.

Eine Sache war da noch.

Wir waren alle zusammen im Wohnzimmer.

Ich sitze im Sessel links, sie mir gegenüber.

Er lümmelt vor dem Feuer auf dem Boden und summt vor sich hin.

»Loo-lie, loo-lay, loo-lie, loo-lay, the falcon hath borne my mate away«, singt er mit zartem Lispeln.

»Was ist das?«, frage ich.

»Ein Lied.«

Er schaut hinüber zu seiner Mutter, sie lächeln einander verschwörerisch an. Ihre Lächeln sind wie unsichtbare Hände, die sie ausstrecken, um sich heimlich zu berühren, zu liebkosen, miteinander zu verschmelzen.

Ich wusch mir die Hände.

Ich weinte.

Ich ging hinaus zum Schuppen und knallte die Tür für immer zu.

Ich weinte noch ein wenig.

Dann ging ich, weil mir nichts anderes einfiel, runter in die Kneipe.

Über eine Stunde trank ich einen doppelten Whisky nach dem anderen, bis Mata herüberkam und mir seinen Arm über die Schulter legte.

Er zittert.

»Hey, Mann«, flüstert er. Seine Stimme wird lauter. »Trink nicht alleine, das bringt's doch nicht.« Ich spüre den Druck seines Armes. »Komm rüber zu uns.«

Das Stimmengewirr verstummt.

Ich schluchze.

»Weißt du, Mat, als es mir zum ersten Mal auffiel, waren ihre Finger von Ton bedeckt, von grauem weichem Ton. Und sie lächelte und sagte, das sei Charleston, so nenne man ihn. Er sei eigentlich zu weich, aber sie wolle schöne Becher daraus machen. Becher. Hohe geriffelte Kelche, hat sie gesagt.«

Mata klopft mir auf die Schulter, voll Sorge und Mitgefühl. Seine Augen sind dunkel vor Entsetzen.

»Ich werde sie meerblau glasieren, und dann trinken wir Rotwein daraus, alle drei.«

Haben wir nie gemacht.

Übersetzt von Tarek Münch

Maurice Gee

Ein glorreicher Morgen, Kamerad

Mercy band den Schal ihres Vaters zu einem schlechten Altweiberknoten.

»Also, mein Lieber, nicht vergessen, wenn du aufs Örtchen musst, klopf einfach gegen die Wand. Wir können keine Überschwemmungen gebrauchen, wenn die Mädels da sind.« Und Barbie, die vor ihm kniete und den Reißverschluss seiner Pantoffeln schloss, sagte sanfter, aber auch bestimmt: »Dir wird es hier draußen in der warmen Sonne bestimmt gefallen. Klopf einfach gegen die Wand. Bitte kein Malheur heute. Tschüss, Papi.«

Sie ließen ihn im Schaukelstuhl auf der Veranda sitzen. Er schaukelte ein wenig und bedauerte sie. Sie waren so naiv. In die Hose machen würde er heute bestimmt nicht. Er hatte andere Pläne.

Da kamen auch schon die »Mädels« in ihren kleinen Autos angefahren. Zu zweit oder zu dritt gingen sie den Weg hinauf, dickliche Frauen oder dürre, alle miteinander, die samstägliche Kleidung trugen und gefärbte Haare hatten. Aus Höflichkeit blieben sie auch bei ihm kurz stehen, um ein wenig zu plaudern und unauffällig zu schnuppern, ob er heute brav gewesen war.

Sie waren herzensgute Frauen. Mercy und Barbie zogen solche Menschen an.

»Ach, Mr Pitt-Rimmer, Sie Glücklicher. Wie herrlich Sie es hier in der Sonne haben.«

Er zählte sie. Zehn. Drei Tische. Da war Madge Ogden, ein Scheidungskind; und Pearl Edwards, die Mathematik an der Highschool für Mädchen unterrichtete; und Mary Rendt, die eigentlich Nonne hätte werden wollen, aber vom Glauben abfiel und stattdessen einen deutschen Scientologen heiratete und dann auch von diesem Glauben abfiel und damit ihren Mann verlor; die Bailey-Töchter, alle drei alleinstehend und untröstlich, weil ihre Mutter es vorzog, im Altersheim zu wohnen; und Christine Hunt, die als junges Mädchen beim Ladendiebstahl erwischt worden war, sich rehabilitierte und den Sohn des Bürgermeisters heiratete; und Jean Murray-Briggs, deren Name allein ihm schon die Laune verdarb; schließlich Phyllis Wedderburn und Margaret Way, die beiden Lesben, obwohl niemand das wusste. Aber Charles Pitt-Rimmer, er wusste davon. Sie erröteten, als er ihnen zuwinkerte, und schienen doch geschmeichelt.

»Herrlich, diese Sonne. Und wir sitzen drinnen beim Bridge.«

Er wartete ab, bis sie in Stimmung kamen. Mercy schaute einmal heraus und drohte ihm mit dem Finger, Barbie küsste ihn zwischendurch auf die Wange.

Sobald das Spiel in vollem Gange war, würden sie ihn vergessen. Seine Töchter waren das beliebteste Duo in der ganzen Gegend. Er wünschte, er könnte sich mehr darüber freuen.

Als es so weit war, stand er auf und ging über die Veranda.

Dann stieg er Stufe für Stufe hinab, lief auf dem Fußweg zum Park und verschwand zwischen den Bäumen. Neunundzwanzig Minuten nach zwei. Er war schon zwei Mal ausgerissen. Heute würde er sie austricksen. Straßen würde er genauso meiden wie Metzgereien, wo man ihn die vorigen Male eingefangen hatte, bevor er auch nur einen Blick auf das Fleisch werfen konnte. Auf dem Hügel würde ihn keiner vermuten.

Mädels, schrieb er in seinem Kopf. *Es gibt noch etwas anderes als Fleisch. Euer Vater war Schachspieler.*

Um neunzehn Minuten vor drei betrat er den kleinen Lebensmittelladen. »Lasst mich mal vor, Kinder«, sagte er und freute sich, dass die Kleinen rasch zur Seite traten. Ihr Kichern störte ihn nicht, Kinder durften so etwas.

»Eine Tüte Türkischen Honig«, sagte er. Den ganzen Vormittag hatte er daran gefeilt, und es lag tatsächlich ein britischer Akzent darin. »Und ein Päckchen Zigaretten.«

Die Frau hinter dem Tresen hatte das Gesicht einer Schwachsinnigen und eine Nase, die Gerüche zu erschnüffeln schien wie ein Hund. Sie lächelte und sagte: »Mr Pitt-Rimmer, richtig?«

»Mein Name tut hier nichts zur Sache. Türkischen Honig und ein Päckchen Zigaretten, bitte.«

»Setzen Sie sich, Mr Pitt-Rimmer. Da ist ein Stuhl. Ich bediene rasch die Kinder, dann rufe ich Mrs Parsloe an.«

»Sie werden Mrs Parsley nicht anrufen. Ich möchte gerne bedient werden. Bin ich ein Kunde oder nicht? Sie arbeiten doch hier, oder?«

Er freute sich, als sie ihn verwirrt anschaute. »Ich hätte gerne De Reszke.«

»Wie bitte?«

»De Reszke. Sie haben offenbar wenig Ahnung von Ihrem Geschäft. Können Sie davon leben? Das würde mich wundern.«

»Ich führe nichts, das De Reszke heißt.«

»Zigaretten. Das sind Zigaretten. Nach einem großen Operntenor benannt. Aber ich verstehe, das war vor Ihrer Zeit. Heute hören alle Bing Crosby.«

Die Frau ging unvermittelt zum Telefon. »Kinder, ihr wartet einen Moment.« Sie begann zu wählen.

»Na gut«, schrie Mr Pitt-Rimmer. »Sie können Mrs Parsley gerne anrufen. Geben Sie ihr Bescheid, dass ich ausgerissen bin. Ich hab schließlich auch ein Leben. Bestellen Sie ihr, dass ich wieder rauche. De Reszke. Und dass ich Türkischen Honig futtere.« An der Tür blieb er stehen. »Und wenn Sie wissen will, wo ich bin, richten Sie ihr aus, dass ich zur Metzgerei gegangen bin, um mir Würstchen zu holen.«

»Mrs Parsloe?«, sagte die Frau. »Ihr Vater ist hier im Kiosk.«

Als er den Hügel hinaufging, war er stolz auf sich. Capablanca hätte diesen Zug bewundert.

Mädels, Bridge ist was für schlichte Gemüter. Denkt doch mal nach. Würstchen mochte ich noch nie.

Er schaute auf die Uhr. Es war dreizehn Minuten vor drei. Seinen Rekord hatte er schon gebrochen. Er stellte sich die kleinen Autos vor, wie sie in rasanter Geschwindigkeit durch Hardinge flitzten, am Steuer Frauen mit blauen und rosafarbenen Haaren. Barbie weinte vermutlich, was ihm leidtat, und Mercy glotzte bestimmt wie ein Richter, der selbst am Galgen baumelt.

Ach Mädels, ein Mann ist Mann trotz alledem.

Er folgte dem Pfad durch den Wald, dann stieg er den Hügel hinauf, bis er an der Klippe stand, unter ihm die Kaianlage. Drei

Minuten nach drei. Er hätte gern Türkischen Honig gegessen. Seit seinem letzten Tag am Gericht hatte er keinen mehr gegessen, und das war zweiundzwanzig Jahre her. Seine Sekretärin hatte ihm immer eine Papiertüte mit seinem Mittagessen hereingebracht. Der Lutscher, den er hatte mitgehen lassen, war zwar kein vollwertiger Ersatz, aber er merkte, dass er ihn doch genoss, als er endlich ausgepackt war. Er schmeckte nach Himbeeren, eine Geschmacksrichtung, die er vergessen hatte.

Er trat an die Absperrung und schaute hinunter. Vor Jahren hatte sich hier am zweiten Weihnachtstag ein Mädchen hinuntergestürzt, weil ihr Arbeitgeber, ein bekannter Mann aus Hardinge, sie geschwängert hatte. Sie lebte noch zwei Stunden, konnte aber nicht mehr sprechen. Er hatte zugehört, wie Mercy und Barbie sich darüber unterhielten. Ihre Stimmen waren gedämpft, aber erfüllt von einem wohligen Schaudern. Dieser Kerl, meinte Barbie, sei »Unkraut im Garten des Lebens« – ein Ausdruck, den sie von ihrer Mutter übernommen hatte, die ebenfalls der Auffassung war, solche Männer müssten gehängt werden. Von gewissen Bedürfnissen haben Frauen wenig Ahnung.

Der Lutscher reizte seinen Magen, also steckte er ihn in die Tasche. Am Kai machten mehrere Schiffe fest und ließen zu beiden Seiten in hohen Bögen Wasser spritzen. Eines davon war ein dicker Pott mit Düngemitteln, der gerade vertäut wurde, und zwar am Pitt-Rimmer-Kai, wie er sich jetzt erinnerte. Ach, all die Jahre in der Hafenbehörde, das war ein ödes Geschäft. Jack Hunt bohrte während der Besprechungen immer in der Nase. Die Hunts waren nie besonders strebsam gewesen, aber sie bildeten sich gerne ein, sie hätten in Hardinge das Sagen. Er ging weiter, bis das Kap in Sicht war, das wie der Chunuk Bair in die Höhe ragte. Doch an diese blödsinnige Schlacht wollte er jetzt nicht denken.

Mädels, warum müsst ihr mich ständig daran erinnern ...

Eine Frau kam ihm entgegen. An der Leine führte sie einen kleinen schwarzen Hund, der ein Jäckchen mit Schottenmuster trug.

»Ich hab nichts gegen Hunde. Lassen Sie ihn ruhig von der Leine.«

»Mr Pitt-Rimmer, erinnern Sie sich nicht an mich?«

»Wissen Sie, ich bin so vielen Menschen begegnet. Fünfzehntausend nach eigener Schätzung.«

»Mein Name ist Maisie Transome, früher Maisie Jack. Sie haben mir damals immer Lollis geschenkt.«

»Ihre Mutter war eine ausgezeichnete Sekretärin. Und ein lieber Mensch. Herrliche Brüste hatte sie auch.«

»Ach, Mr Pitt-Rimmer, Sie Wüstling.«

»Er kann gerne an meinen Füßen schnuppern, ich habe nichts dagegen.«

»Komm her, Bruce, das gehört sich doch nicht, mein Süßer. Mr Pitt-Rimmer, darf ich Sie nach Hause begleiten? So leicht bekleidet sollten Sie nicht herumlaufen. Barbie hat mir erzählt, wie ungezogen Sie sind.«

»Meine Tochter besitzt mehr Güte als Verstand. Sie ist eine anständige Frau, aber sie hat viel durchgemacht.«

»Wer? Barbie?«

»Sie hat sich in einen jungen Mann aus meinem Büro verliebt, diesen Parsley. Mercy hat ihn ihr weggeschnappt. Mercy, die Barmherzige, den Namen habe nicht ich ausgesucht. Meine Frau hatte wenig Realitätssinn. Aber zurück zu Parsley – sie hat ihn geheiratet, und Barbies Herz war für immer gebrochen. Geheiratet hat sie nie. Aber Parsley war kein guter Fang, so gesehen hat sie Glück gehabt. Er trieb sich herum, wie man so sagt. In meinem Büro arbeitete eine Frau namens Rona Jack, deren Ehe eine einzige Enttäuschung war. Parsley hat sie regelmäßig besucht.«

»Aber, Mr Pitt-Rimmer ...«

»Dann wurde er krank, und meine Töchter pflegten ihn, bis er starb. Es sind brave Mädchen.«

»Meine Eltern haben eine wunderbare Ehe geführt. Sie liebten einander bis zum Tod.«

»Tatsächlich? Herzlichen Glückwunsch. Sie sollten nicht mit Fremden reden. Das ist gefährlich. Schönen Tag noch.«

»Aber ich wollte Sie doch nach Hause bringen.«

»Ich möchte mich jetzt erleichtern.«

Sie ließ ihn gehen, während ihm der Hund hinterherkläffte. Der Weg führte in beschwerlichen Kurven bergab. Seine Beine begannen zu schmerzen, aber er erfreute sich an einem Flecken Kapuzinerkresse und dem Duft von Fenchel, der ihn an Anisbällchen erinnerte. Er hing dieser Erinnerung nach. Anisbällchen wurden beim Lutschen weiß. Und Türkischer Honig hinterließ einen Zuckerrand um den Mund.

Mädels, als ihr klein wart, hab ich euch jede Menge Süßigkeiten gekauft, vergesst das nicht. Lakritzstangen, Brausepulver, weiche Schokoladenkaramellen.

Der Weg endete am Altersheim der Heilsarmee. Zwei Männer saßen davor auf einer Bank. »Ein glorreicher Morgen, Kamerad«, sagte der eine.

»Glorreich«, pflichtete Charles Pitt-Rimmer bei und lächelte. Er wusste, wovon er sprach. Es war nun neunundzwanzig nach drei, und seine Töchter hatte er nach allen Regeln der Kunst ausgetrickst. Auf einer Bank am Staubecken machte er Pause. Ein kleiner Junge balancierte auf einer Rohrleitung und ein noch kleinerer kam auf seinem Dreirad auf ihn zugefahren.

»Warum hast du einen Bademantel an?«

»Alte Männer dürfen das.«

»Mama sagt immer, ich muss mich anziehen. Hast du Pipi in der Hose?«

»Scheint so.«

»Hast du keine Toilette? Willst du bei uns Pipi machen?«

»Das heißt Klo. Du musst keine Angst haben, die Dinge beim Namen zu nennen.«

»Mama sagt, Klo sagt man nicht.«

»Und auf Frauen musst du auch nicht immer hören.«

Charles Pitt-Rimmer döste einen Moment. »Armer Parsley«, dachte er laut. »Sie gaben ihm nichts als Gemüse zu essen. Grünkohl und anderes Unkraut.«

»Mama sagt, ich muss Gemüse essen.«

»Und was magst du zum Nachtisch?«

Wenn es ums Essen ging, war sein Geist klar, ansonsten war er etwas verwirrt. Er wusste nicht genau, wo er war. »Also, ich mag am liebsten Zitronentorte mit Baiser.« Er tastete in seiner Tasche nach dem Lutscher und gab ihn dem Kleinen, der ihn gleich in den Mund steckte. Nur der Stiel war noch zu sehen.

»Du sprichst zu viel von deiner Mutter. Die Verschwörung geht schon an der Wiege los.«

Der ältere Junge, der balanciert war, gesellte sich zu ihnen.

»Ich will auch mal lecken, Tony.«

Charles Pitt-Rimmer schlief ein. Er glaubte in einer Badewanne mit lauwarmem Wasser zu liegen, das um seine Beine herum kalt wurde, bis ihn die Stimme einer Frau weckte.

»Zeig mal her. Gib mir das sofort. Igitt, das ist schmutzig. Da klebt ein Haar dran.«

Sie gestikulierte wild, und der Junge auf dem Dreirad fing zu weinen an. Charles verstand nicht, was um ihn herum geschah, er sah nur eine Frau, die ihn hasserfüllt anstarrte. Selbst nach vierzig Jahren am Gericht staunte er noch darüber, wie schnell sich die Menschen dazu hinreißen ließen.

»Passen Sie auf, Madam, es kann zur Gewohnheit werden.«

»Sie sollten sich schämen.« Sie drehte sich zu dem älteren Jungen um. »Und du auch. Ich hab doch gesagt, du sollst auf ihn aufpassen. Warum tust du nie, was man dir sagt? In die Waschküche mit euch, bis euer Vater kommt.«

Jetzt heulte auch der ältere Junge. Offenbar eine hochemotionale, aber wenig vernunftbegabte Familie, konstatierte Charles. Sie gingen von dannen, und er war erleichtert. Er legte sich auf die Bank und versuchte, wieder zu schlafen. Um nicht zu frieren, rollte er sich zu einer Kugel zusammen. Wo waren seine Töchter? Wo steckten diese elenden Weiber?

Ach Mädels, was seid ihr doch für eigensüchtige Kreaturen …

Wieder wurde er von einer Frau geweckt. Diesmal stand Christine Hunt vor ihm. Er streckte seine Hand nach ihren Haaren aus, die er für Zuckerwatte hielt.

»Was soll das? Lassen Sie das, Mr Pitt-Rimmer!«

»Sieh an, Christine Perkins. Sei froh, dass du damals mit einem Bußgeld davongekommen bist. Ohne meine Verteidigung wärst du im Kittchen gelandet.«

»Oh nein! Meine Frisur. Sie haben meine Frisur ruiniert.«

»Warum ausgerechnet diese Rüschendinger, Christine? Weißt du noch, wie ich dem Richter versichert habe, sie seien für deine Aussteuer? Kein schlechter Trick. Aber du kannst dich auf meine Diskretion verlassen.«

»Sie sind widerlich. Ihr Pyjama ist ganz nass. Wie ekelhaft.«

»Ich versteh schon, Christine. Arm zu sein ist nicht leicht. Das Leben ohne Reizwäsche war sicher hart für dich. Ich war immer der Ansicht, dass du dich unter deinem Niveau verheiratet hast. Dein Schwiegervater bohrt in der Nase.«

»Mein Schwiegervater ist seit zwanzig Jahren tot. Und Sie haben uns den Nachmittag verdorben, aber das wollten Sie wohl. Ich frage mich, wie Mercy und Barbie das aushalten. Die beiden müssen Heilige sein.«

»Sie sind Vegetarierinnen. Und sie tun alles, um nicht zu verzweifeln. Ich gebe mein Bestes.«

»Mr Pitt-Rimmer, ich bringe Sie jetzt nach Hause. Keine Widerrede, Sie kommen mit. Los, stehen Sie auf.«

Sie streckte ihre Hand nach ihm aus, vor deren Größe er zurückschreckte. Sie griff nach seinem Handgelenk, und ihre silbernen Nägel bohrten sich von unten in seine Haut. Auch sie war erschrocken und wich zurück.

»Wenn ich tot bin, wird Barbie zum seelischen Krüppel«, sagte Charles Pitt-Rimmer.

Christine Hunt ging davon. »Ich hole jetzt Ihre Töchter. Rühren Sie sich nicht vom Fleck.« Als das kleine Auto davongefahren war, rollte Charles sich wieder zusammen.

Mädels, es ist Zeit für mein Nickerchen. Ihr eigensüchtigen Kreaturen …

»Ach, Papi, Papi, immer das Gleiche.«

»Barbie, leg die Gummimatte unter. Nein, du musst sie ausbreiten, ist das so schwer?«

Sie verfrachteten ihn auf den Rücksitz, Barbie saß neben ihm und streichelte seine Hände.

»Du bist so ungezogen, so ungezogen …«

»Ich hab jetzt ein für alle Mal genug«, lamentierte Mercy. »Jetzt kommst du in ein Heim. Du hast mich zum letzten Mal zum Narren gehalten. Barbie, bist du blind? Wisch ihm den Mund ab.«

»Papi, du machst es uns so schwer. Oh, du hast ja kalte Hände.«

»Hör zu, Mercy, ich bin auf dem Rohr balanciert. Wenn ich abgestürzt wäre, wärst du gar nicht geboren worden.«

Sie wuschen ihn und brachten ihn ins Bett. Nachdem er zwei Stunden mit einem Lächeln auf den Lippen geschlafen hatte, läutete er mit seiner Glocke nach dem Tee. Sie stützten ihn mit Kissen, und Barbie leistete ihm beim Essen Gesellschaft.

»Das ist ein ganz besonderer Salat, Papi. Das Rezept hat Mercy entdeckt. Da sind Avocados drin. Vergiss deinen Apfelsaft nicht.«

Sie trug das Tablett raus und brachte ihm das Buch, das er sich aus der Bibliothek ausgeliehen hatte.

»Versprich mir, dass du nicht mehr ungezogen bist.«

»Um wie viel Uhr habt ihr mich geschnappt?«

»Um vier. Du warst zwei Stunden weg. Ach, Papi …«

»Eine Stunde und einunddreißig Minuten«, sagte er grinsend.

Als sie weg war, las er das Buch zu Ende. Er korrigierte

einen getrennten Infinitiv und unterstrich zwei Erwähnungen der weiblichen Brust. Dann platzierte er seine geheime Botschaft auf Seite achtundachtzig.

Barbie spülte gerade das Geschirr, und Mercy schaute eine Fernsehserie voll mit amerikanischem Slang an, als er unter die Liebesszene am Ende des Buches schrieb:

»Hilfe! Meine Töchter halten mich gefangen. Ich habe seit zwanzig Jahren kein Stück Fleisch mehr bekommen.«

Übersetzt von Tarek Münch

Witi Ihimaera

Ein Kartenspiel

Der Zug fuhr in den Bahnhof ein. Für einen Moment herrschte Durcheinander: eine Stimme plärrte über die Lautsprecher, Menschen stiegen aus dem Zug, Gedränge und Geschubse herrschte am Gleis.

Und da stand Dad, der auf mich wartete. Wir umarmten uns. Lange hatten wir uns nicht gesehen. Dann gaben wir uns einen Kuss. Doch ich merkte sofort, dass etwas nicht stimmte.

»Deine Nanny Miro …«, sagte er. »Sie ist sehr krank.«

Von all meinen Kinderfrauen hatte ich Nanny Miro am liebsten. Alle behaupteten immer, dass ich ihr liebster *mokopuna* sei, dass sie mich mehr liebte als ihre eigenen Kinder, die schon erwachsen waren und selbst Kinder hatten.

Sie lebte ein Stück weiter in unserer Straße, gleich neben dem Gemeindehaus, einem alten Gehöft, das jeder im Dorf »Museum« nannte, weil dort die wertvollen Besitztümer der *whanau*, der Dorffamilie, untergebracht waren. Nanny Miro war reich und besaß viel Land, deshalb fragten wir uns alle, warum sie sich kein neueres, komfortableres Haus kaufte. Aber Nanny Miro wollte nicht umziehen. Sie mochte ihr Haus genau so, wie es war.

»Wie könnte ich mir ein neues Haus leisten?«, sagte sie immer. »Meine dahergelaufenen Kinder und deren dahergelaufene Kinder und diese ganze dahergelaufene *whanau*, alle sind ja ständig pleite und pumpen mich an.«

Nanny Miro machte sich eigentlich nichts aus Geld. »Wer braucht denn so was?«, pflegte sie zu sagen. »Was meinst du, warum ich so viele Kinder in die Welt gesetzt habe. Na? Damit sie einmal für mich sorgen. Dumm bin ich nicht.«

Dann kicherte sie vor sich hin. Sie meinte es nicht so. Ihre Familie schickte die Kinder zu ihr, wenn sie knapp bei Kasse waren. Und Nanny Miro sorgte für alle. Sie hatte ihre *mokopuna* gerne um sich, allerdings nicht auf Dauer. Früher oder später rief sie bei den Eltern an und sagte: »Hey, wann kommst du endlich, um deine Brut zu holen. Sie verwüstet mir die ganze Bude.«

Aber wenn sie gingen, vergoss sie immer ein paar Tränen und steckte ihnen ein bisschen Geld zu …

Ich war gerne bei ihr. Für mich war das Haus meiner Nanny eine große Schatzkammer mit glänzenden Sportpokalen, Fotos, Schnitzereien, Schmuckstücken aus Grünstein und Federumhängen, die an den Wänden hingen.

Meistens hatte Nanny Miro Besuch von Frauen, die mit ihr Karten spielten, denn sie liebte Kartenspiele: Fünfhundert, Poker, Canasta, Siebzehn und Vier, Whist, Euchre und wie sie alle heißen – sie beherrschte alle.

Das Wohnzimmer war voll von *kuia*, die in alten Klamotten dasaßen und die Bude vollqualmten. Sie lachten und kicherten die ganze Zeit und tratschten darüber, wer gerade wieder schwanger war, und kosteten mit wahrer Wollust die pikanten Details aus.

Ich saß gerne dabei und sah ihnen über die Schulter. Mrs Heta war immer mit von der Partie. Wenn es ums Kartenspielen ging, war sie Nanny Miros beste Freundin und ärgste Feindin. Keiner konnte so schummeln wie diese beiden.

Oft hustete Mrs Heta und griff dann nach einem Taschentuch, um heimlich eine Karte aus ihrem Kleid hervorzuziehen. Wenn sie Fünfhundert spielten, mogelte sie ganz besonders. Ihr größter Trumpf waren ihre riesigen Augen. Mit dem einen fixierte sie ihr Gegenüber, während das andere hin und her rollte und in die Karten ihrer Nachbarinnen schielte.

»He, du schummelst!«, sagte Nanny Miro dann. »Behalte deine Augen schön bei dir, *Maka tiko bum!*«

Mrs Heta schaute Nanny Miro an, als wäre sie gekränkt, dann rümpfte sie die Nase und sagte:

»Du bist es, die hier schummelt, Miro Mananui. Du hast dir doch gerade das Ass geschnappt, das ganz unten im Stapel lag. Ich hab es genau gesehen.«

»Und woher weißt du, dass ich ein Ass habe, *Maka*?«, antwortete Nanny dann. »Ich kenn dich doch. Du hast das Ass für dich behalten, als du ausgegeben hast, du alte Schummlerin. *Ana!* Jetzt hab ich's! Hier!«

Und sie klatschte ihre Karten auf den Tisch.

»Nicht schlecht, oder?« Sie lachte. »Na, was sagst du nun? *Kapai lalelale?*«

Sie wackelte mit ihren Hüften und kostete ihren Triumph so richtig aus.

»He, Miro, nicht so schnell!«, sagte Mrs Heta. »Ich hab auch kein schlechtes Blatt.«

Dann spielte sie ihre Karten aus und lachte schallend.

»Hier!«

Jedes Mal stritten die beiden. Ich fragte mich immer, wie sie Freundinnen bleiben konnten. Allein welche Ausdrücke sie füreinander hatten!

Manchmal, wenn ich Nanny besuchen ging, war sie allein zu Hause und legte Patiencen. Wenn gerade niemand da war, der mit ihr Karten spielte, legte sie immer Patiencen. Selbst dabei schummelte sie. Ich sah, wie ihre Hände in den Karten herumwühlten auf der Suche nach einem Buben oder einer Königin, die sie gerade brauchte. Oft lachte sie und sagte: »Ich bin zu gut für dieses Spiel!«

Eine Zeit lang versuchte sie mir verschiedene Spiele beizubringen, aber ich hatte wenig Ehrgeiz. Ich wollte auch nicht so kreischen oder sie anschreien wie die anderen Frauen. Sie stritt gern.

»Oje«, seufzte sie, denn ich konnte nur ein einziges Spiel. Nanny Miro musterte mich und teilte die Karten aus. Dann schrien wir den ganzen Nachmittag: »Schnapp!«

Jetzt war Nanny Miro krank.

Nachdem ich meine Koffer zu Hause abgestellt hatte, ging ich gleich am Nachmittag zu ihr. Tama, der Mann meiner Nanny, öffnete die Tür. Als wir uns umarmten, brach er an meiner Schulter in Tränen aus.

»Deine Nanny …«, flüsterte er. »Sie ist … sie ist …«

Tama konnte es nicht sagen. Er führte mich zu ihr.

Nanny Miro lag im Bett. Sie sah alt aus, ihr Gesicht war ganz grau. In ihrem riesigen Bett wirkte sie wie eine winzige verschrumpelte Puppe. Sie war dünn geworden, nur noch Haut und Knochen.

Als ich den Raum betrat, schlief sie. Ich setzte mich neben sie auf das Bett und betrachtete sie liebevoll.

Sie war wahrscheinlich schon alt gewesen, als ich noch klein war. Das war mir aber nie aufgefallen. Inzwischen war sie bestimmt über siebzig. Warum altern Menschen, die man liebt, so plötzlich?

Im Zimmer roch es seltsam nach Desinfektionsmittel. Unter dem Bett stand ein großer Nachttopf, gelb vom Urin … Auf ihrem Kissen sah ich kleine Blutflecken vom Husten.

Ich schüttelte sie sanft.

»Nanny … Nanny, wach auf.«

Sie stöhnte. Ein langer rauer Seufzer entfuhr ihren Lippen. Ihre Augenlider zitterten, dann schaute sie mich mit leeren Augen an … und Tränen rollten über ihre Wangen.

»Nicht weinen, Nanny«, sagte ich. »Nicht weinen. Ich bin bei dir.«

Sie hörte aber nicht auf.

Ich saß eine Weile auf dem Bett, bis sie mir ihre Hände entgegenstreckte.

»Haere mai, mokopuna. Haere mai. Hmm, hmm.«

Ich schmiegte mich in ihre Arme, und wir rieben unsere Nasen aneinander.

Nachdem sie sich beruhigt hatte, schien sie wieder ganz die Alte zu sein.

»Was bist du bloß für ein dahergelaufener *mokopuna*«, klagte sie. »Ich muss erst mit einem Bein im Grab stehen, damit du mich besuchen kommst.«

»Als ich das letzte Mal zu Hause war, ging es wirklich nicht. Da hatte ich zu viel um die Ohren.«

»Ich kenne euch, Bande«, brummte sie. »Wenn ich halb tot bin, kommt ihr, um Geld zu schnorren.«

»Ich will kein Geld von dir, Nanny.«

»Was hast du gegen mein Geld?«, sagte sie. »Es ist doch nichts dabei. Willst du wirklich nichts?«

»Natürlich will ich«, sagte ich lachend. »Aber wie ich dich kenne, hast du alles beim Pokern verloren.«

Sie kicherte und war wieder meine alte Nanny.

Wir redeten lange. Ich erzählte ihr von Wellington, von all den hübschen Mädchen, die hinter mir her waren.

»Du *teka*!«, kicherte sie. »Wer sollte auf dich scharf sein!«

Dann zeigte sie mir ihre Spritzen und Pillen und erzählte, dass sie keine Ruhe gegeben hatte, bis man sie aus dem Krankenhaus entließ.

»Weißt du, warum ich nach Hause wollte?«, meinte sie. »Wegen der vielen fremden Schwestern, die mir beim Spritzen auf den Hintern schauten. Das hat mir nicht gefallen. Ich war so schwach, *mokopuna*, ich konnte nicht einmal aufs Klo gehen. Da mache ich lieber in mein eigenes Bett als in die sauberen Laken dort. Deshalb bin ich nach Hause gekommen.«

Bevor ich ging, spielte ich Nanny Miro auf dem Klavier vor. Sie mochte so gerne *Me he manurere*, also spielte ich es für sie und hörte, wie sie in ihrem Zimmer mit zitternder Stimme sang.

Me he manurere aue …

Als ich mich verabschiedete, sagte ich Nanny Miro, ich würde sie am nächsten Morgen wieder besuchen kommen. Doch noch in derselben Nacht rief Tama an.

»Deine Nanny Miro stirbt.«

Wir eilten zu ihrem Haus, das schon voller Leute war. All die alten Frauen waren dort. Nanny Miro lag ruhig in ihrem Bett. Dann sah sie auf und flüsterte Mrs Heta zu:

»*Maka … Maka tiko bum*, ich möchte Karten spielen.« Es fand sich ein Päckchen Karten, und bald saßen die alten Damen um das Bett und spielten. Alle anderen wollten auch mitmachen, um Nanny Gesellschaft zu leisten. Die Männer spielten Poker in der Küche und im Wohnzimmer, die Kinder verteilten sich auf die anderen Zimmer und spielten Schnapp. Im Haus wimmelte es geradezu von Kartenspielern, sie saßen sogar auf dem Rasen vor Nannys Zimmer, sodass Nanny Miro durch das Fenster zusehen konnte …

Nachdem die Frauen die Karten auf dem Bett ausgeteilt hatten, begann die erste Runde. Sie kicherten und scherzten mit Nanny Miro, gleichzeitig kämpften sie mit den Tränen. Mrs Heta sagte immer wieder zu Nanny Miro:

»Hey, du schummelst, Miro. Du schummelst!« Und sie schielte mit einem Auge in das Blatt von Nanny Miro.

»Du denkst wohl, du kannst mir reinschauen, *Maka tiko bum?*« Nanny Miro hustete. »Glaubst du etwa, dass du mit diesem Blatt gewinnst? Na warte!«

Sie knallte ein Full House auf die Decke.

Die anderen Frauen starrten auf die Karten. Mrs Heta schaute in ihr eigenes Blatt, dann lächelte sie unter Tränen und schrie:

»Hey, du schummelst, Miro! Ich allein hab ja schon zwei Asse auf der Hand! Und ein Spiel hat bloß vier. Wie kannst du also drei Asse haben?«

Alle lachten. Nanny Miro und Mrs Heta begannen wie immer zu streiten, zeigten mit dem Finger aufeinander und riefen beide: »Du bist hier diejenige, die schummelt, nicht ich!«

Nanny Miro sagte: *»Maka tiko bum*, ich hab genau gesehen, wie du die Karte heimlich unter der Decke hervorgezogen hast.«

Dann lachte sie, ganz leise. Aus ihren Augen flossen Tränen. Und während sie lachte, starb sie.

Alle waren still. Mrs Heta nahm die Karten aus Nanny Miros Hand und küsste sie.

»Du hast geschummelt, Miro«, flüsterte sie. »Du Schummlerin ...«

Wir haben Nanny auf dem Hügel bei ihrer Familie begraben. Bei ihrer *tangi* legte Mrs Heta auf Nanny Miros Sarg Karten aus und spielte mit ihr Patience.

Mrs Heta starb noch im selben Jahr und wurde neben Nanny Miro beigesetzt, damit die beiden weiter Karten spielen können.

Ich wette, sie streiten auch dort oben noch.

»Hey, du schummelst, Miro ...«

»Du bist es, die hier schummelt. Du und niemand sonst ...«

Übersetzt von Tarek Münch

C.K. Stead

Eine angemessene Würdigung

Sie müssen mir nicht glauben, wenn ich behaupte, ich hätte Julian gekannt, aber zuhören könnten Sie wenigstens. Die Geschichte, die ich Ihnen erzählen werde, entspricht nämlich bis ins letzte Detail der Wahrheit. Und es ist nicht mein erster Versuch, sie zu erzählen. Nach Julians Flug damals kam ein Reporter zu mir nach Hause, der über mich schrieb, ich sei eine dieser hysterischen Frauen, die behaupten, unseren Nationalhelden gekannt zu haben. Das ist ein Jahr her oder sogar noch länger, und seither habe ich Julian Harp nicht mehr erwähnt.

Was bringt einen Menschen dazu, eine Geschichte zu erzählen, die ohnehin niemand glauben wird? In meinem Fall waren es ein sturer Amtsrichter und ein Denkmal. Vielleicht haben Sie von der Sache in Auckland gehört, als eine Ladenbesitzerin vor Gericht stand, weil sie keinen Gewerbeschein besaß, und zu ihrer Verteidigung vorbrachte, Julian Harp sei eines Tages in ihr Geschäft gekommen, um eines dieser Sehrohre zu kaufen, mit denen kleine Menschen in der Menge über die Köpfe der anderen hinwegschauen können. Der Amtsrichter beschwichtigte die Frau und bat sie, bei der Wahrheit bleiben. Er beantragte ein psychiatrisches Gutachten, da er die Frau für eine pathologische

Lügnerin hielt. Am Tag darauf, es war der Jahrestag von Julians Flug, wurde sie zu einem Monat Gefängnis verurteilt. Im Leitartikel des ›Herald‹ stand zu lesen: »Niemand kannte Julian Harp, und er kannte niemanden. Einige wenige hatten das Glück, seinen Triumph mitzuerleben, doch er starb, wie er gelebt hatte: als Einzelgänger ...«

Hätte die Ladenbesitzerin Julian Harp nicht erwähnt, wäre sie sicherlich mit einem Bußgeld davongekommen. Sie bestand aber darauf, sich an seinen Namen zu erinnern, weil er sie gebeten habe, das Sehrohr zurückzulegen, bis er das Geld dafür beisammen habe. Außerdem behauptete sie, dass ihm sein Haar offen über die Schultern hing. Und das war unvorstellbar.

Als ich von dem Fall las, wusste ich, was niemand sonst wissen konnte: dass sie die Wahrheit sagte. Was mich aber dazu brachte, die Tatsachen endlich niederzuschreiben, war das Denkmal. Während ich eines Tages Christopher im Kinderwagen durch den Auckland Domain Park schob, beobachtete ich einige Arbeiter dabei, wie sie am Hang inmitten der Bäume zwischen Haupteingang und Pavillon eine Grube aushoben. Mich irritierte, dass sie ausgerechnet dort am Werk waren, wo Julian die Idee für seine Flügel gekommen war. Dann fuhr ein Laster mit einem kleinen Kran herbei und brachte eine riesige Platte aus geschliffenem Granit. Im Nu waren die Arbeiter versammelt, die den Stein an der Kette fluchend und schimpfend herummanövrierten, bis er endlich in die Aushebung befördert war. Wieso stellen sie diesen hässlichen Grabstein gerade hier auf? Dass ich die Frage laut gestellt hatte, merkte ich erst, als sich einer der Arbeiter umdrehte und sagte, der Granit sei für das neue Denkmal. Welches neue Denkmal? Das Denkmal für

Julian Harp. Die Bank von Neuseeland habe es gestiftet. Ein Denkmal für Julian Harp! Sie können sich nicht vorstellen, was in mir vorging. Ich setzte mich auf eine Bank, nahm Christopher aus dem Kinderwagen und wiegte ihn in meinen Armen. Seltsam, dachte ich, ein Wunder. Nach den vielen Diskussionen in der Presse über einen passenden Ort und dem ganzen Streit, ob das Denkmal klassisch oder modern sein solle, platzierten es die Verantwortlichen, ohne es auch nur ansatzweise zu ahnen, genau dort, wo Julian darüber nachgedacht hatte, wie man aus eigener Kraft fliegen könnte.

Ich saß da und hielt den Kleinen, der mit einem Händchen nach meiner Nase griff und mit dem anderen gegen meinen Kopf schlug. Ein einziger Gedanke ging durch meinen Kopf, den ich vielleicht sogar laut aussprach: Was hatte ich zu verlieren? Ich musste es jemandem erzählen, auch auf die Gefahr hin, ausgelacht zu werden. Zumindest wollte ich es versuchen. Das war ich Christopher schuldig. Jeder sollte wissen, dass Julian Harp sein Vater ist. Nachdem ich den Kinderwagen durch den Park nach Hause geschoben hatte, wollte ich sofort Vega einweihen, die in der Küche Bohnen für das Abendessen schnitt. Ich bemerkte ihren zerstreuten und verdrießlichen Blick und beschloss, dass ich die ganze Geschichte zuerst in meinem Kopf ordnen oder sogar zu Papier bringen musste, bevor ich mich jemandem anvertrauen konnte.

Bevor ich fortfahre, sollte ich noch erklären, dass Vega in meinem Leben eine Art notwendiges Übel ist. Als ich mit Christopher schwanger war und meine Arbeit aufgeben musste, wusste ich nicht, wie ich die Miete zahlen sollte. Ich wollte aber in dem Haus wohnen bleiben, in dem ich mit Julian gelebt hatte.

Zwar ging man allgemein davon aus, dass er tot war, wissen konnte es aber keiner. Ich hatte nicht vor, einfach nur herumzusitzen und auf ihn zu warten, aber ich musste damit rechnen, dass er mich nur zu Hause oder im Gomeo's finden würde, sollte er je zurückkehren. Also antwortete ich auf eine Anzeige im ›Auckland Star‹, in der eine seriöse Sekretärin mittleren Alters ein Zimmer suchte, und ließ sie einziehen. Seither leben Christopher, Vega und ich hier zu dritt. Wir teilen uns das zweistöckige Holzhaus mit drei Zimmern oben und zweien unten, das ganz nah an der Kendall Road am östlichen Ende des Parks liegt. Vega ist nicht besonders gesellig. Sie redet wenig, außer wenn sie schläft, dann murmelt sie stundenlang vor sich hin, und zwar weder auf Englisch noch in sonst einer bekannten Sprache. Dass sie aber ein echter Glücksgriff war, merkte ich, als ich wieder anfing, im Gomeo's zu kellnern, und jemanden brauchte, der nachts auf Christopher aufpasst. Als ich mit Vega darüber sprach, sagte sie in ihrem monotonen Tonfall, ich solle mir keine Sorgen machen, ob ich denn nicht bemerkt hätte, dass sie nachts nie das Haus verlasse. Sie fürchtete sich im Dunkeln! Dann erzählte sie mir, dass sie nach einem Stern benannt sei, der in der südlichen Hemisphäre selten zu sehen ist, und machte ein Geräusch, das vage an ein Lachen erinnerte. Oder ob ich schon von einem Stern gehört hätte, der nachts ausgehe.

Nach der Begegnung mit den Arbeitern im Park ging mir das Denkmal nicht mehr aus dem Kopf, nicht einmal als ich Christopher fütterte. Ich hielt es für falsch, wenn die Welt niemals erfahren würde, dass Julian einen Sohn hatte. Sobald der Kleine eingeschlafen war, fragte ich Vega beim Tischdecken, ob sie sich vorstellen könne, dass Julian Harp Familie gehabt hätte. Sie verneinte. Ich fragte sie, was wohl passieren würde, wenn eine Frau behauptete, sie hätte ein Kind von Julian. Vega sagte, sie habe keine Ahnung, was sie aber wisse, sei, dass eine Menge Geld für eine Skulptur verschwendet werde, die ihn wie etwas aussehen lasse, das sie noch nie gesehen habe, und dass so eine Statue doch eine geschmacklose Würdigung für einen Mann sei, der sein Leben gelassen habe. Wie sie es abgesehen von der Skulptur fände, fragte ich, wenn ein Mädchen aus Auckland behaupten würde, Mutter seines Kindes zu sein. Einige dreiste Dinger hätten das sicher schon versucht, um abzukassieren, meinte Vega. Sie glaube aber nicht, dass Harp für die Ehe geschaffen gewesen sei. Eher sei er mit einer Idee verheiratet gewesen, so wie Lawrence von Arabien. Als ich einwandte, ich spräche nicht von Ehe, sondern lediglich von Vaterschaft, meinte sie, ich solle nicht unanständig werden.

Ich ließ das Thema fallen und hatte den Rest des Abends keine Gelegenheit mehr, an Julian zu denken. Später im Café passierte aber etwas, das mir meine erste Begegnung mit ihm wieder in Erinnerung rief. Als ich mich gerade über einen der Tische beugte, kam Gomeo aus der Küche, gab mir einen Klaps auf den Hintern und flüsterte so laut, dass es jeder im Lokal hören konnte, er werde mich heute Nacht vernaschen, ansonsten könne ich mir einen neuen Job suchen. Schluss, aus. Ich antwortete nicht und wischte den nächsten Tisch ab, während Gomeo mir folgte und mir in der gleichen Weise flüsternd ein Ja oder ein Nein abverlangte. Ich wirbelte herum und sagte nein, nein und nochmals nein und drückte ihm bei jedem Wort den nassen Lappen ins Gesicht, bis er sich endlich in die Küche verzog. Natürlich warteten jetzt alle darauf, dass Gomeo mich rausschmiss, aber eines Tages sagte er lediglich, dass ich ihn wahnsinnig machen würde und wir beide, großer Gott, daran zugrunde gehen würden.

Sie fragen sich vielleicht, warum mich ausgerechnet diese Szene an Julian erinnert. Gomeo drohte regelmäßig damit, mich rauszuschmeißen, immer auf diese Art und meistens bei Vollmond. Nach einem besonders eindrucksvollen Auftritt sprach Julian mich an. Er nahm die Sache genauso ernst wie alle anderen Gäste und dachte, ich hätte meinen Job verloren. Nachdem ich also Gomeo zurück in die Küche geschubst hatte, wo er hingehörte, fragte Julian, ob er mir einen neuen Job besorgen solle, er wollte sich sogar mit Gomeo prügeln, wenn mir das helfen würde. Ich musste ihm erklären, dass mein Chef nicht immer hundertprozentig meinte, was er sagte. Man müsse aber so tun als ob und mitspielen. Würde ich Gomeo auslachen oder sagen, ja, lass uns miteinander ins Bett steigen, stünde ich fünf Minuten später auf der Straße, denn Gomeo wollte nur die große Show, sonst nichts. Als Julian sich das angehört hatte, wirkte er erleichtert, meinte aber, er finde es schade, dass er jetzt keinen Vorwand mehr hätte, mich nach der Arbeit auf sein Zimmer einzuladen. Ich musterte ihn und merkte, dass er es ernst meinte, also fragte ich, ob er unbedingt einen Vorwand brauche.

Jetzt sehe ich Julians Gesicht wieder vor mir, und mir fällt ein, dass ich seine äußere Erscheinung beschreiben muss, denn was in den Zeitungen darüber zu lesen war, vermittelte ein falsches Bild von ihm. Es gibt bekanntlich nur das eine Foto von Julian, das eine Schülerin mit einer Box-Kamera geschossen hat, kurz bevor er abhob. Sein Gesicht ist kaum zu erkennen wegen des Sturzhelms, den er gerade aufsetzen wollte, außerdem war die Linse nicht scharf gestellt. Also machten sich die örtlichen Annigonis ans Werk und fabrizierten, was sie selbst als Impressionen bezeichneten. Ich kann Ihnen aber versichern: Je mehr Lob ein Bild bekam, desto weniger ähnelte es Julian. Auf allen trägt er ordentliche Kleidung und eine Kurzhaarfrisur, manche zeigen ihn sogar in Anzug und Krawatte, das Haar mit Pomade nach hinten frisiert. Falls es für Sie von Bedeutung ist, dass unser Lokalmatador wie ein junger Armeeoffizier aussah, muss ich Sie leider enttäuschen, denn als ich Julian zum ersten Mal begegnete, war er der ungepflegteste Mann, den ich je gesehen hatte. Nichts, was er anhatte, passte oder war aufeinander abgestimmt. Friseuren ging er weiträumig aus dem Weg, stattdessen machte er sich von Zeit zu Zeit selbst daran, sich mit einer Schere einzelne Strähnen abzuschnippeln. Zu der Zeit hatte er das Rasieren, glaube ich, bereits ganz aufgegeben, doch sein Bartwuchs war nicht besonders üppig, sodass er stets eine Art schütteren Dreitagebart hatte. Er trug einen verschlissenen hochgeschlossenen Regenmantel und behielt ihn bis oben hin zugeknöpft auch dann noch an, wenn er mich nach meiner Schicht um Mitternacht in einen Jugendclub in irgendeinem Keller ausführte, wo wild getanzt wurde. Ich fragte mich, ob er darunter überhaupt ein Hemd anhatte.

Ich war noch keine achtzehn, aber älter als die meisten in dem Club, und Julian mochte zweiundzwanzig oder dreiundzwanzig sein – umso peinlicher war es mir, dass er wie ein Clown aussah. Wir setzten uns an einen Tisch und schauten den anderen beim Tanzen zu, bis uns jemand zurief: »Hey, Jesus! Schon mal was von Tanzen gehört?« Einige lachten und johlten. Auch Julian lachte und klatschte krampfartig und sah sich um wie ein Verrückter, als hätte er nicht begriffen, dass sie sich über ihn lustig machten, dann stand er auf, ohne mich, und ließ sich rückwärts in die Mitte der Tänzer gleiten, um dort im Rhythmus der Musik zu zucken und zu tanzen, zu stampfen und zu kreiseln. Julian wusste, wie man tanzt, und es dauerte nicht lange, bis alle um ihn herumstanden und ihn anfeuerten, bis ihm der Schweiß nur so herunterlief. Schließlich brach er aus dem Kreis aus, winkte der Menge zu, die nach mehr verlangte, und kehrte an unseren Tisch zurück.

Danach tranken wir Kaffee, tanzten und redeten so gut es beim Lärm der elektrischen Gitarren ging. Als wir den Club um zwei Uhr verließen, war ich hellwach und hatte keine Lust, nach Hause zu gehen. Julian schlug vor, ich solle mit auf sein Zimmer kommen, und ich ging tatsächlich mit. Wir liefen unter den Bäumen die Grey Avenue entlang, dann zwischen zwei Häusern hindurch über eine Gasse zur Rückseite des Gebäudes, in dem Julian wohnte. Ich folgte ihm eine schmale Außentreppe hinauf bis zum obersten Stock und dann über eine knarrende Veranda durch eine Glastür ins Innere. Julian öffnete ein Schiebefenster, und wir setzten uns, um Atem zu schöpfen. Wir blickten auf einige alte Holzhäuser, die genauso aussahen wie das, in dem wir uns befanden, und auf die modernen Gebäude dahinter, auf den Hafen und die Brücke. Julian sagte, das Schöne daran, nach längerer Abwesenheit nach Auckland zurückzukommen, seien die alten Holzhäuser. Ich hatte bisher gedacht, dass die Leute, die zurückkehrten, genau dafür wenig übrig haben müssten. Nichts in dieser Stadt wirkte solide, aber Julian meinte, die Leute würden hier wie in hölzernen Windlichtern leben. Er mochte auch den Hafen und die Brücke und überhaupt alles, was er betrachtete. Ich fand das seltsam, denn die Gäste, die ins Gomeo's kamen, debattierten endlos darüber, was in Auckland architektonischen Wert hatte und was nicht, und niemand begeisterte sich so richtig für irgendetwas, am allerwenigsten diejenigen, die wie Julian im Ausland gewesen waren.

Julian sagte, er lebe gern im geschäftigen Teil der Stadt, und er halte sich am liebsten so weit oben wie möglich auf. Deshalb hatte er auch schon als Fensterputzer am AMP-Tower in Sydney gearbeitet und als Kellner im Penn Top des Statler Hilton in New York. Bevor er nach Auckland zurückkehrte, war er Liftboy in einem gläsernen Fahrstuhl gewesen, der an der Fassade eines Hotels im Stadtteil Nob Hill in San Francisco auf und ab fuhr. Von dort aus konnte er den Hafen, die Golden Gate Bridge und die Bay sehen. Julian meinte, es sei der beste Job gewesen, den er jemals hatte, und er wäre gerne für immer Liftboy geblieben. Aber um Personalkosten zu sparen, wurde der Fahrstuhl irgendwann auf Automatik umgestellt. Julian hatte dem Hotelmanager zwar angeboten, umsonst zu arbeiten und sich mit den Trinkgeldern der Touristen zu begnügen, doch das wurde abgelehnt. Er fuhr weiterhin als regulärer Besucher mehrere Stunden am Tag hinauf und hinunter, bis man ihn als Belästigung empfand und ihm Hausverbot erteilte. Als er eine Woche später mit einer Sonnenbrille getarnt in den Fahrstuhl geschlichen war, verständigte jemand die Polizei, und Julian beschloss, dass es an der Zeit war, aus San Francisco wegzugehen.

Wir saßen trinkend und redend im Dunkeln, wobei er die meiste Zeit sprach und ich zuhörte. Ich erinnere mich, wie die Weinflasche auf einmal halb leer war, und ich bemerkte, dass die schwere Samttischdecke darunter nicht schwarz, sondern dunkelrot war. Als es hell wurde, war ich immer noch nicht müde. Julian sagte, er würde Frühstück machen, und während er Brot schnitt und es toastete, nutzte ich die Gelegenheit, mich in seinem Zimmer umzusehen, vor allem interessierte mich der große alte Schreibtisch, der mittig an einer Wand stand. Darauf befand sich ein seltsames Sammelsurium aus Briefen, Zeitungsartikeln, Büromaterial, Fässchen mit Tinte in verschiedenen Farben, außerdem alle möglichen Stifte vom Federkiel bis zum Parker und drei Schreibmaschinen. Bevor ich mir die riesige Pinnwand, die über dem Schreibtisch hing, genauer anschauen konnte, hatte Julian bemerkt, worauf mein Blick ruhte, und mich gebeten, ihm bei den Frühstücksvorbereitungen zur Hand zu gehen.

Später lernte ich diese Pinnwand besser kennen, denn sie war die Lebensader dessen, was Julian seine Kampagne zur Unterwanderung der Presse nannte. Hier befanden sich die Namen und Adressen aller Personen, die er erfunden hatte, um Leserbriefe an Zeitungen zu schreiben. Dazu zählte auch ein System von Ziffern, die auf die Art der Tinte verwiesen, die jeder Autor benutzte, auf ein bestimmtes Briefpapier oder auf die Stiftsorten – beziehungsweise »S1«, »S2« und »S3«, falls eine der Schreibmaschinen zum Einsatz kam. Außerdem gab es Listen mit verschiedenen Handschriften und Namenszügen sowie Einzelheiten zu den Ansichten und Vorurteilen der Verfasser. Kreuzchen hinter jedem Namen zeigten an, wie viele Leserbriefe jeweils schon veröffentlicht worden waren. Die Briefe selbst am Ende jeder Reihe festgeklammert. Es war Julian aufgefallen, dass anonym abgeschickte Briefe nur abgedruckt wurden, wenn sie den Auffassungen der Herausgeber entsprachen,

Briefe mit Unterschrift hingegen kamen fast immer in die Zeitung. Das Ziel von Julians Unterwanderungskampagne war es, nach und nach eine Gruppe von Leserbriefschreibern zu etablieren, die alle mit Namen unterzeichneten. Sie mussten wiedererkennbare Typen sein und in verschiedenen Stadtteilen wohnen, sodass die Zeitung nicht merkte, dass nur eine Person dahintersteckte. Julian erklärte mir, dass er seine Gruppe, sobald sie eine feste Größe sei, spontan auf jedes beliebige Thema ansetzen könne, um eine Debatte loszutreten. Er nannte diese Gruppe seine Geheimwaffe, denn er war überzeugt davon, dass nur wenige Menschen den Leitartikel lasen, die Leserbriefe dagegen fast alle.

Julians Geheimwaffe verfehlte jedoch ihr Ziel, als er versuchte, die Regierung zu stürzen – ich glaube, der Anlass waren die Schließung einer Baufirma in Lyttelton und die Rolle, die zusätzliche Einfuhrbewilligungen dabei spielten. Damals schickte er einen Brief nach dem anderen nicht nur an den ›Herald‹ und den ›Star‹, sondern auch an andere Redaktionen im ganzen Land. Tatsächlich wurde bald heftig diskutiert. Julian hatte seine Briefe aber in einem Zustand der Verwirrung geschrieben, beinahe so, als würden fremde Stimmen ihm diktieren. Dementsprechend brachten die Briefe die Meinung der jeweiligen erfundenen Person zum Ausdruck und nicht das, was Julian sagen wollte. Letztlich also vertraten seine Leserbriefschreiber jeden erdenklichen Standpunkt in der Debatte um die Aufhebung der Verträge. Als das Parlament zu einer Sondersitzung zusammenkam, hatte sich nicht nur die Opposition, sondern auch die Regierung mit Auszügen aus den Leserbriefen ausgerüstet, die zitiert wurden. Julian war schwer enttäuscht und verlor den Glauben an seine Geheimwaffe. Als ich ihn ermutigen wollte, weiterzumachen, entgegnete er, es nütze nichts, heimlich die Leserbriefseite zu übernehmen, wenn schließlich doch alles genauso laufe wie immer.

Aber in all das weihte Julian mich erst ein, als ich ihn besser kannte. An jenem Morgen rief er mich vom Schreibtisch weg, bevor ich mehr als einen flüchtigen Blick auf seinen Arbeitsplatz erhaschen konnte. Als ich hinterher über die Pinnwand nachdachte, war meine einzige Vermutung, dass Julian womöglich der Anführer einer anarchistischen Verschwörung war, vielleicht sogar ein Verbrecher.

Wir saßen am geöffneten Fenster, frühstückten und sahen zu, wie die Sonne langsam aus dem Wasser stieg, bis sie die weißen Wetterschenkel erreichte, im Radio liefen Popsongs und Werbespots. Julian sang manchmal mit, oder wir tanzten ein wenig und tranken während der Werbepausen den übrig gebliebenen Wein. Julian erzählte mir, dass die Seraphs seine Lieblingsgruppe seien; das war noch Wochen bevor es die Band in die Charts schaffte und jeder von ihr sprach. Das fiel mir wieder ein, als Julian berühmt war und die Seraphs mit ihrem Hit »Harp's in Heaven Now« auf Platz eins landeten. Bald aber setzte der neuseeländische Rundfunk das Lied auf den Index, weil man der Meinung war, es sei keine angemessene Würdigung für unseren Nationalhelden – damals hätte ich fast selbst einen Leserbrief geschrieben. Es muss etwa elf Uhr gewesen sein, als ich schlecht gelaunt nach Hause ging, teils weil ich nicht geschlafen hatte, teils weil Julian sich auf der Couch ausgestreckt hatte, ohne mich weiter zu beachten. Keine Verabschiedung, nichts davon, mich bald wiederzusehen, und wenn ich darüber nachdenke, kannte ich nicht einmal seinen Nachnamen, er meinen auch nicht.

Ich schlief den ganzen Nachmittag und aß, bevor meine Schicht anfing, Ravioli im Gomeo's, um dann einen jämmerlichen Abend damit zu verbringen, nach Julian Ausschau zu halten. Romantische Gefühle weckte er keine bei mir, das taten eher die gut aussehenden Jungs mit ihren knöchelhohen Schlüpfstiefeln und den nach unten eng zulaufenden Hosen, aber Julians strähnige Haare und seine melierten blauen Augen gingen mir nicht mehr aus dem Sinn. Ich stellte mir vor, wie er engelsgleich in der Wolke seines gläsernen Fahrstuhls immer höher schwebte, und hoffte so sehr, dass er im Gomeo's vorbeischauen würde, als müsste mich der gewöhnliche Julian von dem Julian in meinem Kopf erlösen.

Natürlich kam er nicht, denn er war zu sehr mit seinen Leserbriefen beschäftigt, aber das wusste ich damals noch nicht. Der nächste Tag war ein Sonntag, und ich ging lange unter den Bäumen im unteren Teil des Parks spazieren – wahrscheinlich genau dort, wo später die Interkonfessionelle Harp-Kapelle gebaut wurde. Ich ärgerte mich über Julian und überlegte, ob ich etwas erreichen könnte, wenn ich ihn anzeigen und behaupten würde, er wäre ein gefährlicher Kommunist. Vielleicht hätte ich das sogar gemacht, aber ich kannte ja nur seinen Vornamen, seine Adresse hatte ich mir auch nicht gemerkt.

Dieser Ort zieht mich heute noch an, wenn ich Christopher im Kinderwagen durch die Gegend schiebe, und manchmal gehe ich sogar in die Kapelle hinein und schaue durch die vielen Glasfenster auf die Bäume draußen. Die Leute im Gomeo's behaupten zwar, der Stil sei schrecklich, aber mir gefällt die

Kapelle, ganz gleich wie ihre Bauweise beurteilt wird. Und manchmal kann ich mir dort gut vorstellen, wie Julian sich in seinem gläsernen Fahrstuhl gefühlt haben muss. Die Kapelle hatte schon früh mein Interesse geweckt, weil Vega der Freien Pfingstgemeinde angehört, die eine Menge Geld dazu beigesteuert hatte. Sie erzählte mir jedes Detail der Streitereien im Vorfeld, als die Anglikaner versuchten, die Katholiken mit ins Boot zu holen, wegen der Ökumene. Fast wären sie erfolgreich gewesen, aber dann bezeugte ein katholischer Priester, dass er mit eigenen Augen gesehen hätte, wie Harp sich bekreuzigt hatte, unmittelbar bevor er die Flügel anlegte, also wollten die Katholiken einen eigenen Ort der Verehrung. Vega hielt das für Unsinn, Harp konnte unmöglich Katholik gewesen sein, und ich stimmte ihr zu. Meines Wissens war Julian überhaupt nicht religiös, nur hin und wieder bezeichnete er sich als Anglikano-Agnostiker oder Gelegenheits-Zen-Buddy. Nicht nur Vega war froh, dass sich die Katholiken zurückgezogen hatten, obwohl dadurch eine Menge Spenden anderweitig gesammelt werden mussten. Sie meinte aber, das sei besser, als dass katholischer Weihrauch für alle Zeiten die Kapelle verräucherte.

Es verging fast eine Woche, bis Julian sich wieder im Gomeo's blicken ließ. Beim Anblick dieser hageren Gestalt fragte ich mich, warum ich überhaupt noch einen Gedanken an ihn verschwendet hatte. Eine halbe Stunde lang versuchte ich ihn so gut es ging zu ignorieren, aber als er mich fragte, ob ich nach der Arbeit mit zu ihm kommen würde, sagte ich ja. Am nächsten Abend kam er zu mir, und es dauerte nicht lange, bis es uns unwirtschaftlich erschien, doppelte Miete zu zahlen. Wir kamen also überein, in eine gemeinsame Wohnung zu ziehen, doch es vergingen Wochen, ohne dass Julian sich darum gekümmert hätte. Zu dieser Zeit wusste ich schon von seiner Kampagne zur Unterwanderung der Presse und wie sehr ihn das in Anspruch nahm; deshalb beschloss ich, allein auf Wohnungssuche zu gehen und ihn dann zu überraschen. Nach rund zwanzig Absagen fand ich schließlich eine günstige Unterkunft inklusive Kühlschrank in Herne Bay, bei der das Bad mit nur einem weiteren Pärchen zu teilen war. Ich zahlte eine Wochenmiete im Voraus, und als Julian das nächste Mal ins Gomeo's kam und eine Portion Spaghetti bestellte, brachte ich ihm einen Teller, auf dem nur der Schlüssel lag, eingewickelt in einen Zettel, auf dem neben der Adresse zu lesen war, dass Mr Julian Harp sich am angegebenen Ort einfinden solle, wo im Kühlschrank seines neuen Heimes ein exquisiter Krabbensalat auf ihn warte. Ich hatte mich hinter der Espressomaschine versteckt, um Julian zu beobachten, aber anstatt sich zu freuen, runzelte er die Stirn und zerknüllte den Zettel, dann rief er mich zu sich und sagte, er habe Spaghetti bestellt. Ich wusste nicht, wie ich reagieren sollte, also brachte ich ihm, was er verlangte. Julian aß und verließ das Lokal. Nach meiner Schicht ging ich gleich zu ihm und erklärte die Sache mit der Wohnung, aber er wollte nicht einmal mitkommen, um sie sich anzusehen, weil er meinte, überall, wohin man mit dem Bus fahren müsse, sei Peripherie, und dort würde er niemals hinziehen.

Ich wollte nichts mehr mit ihm zu tun haben. Weil ich wusste, dass er sich für ein Mädchen von Rarotonga interessierte, das als Stripperin in der Karangahape Road arbeitete, ging ich davon aus, dass er sich mit mir nur die Zeit vertrieben hatte, während seine Freundin drei Monate wegen unsittlicher

Zurschaustellung absitzen musste. Aber ein paar Tage später kam er ins Gomeo's und sagte, er habe eine Wohnung für uns in Grafton gefunden. Ich brachte ihm unaufgefordert einen Teller Spaghetti und verschwand nach der Arbeit durch die Hintertür, während er vor dem Lokal auf mich wartete. Die nächsten beiden Abende weigerte ich mich, mit ihm zu sprechen. Ich war konsequent, und so hörte er auf, mich im Gomeo's zu besuchen. Dafür fing er an, mir Briefe zu schreiben, keine eigenen, sondern Briefe von den Personen, die er seine Leserbriefe schreiben ließ. Jeder Einzelne unterschied sich vom vorherigen. Manche forderten, Julian Harp solle gehängt oder gepfählt werden, und es würde ihm ganz recht geschehen, dass ich ihn in den Wind geschossen hätte. Andere meinten, er sei im Grunde ein guter Mensch, würde aber meinen Beistand brauchen, um geläutert zu werden. Einer schrieb, es bestehe kein Anlass zur Beunruhigung, Harp sei nur etwas durcheinander. Wieder ein anderer versicherte mir unter dem Siegel der Verschwiegenheit, dass J. Harp zu gut für diese Welt sei und bald in eine bessere übergehen werde. Die Briefe waren witzig, und es wäre zickig gewesen, wegen der Wohnung noch länger beleidigt zu sein. Also ging ich, nachdem Julian seine Liste mit Leserbriefschreibern abgearbeitet hatte, zu ihm und klopfte an seine Zimmertür. Als er öffnete, sagte ich, dass ich gekommen sei, um mit ihm den »Candy Roll Blues« zu singen. Bald darauf zogen wir in das kleine zweistöckige Haus in der Kendall Road, in dem ich noch heute mit Christopher und Vega wohne.

Die ersten Monate mit Julian waren nicht einfach. Er mochte das Haus richtig gern, besonders den Anblick von außen. Deshalb überquerte er oft frühmorgens die Straße, setzte sich auf einen kleinen Campinghocker und betrachtete das Gebäude. Er war der Meinung, wenn man lang genug hinsehe, würde man all die toten Menschen sehen, die einst in dem Haus gelebt hatten und die nach wie vor ihren alltäglichen Beschäftigungen nachgingen. Aber bald merkte ich, dass Julian die Aussicht vermisste, die er von seinem alten Zimmer auf die Stadt und den Hafen gehabt hatte. Wenn ich morgens aufstand und er nicht auf der anderen Straßenseite saß, dann war er höchstwahrscheinlich die Treppen zum Museum hochgestiegen und genoss das Panorama von dort aus. Manchmal ging ich ihm nach, um ihn zum Frühstück oder Mittagessen zu holen, und fand ihn auf den Stufen oberhalb des Ehrenmals, wie er auf die Schiffe und die Kräne blickte oder, häufiger noch, über das Wasser hinaus in Richtung North Shore, den Golf und Rangitoto.

In den ersten Monaten unseres Zusammenlebens stritten wir viel. Ich verlor leicht die Beherrschung, ging in der Küche auf und ab und schrie jede Gemeinheit, die mir in den Sinn kam, bis ich außer Atem war. Wenn ich dann immer noch wütend war, warf ich Sachen nach ihm. Julian, der nicht annähernd so schnell sprechen konnte wie ich, sagte kein Wort zu viel, in jedem einzelnen aber lag eine Spitze, sodass wir einander letzten Endes nichts schuldig blieben. Meistens fing er den Streit an, und ich zwang ihn immer, dies zuzugeben. Seit seine Unterwanderung der Presse anders geendet hatte als geplant, hatte Julian nichts Richtiges mehr zu tun. Eine Weile arbeitete er als Aushilfe im Krankenhaus, denn das Geld, das er in Amerika verdient hatte, ging allmählich zur Neige. Als man ihn aber zum Dienst in der Leichenhalle einteilte, kündigte er mit der Begründung, er wolle den Menschen nicht auf die Fußsohlen sehen.

Am Anzac-Tag im Jahr vor seinem Flug kam Julian zum ersten Mal auf die Idee, sich ein Paar Flügel zu bauen. Am Vormittag wurden die üblichen Paraden abgehalten, bei denen Soldaten und Blaskapellen die Kendall Road hinauf zum Ehrenmal marschierten. Julian hegte keine patriotischen Gefühle. An den Krieg konnte er sich genauso wenig erinnern wie ich, aber Menschenmengen und Trubel mochte er. Er band unsere Tischdecke an einen Besenstiel und schwenkte sie aus dem oberen Fenster über den Köpfen der Marschierenden, bis ein Mann mit glänzenden schwarzen Schuhen und einer Menge Metall auf seinem kastenförmigen Anzug anhielt und nach oben brüllte, wie Julian dazu komme, am Anzac-Tag eine rote Fahne zu hissen. Julian rief herunter, dass es keine rote Fahne, sondern eine Tischdecke sei, aber das erboste den Mann nur noch mehr. Er drohte mit den Fäusten, und die Leute liefen zusammen, sodass das Auto des Generalgouverneurs, das auf dem Weg zum Ehrenmal war, an der Ecke stehen bleiben musste. Zu diesem Zeitpunkt hielt Julian bereits vom Fenster aus eine flammende Rede und beugte sich dabei so weit nach draußen, dass nur noch sein Hintern zu sehen war. Ich verstand nicht viel von dem, was er rief, schnappte aber Folgendes auf:

> Bringt den Graukopf um die Ecke,
> Aber sachte, sachte mit der Decke.

Dann kam die Polizei, um die Straße für den Rolls-Royce des Generalgouverneurs frei zu machen, und ich brachte Julian endlich dazu, damit aufzuhören und das Fenster zu schließen.

Jetzt hatte er Lust auf die Feierlichkeiten zum Anzac-Tag

bekommen, also folgten wir der Menge hinauf zum Ehrenmal, lauschten den Reden und sangen die Hymnen mit. Nach der Feier spazierten wir noch durch den Park. Julian skandierte immer wieder Gallipoli, El Alamein, Minqar Qaim, Tobruk, Monte Cassino und all die anderen Orte, die der Generalgouverneur in seiner Ansprache so oft wiederholt hatte, bis ich genug davon hatte und mein Kofferradio aufdrehte, um ihn zu übertönen. Julian ließ mich zurück und lief über den Sportplatz, scheuchte immer wieder einen Schwarm Möwen auf, sobald diese sich niedergelassen hatten. Als er sich zu mir setzte, kam er mir still und ernst vor. Wir gingen weiter, bis wir zu der Stelle kamen, wo die Arbeiter später sein Denkmal errichten sollten. Dort blieb er stehen und starrte vor sich hin, dann begann er langsam, einen Arm seitlich auf und ab zu schwenken. Ich fragte ihn, was los sei, und er rief, ich solle herkommen und schauen. Dann rannte er den Hang hinunter zu einer dieser Parkbänke ohne Lehne, legte sich bäuchlings darauf und schlug mit den Armen. Als ich bei der Bank angekommen war, wollte er wissen, ob mich seine Arme irgendwie an Vogelflügel erinnern würden. Ich verneinte, aber als er mich nach dem Grund fragte, konnte ich ihm keinen nennen. Schließlich drehte er sich auf den Rücken, schlug aufs Neue mit den Armen und fragte, ob sie jetzt aussähen wie Flügel. Zuerst verneinte ich wieder, aber als ich genauer hinsah, musste ich zugeben, dass sie tatsächlich Ähnlichkeit hatten. Die Unterarme hoben und senkten sich parallel zu seinem Körper, während seine Oberarme im rechten Winkel abstanden. Ich sagte ihm, jetzt sehe er wie ein Vogel aus, denn dessen Flügel seien bis zu den Ellbogen abgewinkelt und könnten an den Körper angelegt werden. Aus diesem Grund hätten seine Arme auch anders gewirkt, als er auf dem Bauch lag. Nachdem ich das gesagt hatte, sprang er auf, küsste mich auf beide Wangen und meinte, ich sei ein kluges Mädchen und hätte den Nagel auf den Kopf getroffen – er müsse einfach verkehrt herum fliegen.

Es dauerte nicht lange, bis überall im Haus Skizzen von Flügeln herumlagen, und bald darauf entdeckte ich auch kleine Modelle aus Balsaholz und Papier. Eine Sache, die mich jedes Mal ärgert, wenn über Julians Flug berichtet wird, ist, dass er nicht als wissenschaftliche Errungenschaft anerkannt wird. Die Leute sprechen darüber, als wäre er durch Zauberei oder aus purer Willenskraft in der Luft geblieben. Sie denken wohl, nur weil in der Geschichte der Menschheit bisher niemand, nicht einmal Leonardo da Vinci, Flügel bauen konnte, die einen Menschen trugen, muss Julian Harp ein Übermensch oder sein Flug ein Wunder gewesen sein. Vega erzählte mir gerade von einer neuen Sekte, den Harpisten, die Julian für einen Engel halten, der von Gott als Zeichen dafür gesandt wurde, dass Neuseeland für die Wiederkunft des Herrn ausersehen ist. Ich frage mich, ob Vega nicht auch daran glaubt, und wäre nicht überrascht, wenn sie der Pfingstgemeinde den Rücken kehren und den Harpisten beitreten würde.

Nach und nach lernte ich viel über Flügel, denn es dauerte den ganzen Winter und einen Gutteil des darauffolgenden Sommers, bis Julian sechs oder sieben Paare entworfen und gebaut hatte. Dann hatte er endlich, was er wollte. Sobald er mich in seine Pläne eingeweiht hatte, hielt Julian mich über jeden einzelnen Schritt auf dem Laufenden. Vermutlich habe ich seine Erklärungen nicht immer richtig verstanden, denn Wissenschaft zählt nicht zu meinen Stärken, aber an die Zahl 1,17 erinnere ich mich noch, sie hatte etwas mit der Menge an zusätzlicher Energie zu tun, die nötig ist, um einen relativ schweren Körper abheben zu lassen. Und 0,75 stand, glaube ich, dafür, dass menschengroße Tiere fliegen können, sofern sie ihre Energie richtig einsetzen, wobei Tiere mit mehr als 160 Kilogramm Gewicht, etwa Kühe und Pferde, nicht einmal theoretisch dazu in der Lage sind. Was Julian oft wiederholte, war, dass alle Menschen, die bisher Flugversuche unternommen hatten, selbst Leonardo da Vinci, mehr Probleme geschaffen als gelöst hatten, indem sie die zum Abheben notwendige Konstruktion unnötig schwer machten. Die Lösung des Problems, meinte Julian, bestehe nicht darin, ein Fluggerät zu bauen. Man brauche bloß die Flügel und müsse sie wie ein Vogel benutzen, das gelinge aber nur, wenn man seine Arme der Struktur von Vogelflügeln anpasse, das waren seine Worte, und das bedeute: verkehrt herum fliegen. Habe man sich das erst einmal vorgestellt, wären die Beine keine Beine mehr, sondern der Schwanz des Vogels, was allerdings verlangte, dass der Spalt zwischen den Beinen mit einem Stoffdreieck gefüllt werden müsse. Idealerweise würden die Beine aus der Rückenmitte herauswachsen, ungefähr bei den Nieren. Und daraus resultierte eine von Julians größten Schwierigkeiten: Wie sollte er abheben, wenn er auf dem Rücken lag?

Die erste Herausforderung, die fast dazu geführt hätte, dass er das ganze Projekt aufgab, war die Suche nach geeignetem Material, das er für die Konstruktion des Rahmens brauchte. Er probierte mindestens zwanzig verschiedene Holzsorten aus – die Späne fegte immer ich weg –, aber sie erwiesen sich alle als zu fragil, zu schwer oder zu wenig elastisch. Wenn ich mich nicht täusche, fing er daraufhin an, sich für das Material zu interessieren, aus dem Brillengestelle gemacht sind, aber um das bezahlen zu können, hätte er Millionär sein müssen. Nicht anders war es bei einem halben Dutzend anderer Materialien, die leicht und fest genug, aber einfach zu teuer waren.

Mitten im Winter war Julian kurz davor aufzugeben und sich wieder einen Job zu suchen. Es war natürlich schwierig, mit meinem Lohn aus dem Gomeo's über die Runden zu kommen und die Miete zu zahlen, aber Julian machte die Arbeit an den Flügeln trotz aller Rückschläge so glücklich, dass ich sagte, er müsse weitermachen, bis er seine Theorie auf die Probe gestellt hätte. Zu dieser Zeit wollte Julian nur das teuerste Material und verbrachte Wochen damit, Pläne zu schmieden, wie er an Geld kommen könnte, statt darüber nachzudenken, wie er seine Flügel bauen sollte.

Es muss Juni oder Anfang Juli gewesen sein, als Julian einen Durchbruch erlebte. Zuvor war er zum Büro von Sir Robert Kerridge gegangen, einem Millionär, der ein Hochhaus in der Queen Street besaß. Julian wollte ihm eine Werbeaktion vorschlagen: Wenn Kerridge ihm das Geld für die Flügel vorschösse, würde er vom Dach des Firmengebäudes aus losfliegen. Aber Julian kam nicht weit, denn die Angestellten und Sekretärinnen im Büro hielten ihn für einen Studenten und geleiteten ihn hinaus, ohne dass er Sir Robert persönlich gesehen hätte. Als Julian nach Hause ging, goss es in Strömen. Ohne Mantel und Fahrgeld für den Bus legte Julian den ganzen Weg zur Kendall Road zu Fuß zurück. Sein einziger Schutz war ein ramponierter Regenschirm, dessen Einraster defekt und durch ein Streichholz ersetzt worden war. Als er zu Hause ankam, gelang es ihm nicht, das Hölzchen herauszuziehen, und er musste den geöffneten Schirm draußen im kleinen betonierten Hof lassen. Er stand am Küchenfenster und starrte hinaus. Ich fragte ihn nicht nach seinem Plan, vom Kerridge-Gebäude zu starten, denn ihm war anzusehen, dass er keinen Erfolg gehabt hatte. Plötzlich musste sich das Hölzchen gelöst haben, denn der Schirm im Hof klappte so schwungvoll zu, dass er abhob und auf der anderen Seite des fast zwei Meter hohen Lattenzauns landete. Zuerst dachte ich, Julian sei wütend, als ich sah, wie er langsam in den Hof des Nachbarn ging, dann mit dem Schirm zurückkam, die Axt aus dem Schuppen holte und bedächtig den Schirm klein hackte, ungeachtet des Regens, der seinen Rücken hinunterlief. Ich ging aus dem Zimmer, damit Julian sich beruhigen konnte, aber als ich etwa zehn Minuten später zurückkehrte, saß er relativ entspannt auf einem der Küchenstühle, während Wasser von ihm heruntertropfte und kleine Lachen auf dem Boden bildete. Zwischen dem Daumen und dem Zeigefinger seiner rechten Hand hielt er eine einzelne Strebe vom Gestell des Schirms vor sich. Er schien sie anzulächeln und mit ihr zu reden – selbst ich erkannte, dass er die perfekte Lösung gefunden hatte. Die Strebe war leicht, dünn, stark, elastisch und über ein Gelenk mit einer weiteren Strebe verbunden.

Julian war erpicht darauf, weiterzukommen, dazu brauchte er aber eine Menge Regenschirme, denn seine Flügel sollten riesig werden, und das Ausprobieren allein würde viele Teile verschleißen. Schirme zu kaufen konnten wir uns nicht leisten, also verbrachten wir zwei Tage damit, Abfalleimer zu durchsuchen, fanden aber nur drei, die allesamt verrostet waren. Als ich am nächsten Morgen aufwachte, war Julian weg. Ich stieg die Stufen zum Museum hinauf, wo ich Julian traf, der wieder einmal über den Hafen blickte. Er sagte, wir müssten jeden Regenschirm klauen, den wir in die Finger bekämen. An diesem Nachmittag und an allen verregneten Nachmittagen in den darauffolgenden Wochen ließ ich Julian allein zu Hause arbeiten und suchte das Postamt, das Museum, die Gemäldegalerie und andere öffentliche Orte auf, um mit fremden Schirmen von dannen zu ziehen. Das war kein großer Aufwand, solange Julian mit Damenschirmen zufrieden war. Als er aber stabilere Streben brauchte, musste ich mich, auch wenn es mich nervös machte, mit Herrenschirmen davonstehlen. Manchmal blieben im Gomeo's Schirme liegen, die ich auch mit nach Hause nahm. Bald war das Gästezimmer oben, das heute Vega als Schlafzimmer dient, vollgestopft mit Schirmen aller Art, und ich war Expertin darin geworden, Leute zu verfolgen, die genau jenes Modell besaßen, das Julian gerade brauchte, und den richtigen Moment abzupassen, um es zu klauen. Bis heute habe ich ein besonderes Verhältnis zu Regenschirmen und stehle manchmal noch einen, um mich an die aufregende Zeit zu erinnern, als Julian kurz davor war, sein endgültiges Flügelpaar zu vollenden. Selbst im Rathaus entwendete ich an jenem Abend einen Schirm, als das Nationalorchester spielte und ein Dichter die Ode an Julian vorlas, die er im Auftrag der Regierung geschrieben hatte. Anschließend erklang ein Stück eines hiesigen Komponisten, »Tondichtung: J… H…« genannt.

Ich muss noch erwähnen, dass Julian unterdessen ein hartes Training absolvierte, um sich auf seinen Flug vorzubereiten. Ich ermahnte ihn immer wieder, er übertreibe und solle nicht so viel trainieren. Ehrlich gesagt war es mir einfach peinlich, wenn ich nachmittags auf der Bank saß und zusah, wie er in Basketballschuhen und ausgebeulten weißen Shorts keuchend seine Runden auf der Aschenbahn im Park drehte, während Halberg, Snell und andere Olympiasieger aus Auckland an ihm vorbeizogen. Aber Julian war der festen Überzeugung, dass sein Erfolg nicht allein von einer tragfähigen Flügelkonstruktion abhing, sondern auch davon, nach dem Abheben genug Kondition zu haben, um in der Luft zu bleiben. So ein Flug sei wie ein Tausendmeterlauf unmittelbar nach einem Sprint über zweihundert Meter, und eben darauf sei sein Laufpensum abgestimmt. Er hatte sich selbst ein Ausdauertraining nach den Methoden von Arthur Lydiard auferlegt und joggte neben den Sprints auf der Bahn noch achtzig Kilometer pro Woche. Außerdem machte er spezielle Übungen zur Kräftigung und Koordination der Arme und verbrachte morgens und abends mindestens zehn Minuten damit, flach auf einem Bügelbrett zu liegen und mit den Armen zu schlagen, wobei er in jeder Hand ein Gewicht von knapp 300 Gramm hielt. Julian war kein athletischer Typ, aber sehr entschlossen. Nach sechs Monaten Training sah er ebenso dürr und abgezehrt aus wie Lydiards Weltklasse-Athleten, wenn sie ihr Leistungshoch erreicht hatten. Es überraschte mich nicht, als Julian seine Zeit beim Achthundertmeterlauf stoppte und nur eine Sekunde langsamer war als die schnellste Frau Neuseelands.

Der Rahmen des endgültigen Flügelpaares war inzwischen fertig und konnte mit Stoff bezogen werden. Außerdem mussten noch einige wenige Streben mit den Trägern für Rücken und Beine verschweißt werden. Julian hatte auch ein Sehrohr gekauft, das er am Sturzhelm befestigte, um auch auf dem Rücken liegend seine Richtung bestimmen und nach vorne sehen zu können. An alles war gedacht, nur das Problem des Abhebens hatte er noch nicht gelöst. Julian brauchte für seinen Start einen Sprint, aber er konnte nicht schnell genug rückwärts laufen und dann in die Luft springen. Sich aus der Höhe fallen zu lassen war auch keine Option, denn das erschien Julian unnötig gefährlich, außerdem hielt er es für wichtig, schon beim Start in der Horizontalen zu sein, und dafür war ein sanftes Abheben nötig und kein abruptes Hinabfallen.

Vermutlich glaubt mir keiner, dass Julian es vielleicht doch riskiert hätte, von einem Gebäude zu springen, wenn ich nicht den passenden Einfall gehabt hätte, als ich Julian auf dem Bügelbrett liegen und mit den Armen schlagen sah. Wie ein Blitz aus heiterem Himmel kam mir auf einmal in den Sinn, dass das Bügelbrett Rollen haben müsste. Dann könnte Julian beschleunigen, während er mit den Flügeln schlug, bis er schließlich abheben und dem Gefährt entschweben könnte. Erst nachdem ich den Gedanken ausgesprochen hatte, merkte ich, wie gut er war, denn Julian hörte sofort mit seinen Bewegungen auf und starrte mich sekundenlang an, ohne die Arme zu senken, an denen immer noch Gewichte hingen. »Mein Gott, wieso ist mir das nicht eingefallen«, rief er und war im nächsten Augenblick verschwunden. Er trampelte die Treppe hoch, kam zurück, küsste mich und meinte, ich sei das klügste kleine Ding weit und breit. Den Rest des Tages interessierte ihn das Fliegen anscheinend nicht mehr, denn er tat nichts, was irgendwie damit zu tun hatte. Die Idee, Rollen an unser Bügelbrett zu montieren, ließ Julian letzten Endes wieder fallen, deshalb steht im Museum heute ein anderes Gefährt, das er zum Abheben benutzte, als einziges öffentlich zugängliches Relikt seines Fluges. Mir kommt es immer seltsam vor, wenn ich im Museum Besuchergruppen vor der Absperrung mit der samtenen Kordel stehen sehe, die das Objekt andächtig betrachten und dann auf der Tafel lesen, der verstorbene Julian Harp sei der Konstrukteur dieses klappbaren Gefährts aus röhrenförmigem chrom-beschichtetem Stahl gewesen, das mit seinen Rollen von sechs Fingerbreit Durchmesser bei seinem historischen Flug zum Einsatz gekommen ist. Es irritiert mich, dass nie jemand sagt: »Ach du meine Güte, das ist doch eine Bahre, für den Transport von Särgen!« Und das ist es auch. »Rollwagen Gottes« nannten die Bestatter in der Leichenhalle dieses Gefährt. Julian hatte sie bei ihrer Arbeit beobachtet, als er im Krankenhaus arbeitete. Nach meinem Vorschlag mit dem rollenden Bügelbrett muss ihm der Gedanke gekommen sein, dass so ein Rollwagen Gottes noch geeigneter wäre. Ich weiß nicht, wie er sich das Ding besorgt hat, vermutlich ist er nachts in die Leichenhalle oder ein Bestattungsinstitut eingebrochen, denn als ich eines Morgens herunterkam, um Frühstück zu machen, stand der Rollwagen mitten in der Küche und schimmerte wie ein Weihnachtsgeschenk.

Wenn ich im Folgenden die Geschichte von Julians Flug vollständig und wahrheitsgemäß erzähle, sei vorab erwähnt, dass Julian weder Hilfe noch Zuspruch von den Organisatoren des Sportfestes erhalten hat. Die Art und Weise, wie darüber geschrieben wird, macht mich wütend. So behauptet man etwa, das ganze Programm sei um Julians Flug herum arrangiert worden, und wer dabei war, Vega zum Beispiel, meint im Nachhinein, nur deshalb gekommen zu sein und den Triumph geahnt zu haben. Oben im Museum liegt unter Glas und bewacht vom modernsten Alarmsystem der südlichen Hemisphäre das Formular, mit dem Julian damals seine Teilnahme beantragte. Nirgendwo steht geschrieben, dass er sechs oder sieben Mal anrufen musste, um die Zusage zu erhalten, und selbst das wäre erfolglos geblieben, hätte er nicht zwei seiner Leserbriefschreiber wiederbelebt und Briefe an den ›Herald‹ geschickt. Der eine berichtete von einem Albatros, der über den Park geflogen sei, während im anderen eine Leserin die Meinung vertrat, dieser Albatros hätte eine erstaunliche Ähnlichkeit mit einem Menschen gehabt.

Manche Leute machen auch viel Aufhebens um die Tatsache, dass der Generalgouverneur vor Ort gewesen sei, und behaupten, der Vertreter der Königin sei persönlich angereist, um mitzuerleben, wie Julian Harp seine Flügel vorführt. In Wahrheit war der Generalgouverneur nur deshalb anwesend, weil das Sportfest in Zusammenarbeit mit den Spendenkomitees des Blindeninstituts und der Gesellschaft für körperbehinderte Kinder veranstaltet worden war, als deren Ehrenvorsitzender er den Preis für das Hauptereignis des Tages überreichen sollte. Falls Sie, wie alle anderen auch, mit denen ich gesprochen habe, vergessen haben sollten, was das Hauptereignis des Tages war, und glauben, es sei Julians Flug gewesen: Es ging um den Versuch, den inoffiziellen Weltrekord im Tausendmeterlauf auf Rasen zu brechen. Julian musste stundenlang warten, bis der Bürgermeister seine Rede gehalten hatte und den Wettbewerb im Pfahlsitzen offiziell eröffnet hatte. Dann präsentierten zwölf Mannschaften der Marching Girls alle Wettbewerbsklassen, die Blaskapelle und die Highland-Band marschierten vorüber und die Motorrad-Abteilung der Polizei führte ihre Kunststückchen vor. Selbst als Julian eigentlich an der Reihe war, ließen sie ihn weiter warten, weil der Weitsprung noch im Gange war.

Natürlich ist jetzt alles ganz anders, denn Julian war ja erfolgreich, und außerdem ist er vermutlich tot, und tote Helden sind populärer als lebendige, vor allem weil sie uns im Ausland bekannt machen. Als nach seinem Flug die vielen Reporter ins Land strömten und ganz versessen darauf waren, etwas über den Mann zu erfahren, der etwas geschafft hatte, das die Menschheit bislang nicht erreicht hatte – so drückten sie sich aus –, behaupteten alle, ganz Neuseeland habe an diesem Tag hinter Harp gestanden. Bald wurde er in einem Atemzug mit Snell, Hillary und Don Clarke genannt, und es dauerte nicht lange, bis er als so bedeutend wie Lord Rutherford und Katherine Mansfield galt. Inzwischen steht Julian über allen und weckt beinahe religiöse Gefühle, sobald sein Name fällt.

Ich weiß, das ist eigentlich kein Grund, sich aufzuregen, aber wenn ich den Premierminister (»Unser geliebter Führer«, sagte Julian immer) im Radio höre, wie er die Jugend der Nation zu Harp'schen Höhenflügen aufruft, muss ich immer daran denken, wie aufgeregt Julian am Morgen vor seinem öffentlichen Auftritt war. Er putzte sich sogar die Schuhe, und ich, die ich ihn als Einzige ermutigt und unterstützt hatte, war nicht weniger nervös. Als wir den Park erreichten, bekam Julian gesagt, er könne keine Assistentin mitnehmen, denn das Feld sei schon voller Funktionäre und Sportler. Also musste er sich stundenlang mit der glänzenden Sargbahre und seinen scharlachroten Flügeln vor dem Pavillon herumdrücken, bis er aufgerufen wurde, während ich in einiger Entfernung auf einer Bank saß und nichts mehr für ihn tun konnte. Wir waren beide nervös, weil er die Flügel nicht ausgiebig erprobt hatte und nicht sicher war, ob sie ihn überhaupt tragen würden. Um sie geheim zu halten, hatte er sie tagsüber nicht ausprobiert. Julian musste sich mit einem einzigen Versuch spät in der Nacht begnügen. In meiner Erinnerung sehe ich fast so deutlich wie damals, wie Julians Rollwagen Gottes über das Gras raste und immer schneller wurde, bis nur noch die Flügel zu sehen waren, die in der Dunkelheit schwarz wirkten, und er sich tatsächlich in die Lüfte erhob. Wenn er ein wenig abgehoben hatte, kehrte er immer gleich wieder auf sein Gefährt zurück, denn in der Nacht konnte er dem Bild nicht trauen, das ihm das Sehrohr vermittelte. Er fürchtete, sich in einer Stromleitung zu verfangen. Solcher Gefahren waren wir uns beide bewusst, deshalb zitterte ich an diesem Nachmittag, als die Marching Girls und die Kapellen an mir vorbeizogen und ich darauf wartete, dass Julian endlich seine Chance bekam.

Jeder weiß, was passierte, als es so weit war, aber ich glaube, kaum jemand hat gesehen, wie Julian auf seinen Rollwagen Gottes stieg und sich hinlegte. Von den wenigen Zuschauern um mich herum war zu hören, man solle sich diesen Spinner ansehen, der sich wohl für Juri Gagarin halte. Doch sobald der kleine Wagen mit den leuchtend roten Flügeln in rasender Geschwindigkeit über die Rasenfläche schoss, waren alle gefesselt. Jemand schrie durch den Lautsprecher, man solle auf die Räder achten. Die Leute jubelten beim Anblick des verwaisten Gefährts und hielten alle den Atem an, als Julian weit oben über den Bäumen schwebte. Er schlug seine schimmernden Flügel vollkommen gleichmäßig und drehte in Richtung Museum ab. Für die sportlichen Darbietungen interessierte sich niemand mehr. Wie elektrisiert liefen die Leute über die Aschenbahn und den Hügel hinauf, zwischen den Bäumen bei der Anzeigetafel hindurch, hinunter in die Senke mit dem Spielfeld und wieder hinauf in Richtung Museum. Natürlich wollte auch ich Julian folgen, was automatisch geschah, denn ich war jetzt Teil der Menge und wurde von ihr mitgerissen. Ich rannte und schaute die ganze Zeit zu Julian hinauf, der wie ein Himmelsbote auf seinen Schwingen flog, die aus Hunderten gestohlener Teile bestanden. Mit jedem Flügelschlag gewann er an Höhe. Doch selbst als er versuchte herunterzukommen und dabei etwas ins Trudeln geriet, begriff ich nicht, was da vor sich ging. Ich dachte nicht darüber nach, ob Julian immer noch weiter aufsteigen wollte, denn mich fesselte der Anblick der sich öffnenden Flügel im Sonnenlicht, das durch den Stoff leuchtete und das Raster der Streben erkennen ließ. Jeder Flügelschlag trug die winzige Gestalt höher und weiter von uns weg. Am Hang vor dem Museum blieb ich mit den anderen stehen. Julian hatte inzwischen den Hafen und North Shore hinter sich gelassen und flog zwischen Mount Victoria und North Head über den Hauraki-Golf in Richtung Rangitoto. Ganz beiläufig, als ob es mir jemand erzählte, dämmerte mir, dass ich Julian in diesem Moment zum letzten Mal sah. Ich weiß genauso wenig wie alle, ob Julians Flügel defekt waren oder das Fliegen ihn in eine Art Trance versetzte, aus der er nicht mehr erwachte, oder ob er einfach weg wollte, denn nachdem er abgehoben hatte, machte er den Eindruck, dass es immer nur höher und weiter gehen könne, bis er am Ende seiner Kräfte sein würde. Ich stand in der Menschenmenge und sah zu, wie er immer kleiner wurde, bis nur noch Farbtupfer zu sehen waren, die wir immer wieder aus den

Augen verloren, und schließlich gar nichts mehr zu erkennen war. Ich weiß nicht, wie lange wir alle wie angewurzelt stehen blieben, mindestens bis zum frühen Abend.

Danach brach ich zusammen und war zehn Tage im Krankenhaus. Ich lag schweigend da und sah Julians Flügel sich über mir bewegen. Aber irgendwann bekam ich das genauso über wie das nicht enden wollende Gerede und die Zeitungsartikel. Als es mir besser ging, war Julian längst eine Berühmtheit, und ich erinnere mich noch, wie der Arzt in mein Zimmer kam, um mir zu sagen, dass ich schwanger sei, und wie er, nachdem ich auf seine Frage nach dem Vater Julians Namen genannt hatte, zu der Schwester sagte, die Patientin brauche viel Ruhe.

Bald lernte ich, kein Wort mehr über Julian zu verlieren. Er gehört jetzt der Öffentlichkeit, die mit ihm macht, was sie will. Sollten Sie aber jemals einen Regenschirm irgendwo abgestellt und später vermisst haben, dann werden Sie meiner Geschichte vielleicht Glauben schenken. Es könnte nämlich sein, dass das Ihr Beitrag zu den Flügeln war, mit denen Julian davonflog.

Übersetzt von Tarek Münch

Joy Cowley

Seide

Als Mr Blackie sich in jenem Herbst auf einmal wieder schlechter fühlte, war ihm und Mrs Blackie bewusst, dass es mit ihm zu Ende ging. Wochenlang verloren beide kein Wort darüber; doch das Wissen darum stand in ihren Blicken, die sie Tag für Tag, Nacht für Nacht austauschten. Keine Traurigkeit oder Verzweiflung lag darin, sondern eine leise Resignation, in die sich noch etwas anderes mengte, ein namenloser Ausdruck, wie man ihn nur von alten und sehr jungen Menschen kennt.

Dass sie sich mit ihrem Schicksal abfanden, zeigte sich auch in anderen Dingen. Mrs Blackie beklagte sich nicht länger bei den Nachbarn, dass der alte Faulpelz sie ständig auf Trab halte. Stattdessen umsorgte sie ihn von früh bis spät und gab, um seinen Appetit anzuregen, ihre gemeinsame Rente für Hühnerfleisch und Obst außerhalb des saisonalen Angebots aus; ja, sie wachte auf derart besitzergreifende Weise über ihn, dass ihr selbst die Besuche der Gemeindekrankenschwester, die zwei Mal in der Woche kam, zu viel waren. Mr Blackie ließ sich indessen so unmerklich wie Staub im Bett nieder. Er, der nie in der Vergangenheit geschwelgt hatte, erzählte auf einmal mit Vorliebe von längst vergangenen Zeiten und erinnerte sich zu

Mrs Blackies Verwunderung an Dinge, die sie, deren Gedächtnis doch eigentlich das bessere war, längst vergessen hatte. Nur selten sprach er von der Gegenwart und verlor in all den Wochen kein einziges Wort über die Zukunft.

Doch dann geschah es, dass er sich am Morgen des ersten winterlichen Frosts, während Mrs Blackie seine Wärmflasche füllte, plötzlich ganz allein im Bett aufrichtete, um aus dem Fenster zu blicken. An der Innenseite der Scheibe hinterließen Tränen aus Kondenswasser ihre streifigen Spuren. Draußen hatte der Frost einen ovalen Kristallrahmen geschaffen, durch den Mr Blackie eine Häuserreihe erkennen konnte, mit Rasenflächen, die wie weiße Teppiche davor ausgerollt waren.

»Der Boden ist bestimmt hart«, sagte er. »Steinhart.«

Mrs Blackie blickte kurz auf. »Noch nicht«, sagte sie.

»Aber bestimmt ganz bald.« Er lächelte entschuldigend.

Sie steckte die heiße Wärmflasche in ihren Bezug und hielt sie prüfend an ihre Wange. »Leg dich wieder hin, sonst erkältest du dich noch«, sagte sie.

Folgsam sank er in sein Kissen zurück. Während sie sich um ihn herum zu schaffen machte, die Wärmflasche unter seine Füße legte und die Überdecke glättete, starrte er unverwandt auf die vereiste Stelle an der Fensterscheibe.

»Amy, du wirst dich doch um ein Doppelgrab bemühen, oder?«, sagte er. »Ich hätte keine Ruhe bei der Vorstellung, dass du neben einem anderen liegst.«

»Wie kannst du nur so etwas sagen!« Ihr Mundwinkel zuckte. »Als würde ich das je tun.«

»Es war deine Idee, einzelne Grabstellen zu kaufen«, sagte er anklagend.

»Ach Herb …« Sie wandte sich erneut ab und blickte zum Fenster. »Wir werden eine Grabstelle für uns beide haben.« Ein, zwei Sekunden lang stand sie zögernd an seinem Bett, dann setzte sie sich, die Hände im Schoß übereinandergelegt, an sein Fußende, in einer Haltung, die sie immer dann einnahm, wenn sie etwas Wichtiges zu sagen hatte. Sie räusperte sich.

»Weißt du, ich muss immer wieder an die Seide denken.«

»Die Seide?« Er drehte seinen Kopf in ihre Richtung.

»Ich möchte sie für deinen Aufbahrungspyjama verwenden.«

»Nein, Amy«, sagte er. »Nicht die Seide. Das war doch dein Hochzeitsgeschenk, das Einzige, was ich damals mitgebracht habe.«

»Was sollte ich denn jetzt noch damit anfangen?«, sagte sie. Als er schwieg, stand sie auf, öffnete die Schranktür und nahm das Kästchen aus Kampferholz vom Regal, auf dem sie ihre Hüte aufbewahrte. »In all den Jahren haben wir uns nie mit der Schere herangewagt. Irgendwann sollten wir sie verwenden.«

»Nicht für mich«, sagte er.

»Ich habe dabei an deinen Pyjama gedacht.« Sie steckte einen Schlüssel in das Messingschloss. »Sie würde sich gut dafür eignen.«

»Reine Verschwendung wäre das«, sagte er. Aber in seiner Stimme schwang kein Aufbegehren mit, sondern vielmehr kindliche Ungeduld. Er beobachtete ihre Hände, während sie das Kästchen öffnete und mehrere Schichten weißen Seidenpapiers auseinanderfaltete. Darunter kam das Blau der Seide zum Vorschein. Als sie den Stoff herausnahm und im Licht ausbreitete, herrschte andächtiges Schweigen.

»Der Raum wirkt gleich ganz anders, findest du nicht?«, sagte er. »Ich hatte fast vergessen, wie sie aussieht.« Er zog die Hände mühsam unter dem Laken hervor und strich über die Bettdecke. Behutsam nahm sie den blauen Stoff auf und ließ ihn über seine Finger fließen.

»Aah«, hauchte er und führte ihn vor seine Augen. »Den ganzen weiten Weg von China hierher.« Er lächelte. »Nicht eine Sekunde habe ich sie aus den Augen gelassen. Weißt du, Amy? Es gab welche an Bord, die sie mir bestimmt geklaut hätten. Aber ich habe sie mir um den Bauch herum festgesteckt.«

»Das hast du mir erzählt«, sagte sie.

Er rieb die Seide an seinen Bartstoppeln. »Die Vögel fallen ins Auge, findest du nicht?«, sagte er.

»Auf den ersten Blick«, sagte Mrs Blackie. Sie fuhr mit dem Finger über einen der Pfaue, die vor einer Landschaft herumstolzierten. Es waren hochmütige Vögel, von einem irisierenden Blau, mit silbernen Fäden in ihren Schleppen. »Sie haben mir immer am besten gefallen, aber nach einer Weile sieht man noch viel mehr, genauso schön, nur kleiner.« Sie schob ihre Brille auf ihren Nasenrücken und beugte sich über die Seide, wobei ihr Blick ihrem Finger folgte – über Inseln, auf denen Wasserfälle, im leeren Raum schwebend, zwischen Pagoden und dunkelblauen Koniferen zu sehen waren, über flache Seen und winzige Fischerboote, über Berge mit ewig nebelverhangenen Gipfeln und wieder zurück zu einem hochmütigen Pfau, dessen einer Fuß über einen Felsrand ragte. »Ein Kunstwerk, wie man es in diesem Land nie zu sehen bekommt«, sagte sie.

Mr Blackie sog tief den Duft des Kampferholzes ein. »Zerschneide sie nicht, Amy. Sie ist zu gut für so einen alten Kerl wie mich.« Seiner Stimme war anzuhören, dass er um Widerspruch flehte.

»Morgen kümmere ich mich um das Schnittmuster«, sagte sie.

Als die Krankenschwester ihm tags darauf seine Spritze gab, stieg Mrs Blackie hinunter in den Keller und blätterte einen Stapel mit Schnittmusterheften durch. Wie zu erwarten war, entschied sie sich für einen Schnitt im Mandarinstil mit Stehkragen und paspelierten Ärmeln und Taschen. Mr Blackie, der nie etwas anderes als traditionell geschnittene Pyjamas aus gestreiftem Flanell getragen hatte, warf hingegen einen misstrauischen Blick auf das Muster und den jungen Mann, der ganz lässig und schamlos auf der Vorderseite der Verpackung posierte.

»So was tragen doch nur Teddy Boys«, sagte er.

»Ach was«, sagte Mrs Blackie.

»Oh doch«, knurrte er. »Ich möchte nicht, dass du mich in diesem neumodischen Zeug aufbahrst.«

Mrs Blackie stemmte die Hände in die Hüften. »Da hast du gar nichts zu melden«, sagte sie.

»Ach wirklich? Ich werde aufstehen und mich wehren – wirst schon sehen.«

Die Muskeln in ihren Mundwinkeln zuckten unkontrollierbar. »Na gut, Herb, wenn du dich so sehr dagegen sträubst …«

Nachdem er seinen Willen durchgesetzt hatte, war er versöhnlich gestimmt. »Ach, mach nur, Amy. Ich werde mich schon mit dem Gedanken anfreunden.« Er stülpte die Lippen nach innen. »Eigentlich gefällt er mir ganz gut. Das lag nur an der Schwester. Mal wieder eine stumpfe Nadel.« Er betrachtete das Schnittmuster. »Wann fängst du an?«

»Also …«

»Heute Nachmittag?«

»Ich könnte nach dem Essen das Schnittmuster auf den Stoff übertragen.«

»Mach es hier bei mir«, sagte er. »Hol deine Maschine und deine Nadeln und die anderen Sachen hierher, dann kann ich dir dabei zusehen.«

Sie richtete sich auf und zog ihr Kinn an. »Die Maschine benutze ich nicht«, sagte sie stolz. »Jeder einzelne Stich wird mit der Hand gemacht. Schon möglich, dass meine Augen nicht mehr so gut sind wie früher, aber ich lasse mir nicht nachsagen, ich könnte nicht mehr mit einer Nadel umgehen.«

Er schloss gedankenverloren die Augen. »Wie lange?«

»Was?«

»Bis er fertig ist?«

Sie wendete das Muster um. »Oh – etwa drei, vier Wochen. Das heißt – wenn ich mich ranhalte.«

»Nein«, sagte er. »Zu lang.«

»Oh Herb, du möchtest doch, dass er gut wird, oder etwa nicht?«, flehte sie.

»Amy …« Er schüttelte fast unmerklich den Kopf.

»Die wichtigsten Nähte kann ich auf der Maschine machen«, sagte sie leise.

»Wie lange?«

»Eine Woche«, flüsterte sie.

Als sie an jenem Nachmittag die Seide herausnahm, verlangte er nach einem zusätzlichen Kissen, obwohl der Arzt ihm dringend geraten hatte, flach zu liegen, die Beine höher als Kopf und Schultern.

Sie schüttelte ihr eigenes Kissen auf und schob es ihm in den Nacken; dann entrollte sie ihr Maßband entlang seines Körpers, maß seine Beine und Arme, seinen Brustumfang.

»Ich muss an manchen Stellen eine Idee wegnehmen«, sagte sie und notierte kleine schwarze Zahlen auf einem Stück Pappe. Sie trug das Muster aus Seidenpapier in die Küche, um es glattzubügeln. Bei ihrer Rückkehr erwartete er sie mit weit geöffneten Augen und einem hellwachen Ausdruck, wie sie ihn seit Wochen nicht mehr an ihm gesehen hatte.

Während sie die Seide auf ihrem Bett ausbreitete und das erste Musterstück darauf zu stecken begann, schilderte er bis ins kleinste Detail seine Heimreise auf dem Schiff, den Zwischenhalt in Hongkong und den Händler, der ihm die Seide verkauft hatte. »Das meiste von seinem Kram taugte nichts«, sagte er. »Konnte man vergessen. Das hier war das Einzige, das infrage kam, und dann hat er mich auch noch übers Ohr gehauen. Mit diesen ausgekochten Burschen muss man sich herumstreiten. Handel ihn runter, haben sie mir geraten. Aber es waren noch andere hinter dieser Seide her, und wenn ich mich nicht gleich entschieden hätte, wäre sie mir flöten gegangen.« Er warf einen Blick auf ihre Hände. »Was machst du denn da? Du hast es doch gerade draufgelegt.«

»Es hat nicht gestimmt«, presste sie durch ihre geschlossenen Lippen hervor, zwischen denen sie die Nadeln festhielt. »Ich muss sie anpassen – wie eine Tapete.«

Sie nahm die Musterstücke etliche Male wieder auf, bevor sie zufrieden war. Inzwischen war es Abend und er so müde, dass er nur mit Mühe Atem holte. Er sagte nichts mehr. Seine Augen tränten nach all den Stunden, in denen er sich konzentriert hatte; die Tropfen fielen von seinen geröteten Lidern und sickerten ins Kopfkissen.

»Schlaf jetzt«, sagte sie. »Für heute ist es genug.«

»Erst will ich noch sehen, wie du ausschneidest«, sagte er.

»Lass uns noch bis morgen warten«, sagte sie, und beide spürten, dass sie zögerte, die Schere an die Seide anzulegen.

»Heute Abend«, sagte er.

»Erst mache ich uns Abendbrot.«

»Mach es danach«, sagte er.

Sie nahm die Schere aus ihrem Nähkasten und wischte sie an ihrer Schürze ab. Beiden verursachte es einen Schmerz, als die Klingen beim ersten Schnitt glatt, fast ohne Widerstand, aufeinandertrafen. Die Seide würde nie wieder dieselbe sein. Sie veränderten sie, ordneten das Muster nach über fünfzig Jahren um und schufen etwas Neues, Unvertrautes. Als sie das erste Stück ausgeschnitten hatte, hielt sie es, noch immer an das Papier gesteckt, in die Höhe und sagte: »Der Rücken vom Oberteil.« Dann legte sie es auf den Frisiertisch und fuhr fort, so schnell sie sich traute, da sie wusste, dass er erst ruhen würde, wenn sie fertig war.

Die verschiedenen Pyjamateile lösten sich eines nach dem anderen aus der Seide. Bei jeder Berührung der Klingen schnellten die Fäden auseinander; Berge wurden zerteilt, Pfauen von Kopf bis Schleppe durchtrennt; Wasserfälle ergossen sich beiderseits ausgefranster Ränder. Schließlich lagen auf dem Bett nur noch ein paar schimmernde Stoffreste. Mrs Blackie las sie auf, legte sie zurück in das Kästchen aus Kampferholz und bedeckte die einzelnen Teile des Pyjamas auf dem Frisiertisch mit einem Stück Stoff. Dann entfernte sie das zusätzliche Kissen von Mr Blackies Bett und brachte seinen Kopf in eine angenehme Position, bevor sie in die Küche ging, um das Abendbrot zuzubereiten.

Tags darauf war er sehr müde, wollte aber auf keinen Fall schlafen, solange sie mit der Seide beschäftigt war. Sie erfand eine Reihe von Vorwänden, um sie beiseitelegen und den Raum verlassen zu können. Dann schlief er jedes Mal, allerdings nicht lange. Nach höchstens einer halben Stunde rief er nach ihr. Er lag wach da und konnte es kaum erwarten, dass sie mit dem Nähen fortfuhr.

An jenem Tag und dem darauffolgenden erledigte sie die ganze Arbeit mit der Nähmaschine. Es war mühsam, denn zunächst musste sie Naht für Naht mit der Hand heften und dabei den jeweiligen Fadenlauf beachten, damit der Übergang kaum zu erkennen war. Mr Blackie überwachte schweigend jeden einzelnen Stich. Hin und wieder bemerkte sie, wie er die Seide mit einem Gesichtsausdruck musterte, der ihr noch ganz lebendig in Erinnerung war. So hatte er sie damals angesehen, als er um sie warb. Sie verspürte einen Anflug von Eifersucht, nicht etwa, weil sie annahm, dass ihm die Seide mehr bedeutete als sie, sondern weil er etwas darin sah, an dem sie nicht teilhaben konnte. Sie fragte ihn nie, was es war. In ihrem Alter stellte man solche Fragen nicht oder verlangte irgendwelche Erklärungen. Sie senkte ihren Kopf eine Spur tiefer und konzentrierte ihre ganze Energie und Aufmerksamkeit auf die schmale Naht unter der Nadel.

Am Freitagnachmittag, vier Tage nachdem sie mit dem Pyjama angefangen hatte, säumte sie die Knopflöcher und nähte die Knöpfe an. Sie hatte sich bewusst mit der Handnäharbeit beeilt. In diesen vier Tagen war Mr Blackie immer schwächer geworden, und sie wusste, dass er sich, je früher der Pyjama fertig und außer Sichtweite in das Kästchen aus Kampferholz verstaut wäre, wieder für das Essen interessieren und die Ruhe bekommen würde, die er unbedingt brauchte.

Sie schnitt den letzten Faden ab und steckte die Nadel zurück ins Etui.

»So, das wär's, Herb«, sagte sie und zeigte ihm ihr Werk.

Er hob mühsam den Kopf. »Bring ihn mal her«, sagte er.

»Na – was hältst du davon?« Als sie ihm den Pyjama brachte, entspannte sich sein Blick, und er lächelte.

»Soll ich ihn anprobieren?«

Sie schüttelte den Kopf. »Ich habe Maß genommen«, sagte sie. »Er wird dir schon passen.«

»Lass uns lieber sichergehen«, sagte er.

Sie zögerte, konnte jedoch keine plausible Begründung für ihre Vorbehalte finden. »Also gut«, sagte sie, stellte beide Heizstäbe der elektrischen Heizung an und rückte sie näher an sein Bett. »Mal sehen, ob ich die Knöpfe richtig angenäht habe.«

Sie schlug die Bettdecke zurück, zog ihm seinen warmen Schlafanzug aus und den seidenen an. Sie trat einen Schritt zurück, um ihn zu betrachten.

»Also, ich muss sagen, man hätte es nicht besser machen können. Den obersten Knopf könnte ich eine Idee versetzen, ansonsten passt er wie angegossen.«

Er schmunzelte. »Leicht ist er!« Er blickte an seinem Körper hinunter und wackelte mit den Zehen. »Den ganzen weiten Weg von China hierher. Nie habe ich sie aus den Augen gelassen. Weißt du, Amy?«

»Gefällt er dir?«, fragte sie.

Er zog die Lippen über seinem Zahnfleisch ein, um seine Freude zu verbergen. »Geht schon. Etwas eng.«

»Ist er nicht, das weißt du genau«, fuhr Mrs Blackie ihn an. »Du traust keinem etwas zu, stimmt's? Also, runter mit den Händen, dann zieh ich dich um, bevor du dich erkältest.«

Er legte die Arme noch fester über seine Brust. »Das hast du wirklich gut gemacht, Amy. Ich glaube, ich lasse ihn noch ein wenig an.« »Nein.« Sie griff nach seinem warmen Pyjama.

»Warum nicht?«

»Weil es nicht geht«, sagte sie. »Das ist – ist respektlos. Und gleich kommt die Schwester.«

»Ach, hör auf, Amy!« Er war zu schwach, um sich weiterhin zu sträuben, doch während sie ihn umzog, verschlang er weiterhin die Seide mit den Augen. »Wer sie wohl gemacht hat?«

Auch wenn sie seine Frage mit einem Schulterzucken abtat, sah sie auf einmal ganz deutlich eine Chinesin vor sich, die inmitten lauter blau-silbrig schimmernder Seidenraupen an einem Webstuhl saß. Die Frau schien einer geografischen Zeitschrift entstiegen zu sein und sah, abgesehen vom orientalischen Schnitt ihrer Lider, Mrs Blackie täuschend ähnlich.

»Glaubst du, dass es solche Orte gibt?«, fragte Mr Blackie.

Sie nahm den Pyjama und legte ihn in das Kästchen. »Du bist doch da gewesen«, sagte sie kurz angebunden. »Jetzt mach es dir bequem und ruh dich aus, sonst geht es dir schlecht, wenn die Schwester kommt.«

An jenem Nachmittag kam die Krankenschwester nicht. Am Abend auch nicht. Gegen halb vier Uhr morgens waren ihre Schritte auf dem Kiesweg zu hören, gefolgt von denen des Arztes.

Mrs Blackie war in der Küche und wartete. Sie saß aufrecht da, mit trockenen Augen, ihre Hände ruhten im Schoß ihres Morgenmantels.

»Es tut mir leid. Mrs Blackie …«

Sie schenkte der Schwester keine Beachtung und wandte sich dem Arzt zu. »Er hat sich nicht verabschiedet«, sagte sie mit vorwurfsvoller Miene. »Kurz bevor ich angerufen habe. Seine Hand hing über den Bettrand. Ich habe sie berührt. Sie war kalt.«

Der Arzt nickte.

»Nicht der kleinste Laut«, sagte sie. »Er war gestern Abend ganz brav.«

Wieder nickte der Arzt. Er legte ihr kurz eine Hand auf die Schulter und ging dann ins Schlafzimmer. Nach einer Minute kam er zurück, schloss seine Ledertasche und sprach mit gedämpfter Stimme sein Beileid aus.

Mrs Blackie saß reglos da und vernahm nur einzelne Worte. Erwartet. Friedlich. Tapfer. Sie fielen auf sie herab – deutliche, geometrische Formen ohne jegliche Bedeutung.

»Er hat sich nicht verabschiedet.« Sie schüttelte den Kopf. »Kein einziges Wort.«

»Aber, Mrs Blackie«, tröstete die Schwester sie. »Es musste so kommen. Das wussten Sie doch. Es konnte nicht mehr so weitergehen …«

»Ich weiß. Ich weiß.« Sie wandte sich ab, verärgert über ihr mangelndes Verständnis. »Er hätte sich wenigstens verabschieden können. Mehr nicht.«

Der Arzt klopfte eine weiße Tablette aus einer Phiole und versuchte sie zu überreden, sie zu schlucken. Sie sträubte sich dagegen und lehnte auch die Tasse Tee ab, die die Gemeindeschwester einschenkte und ihr hinstellte. Als die beiden ihre Taschen nahmen und zum Schlafzimmer gingen, folgte sie ihnen.

»In ein paar Minuten«, sagte der Arzt. »Lassen Sie uns bitte …«

»Ich hol nur eben seinen Pyjama«, sagte sie. »Ein Knopf muss versetzt werden. Das kann ich jetzt machen.«

Sobald sie den Raum betrat, warf sie einen Blick auf Mr Blackies Bett und bemerkte, dass der Arzt das Laken hochgezogen hatte. Rasch griff sie nach dem Kästchen aus Kampferholz, nahm eine Nadel, Garn, die Schere, ihr Brillenetui und ging zurück in die Küche. Durch die halb geöffnete Tür hörte sie die Stimme der Schwester: »Die Ärmste.«

Sie setzte sich an den Tisch, um den Faden einzufädeln. Ihre Augen waren klar, ihre Hände hingegen so taub, dass sie sie eine Weile nicht aufeinander abstimmen konnte. Als sie schließlich einen Knoten in den Faden gemacht hatte, öffnete sie die Kiste aus Kampferholz. Die Schönheit der Seide überraschte sie immer wieder von Neuem. Während sie den Pyjama auf dem Tisch ausbreitete, wurde ihr ganz warm ums Herz. Der Stoff richtete sie auf. Dies war die erste positive Regung an jenem Morgen, sie spendete ihr Trost. Die Seide war ganz lebendig. Das elektrische Licht über dem Tisch hauchte ihr Leben ein, jede Falte der gewebten Landschaft regte sich. Bäume neigten sich in Richtung des sich kräuselnden Wassers, und Pfauen tanzten mit weiß glühendem Feuer in ihren Schleppen. Selbst die winzigen Brücken …

Mrs Blackie nahm ihre Brille ab, putzte sie, setzte sie wieder auf. Sie beugte sich vornüber und fuhr mit ihrem Daumennagel über eine Brücke, dann über eine weitere. Und über noch eine. Sie drehte das Pyjamaoberteil um und musterte die Rückseite. Da war es, auf jeder einzelnen Brücke; etwas, das ihr bislang nicht aufgefallen war. Sie stand auf und holte eine Lupe aus der Schublade, in der sie ihre Tischtücher aufbewahrte.

Während die Brücke im Seidenmuster immer größer wurde, verwandelte sich die Gestalt, die zunächst klein wie eine Ameise gewesen war, in einen Mann.

Mrs Blackie vergaß den Knopf und die leisen Stimmen im Schlafzimmer. Sie führte die Lupe noch näher an die Augen.

Da war ein Mann, der mit ausgestrecktem Arm auf dem höchsten Punkt der Brücke zwischen zwei Inseln stand. Mrs Blackie betrachtete ihn lange, dann richtete sie sich auf und lächelte. Ja, er winkte. Vielleicht, dachte sie, gab er ihr ja auch ein Zeichen.

Übersetzt von Saskia Bontjes van Beek

Glossar

Namen von Personen wurden nicht berücksichtigt.

ana – schau her, sieh!
Aotearoa – Neuseeland
api tea – dort oben (»up there« in Maori-Aussprache)
haere mai – willkommen
kapai – gut
(kapai) lalelale – kein maori-spezifischer Ausdruck, vergleichbar »oh, là là«
kauri – ein Baum
kete – Korb aus Flachsfasern
koro – alter Mann
kuia – alte Frau
maka tiko bum – liebevoll eingesetztes Schimpfwort, auf Deutsch etwa: kleiner Scheißer
me he manurere aue – Wenn ich ein Vogel wär (erste Zeile eines Liedes)
mere – kurze flache Steinwaffe
moko – Tätowierung

mokopuna – Enkel
ngāwhetū – Stern
Pākehā – Neuseeländer europäischer Abstammung
paua – essbares Schalentier
poi – kleiner Ball an einer kurzen Schnur, als Rhythmusinstrument verwendet
rangatira – Chef, Anführer
rīpeka – Kreuz
taiaha – längliche Holzwaffe
tama – Sohn, Kind, Mann (*e tama* – Anrede)
tangi – Totenwache
taonga – Kleinod, Schatz
tauiwi – Fremde
teka – Lügner
te moananui a Kiwa – Pazifik
te reo Māori – Sprache der Maori
Te Taki-o-Autahi – Kreuz des Südens (Sternkonstellation)
Tihei mauri ora – wörtlich: Nieser des Lebens (im Moment der Geburt); gemeint ist: »Mögest du leben!«
tipuna/tupuna (pl. *tīpuna/tūpuna*) – Vorfahre, Großmutter, -vater
wairua – Geist
waka – Kanu
whakapapa – Stammbaum
whanau – Familie
whare – Haus, meist nur ein oder zwei Zimmer

Autoren- und Quellenverzeichnis

Pip Adam (Jg. 1970) lebt in Wellington. Ihr erster Band mit Kurzgeschichten, ›Everything We Hoped For‹, erschien 2010 bei Victoria University Press und gewann 2011 den NZSA Hubert Church Best First Book Award for Fiction.
»Der Kuss« (Originaltitel: »The Kiss«)
In: ›Everything We Hoped For‹. Wellington: Victoria University Press, 2010: 17–29. © 2008 Pip Adam.

William Brandt (Jg. 1961) wurde in London geboren, wuchs in Neuseeland auf und hat in Australien, Russland, Großbritannien, Neukaledonien und Mexiko gelebt. Er ist Schauspieler und Drehbuchautor und hat einen Band mit Short Storys (›Alpha Male‹, 1999) sowie einen Roman (›The Book of The Film of The Story of My Life‹, 2002) veröffentlicht.
»Die Schuhe seines Vaters« (Originaltitel: »His Father's Shoes«)
In: ›Some Other Country. New Zealand's Best Short Stories‹. Hg.: Marion McLeod, Bill Manhire. 4. Auflage. Wellington: Victoria University Press, 2008: 447–452. © 1994 William Brandt.

Eleanor Catton (Jg. 1985) wurde vor allem durch ihren Roman ›The Rehearsal‹ (2009) bekannt, der, als Master-Arbeit an der Victoria University begonnen, nach Erscheinen in Neuseeland, Kanada und Großbritannien mehrfach ausgezeichnet wurde und unter dem Titel ›Die Anatomie des Erwachens‹ (2010) in deutscher Übersetzung vorliegt. Eleanor Catton hat mehrere Short Storys veröffentlicht, die allerdings noch nicht in einem Band zusammengefasst wurden.

»Zwei Gezeiten« (Originaltitel: »Two Tides«)

In: ›Granta‹ 106: New Fiction Special (Sommer 2009): 17–38. © 2009 Eleanor Catton.

Craig Cliff (Jg. 1983) wurde 2011 für seinen Band Short Storys unter dem Titel ›A Man Melting‹ mit dem Commonwealth Writers' Prize in der Rubrik »Best First Book« ausgezeichnet. Er hat eine eigene Website: http://www.craigcliff.com.

»Kopien« (Originaltitel: »Copies«)

In: ›A Man Melting. Short Stories‹. Auckland: Random House New Zealand Vintage, 2010: 22–36. © 2010 Craig Cliff.

Tim Corballis (Jg. 1971) wurde in Montreal geboren und kam 1977 mit seiner Familie nach Neuseeland. Für den ersten seiner bislang drei Romane (›Below‹, 2001) hat er den Adam Prize erhalten. 2005 wurde ihm das Aufenthaltsstipendium ›Creative New Zealand Berlin Writer's Residency‹ zugesprochen. Tim Corballis lebt in Wellington.

»Die Straße zur Stadt hinaus« (Originaltitel: »The Road out of Town«)

In: ›Sport‹ 23 (Frühjahr 1999): 52–63. © 1999 Tim Corballis.

Joy Cowley (Jg. 1936) lebt in Featherson, Wairarpa. Sie hat zwei Bände mit Erzählungen veröffentlicht (›Heart Attack and Other Stories‹, 1985, und ›Joy Cowley Short Stories‹, 1996), sowie sieben Romane für Erwachsene. Ihre zahlreichen Texte für Kinder haben ihr internationalen Ruhm eingetragen.

»Seide« (Originaltitel: »The Silk«)

In: ›Some Other Country. New Zealand's Best Short Stories‹. Hg.: Marion McLeod, Bill Manhire. 4. Auflage. Wellington: Victoria University Press, 2008: 163–173. © 1965 Joy Cowley.

Fiona Farrell (Jg. 1947) ist eine Dichterin, Theaterautorin und Prosaschriftstellerin. Zur ihren bisherigen Publikationen zählen zwei Bände mit Erzählungen (›The Rock Garden‹, 1989, und ›Light Readings‹, 2001), sechs Romane, drei Gedichtbände sowie ein Essayband (›The Broken Book‹, 2012).

»Eine Geschichte über Skinny Louie« (Originaltitel: »A Story About Skinny Louie«)

In: ›Some Other Country. New Zealand's Best Short Stories‹. Hg.: Marion McLeod, Bill Manhire. 4. Auflage. Wellington: Victoria University Press, 2008: 368–384. © 1990 Fiona Farrell.

Maurice Gee (Jg. 1931) lebt in Nelson und hat etliche Romane veröffentlicht, u. a. den preisgekrönten Roman ›Plumb‹ (1978); zuletzt erschien ›Access Road‹ (2009). Seine ›Collected Stories‹ (1986) sind eine erweiterte Neuauflage seines Bandes ›A Glorious Morning, Comrade‹ aus dem Jahr 1975. Er hat zudem mehrere Bücher für Kinder verfasst.

»Ein glorreicher Tag, Kamerad« (Originaltitel: »A Glorious Morning, Comrade«)

In: ›Some Other Country. New Zealand's Best Short Stories‹. Hg.: Marion McLeod, Bill Manhire. 4. Auflage. Wellington: Victoria University Press, 2008: 221–229. © 1973 Maurice Gee.

Keri Hulme (Jg. 1947) lebt in Okarito an der Westküste Neuseelands. Ihre Vorfahren stammen teils von den Kai Tahu ab, einem Stamm der Maori an der neuseeländischen Südküste, teils kamen sie von den Orkney Islands sowie aus England. Ihr mit dem Booker Prize ausgezeichneter Roman ›The Bone People‹ (dt. ›Unter dem Tagmond‹) erschien 1983; sie hat außerdem zwei Gedichtbände, eine Novelle sowie zwei Bände mit Short Storys veröffentlicht (›Te Kaihau: The Windeater‹, 1986, und ›Stonefish‹, 2004).
»Haken und Fühler« (Originaltitel: »Hooks and Feelers«)
In: ›Some Other Country. New Zealand's Best Short Stories‹. Hg.: Marion McLeod, Bill Manhire. 4. Auflage. Wellington: Victoria University Press, 2008: 447–452. © 1976 Keri Hulme.

Witi Ihimaera (Jg. 1944) gehört zu den Te Whanau a Kai, einem Unterstamm der Rongowhakaata, und lebt in Auckland. Von ihm sind sieben Bände mit Short Storys erschienen: ›Pounamu, Pounamu‹ (1972), ›The New Net Goes Fishing‹ (1977), ›Dear Miss Mansfield‹ (1989), ›Kingfishers Come Home: The Complete Maori Stories‹ (1995), ›Ihimaera: His Best Stories‹ (2003), ›Pounamu, Pounamu: the Anniversary Collection‹ (2003) sowie ›Ask the Posts of the House‹ (2008). Er hat zudem etliche Romane veröffentlicht und umfangreiche Anthologien mit Maori-Texten herausgegeben.
»Ein Kartenspiel« (Originaltitel: »A Game of Cards«)

In: ›Some Other Country. New Zealand's Best Short Stories‹. Hg.: Marion McLeod, Bill Manhire. 4. Auflage. Wellington: Victoria University Press, 2008: 215–220. © 1972 Witi Ihimaera.

Kirsten McDougall (Jg. 1974) gewann mit der Short Story »Saubere Hände« den vom Literaturmagazin ›Sport‹ verliehenen Preis »The Long and the Short of It«. Ihr erster Erzählband (›The Invisible Rider‹) ist vor Kurzem bei Victoria University Press erschienen.

»Saubere Hände« (Originaltitel: »Clean Hands Save Lives«) In: ›The Long and the Short of It. The Best Stories over 10000 and under 1000 Words‹. Hg.: Elizabeth Knox, Bill Manhire, Emily Perkins. Auckland und Wellington: Unity Books und ›Sport‹, 2011: 23–26. © 2011 Kirsten McDougall.

Tina Makereti (Jg. 1973) schreibt derzeit an einem Roman, der ihre Māori-, Pakeha- und Moriori-Herkunft ergründet. Ihr Erzählband ›Once Upon a Time in Aotearoa‹ gewann 2011 in der Rubrik »Fiction« den Ngā Kupu Ora Māori Book Award. Sie hat eine eigene Website: http://www.tinamakereti.com.

»Haut und Knochen« (Originaltitel: »Skin and Bones«) In: ›Once Upon a Time in Aotearoa‹. Wellington: Huia Publishers, 2010: 1–7. © 2010 Tina Makereti.

Owen Marshall (Jg. 1941) lebt in Timaru. Seit seinem ersten Buch (›Supper Waltz Wilson‹, 1979) hat er etliche weitere Bände mit Erzählungen veröffentlicht. Zu seinen jüngeren Erzählbänden gehören ›Watch of Gryphons‹ (2005) und ›Living as a Moon‹ (2009). Der Auswahlband ›Owen Marshall: Selected Stories‹, herausgegeben und mit einem Vorwort

versehen von Vincent O'Sullivan, erschien 2008. Owen Marshall hat außerdem diverse Romane veröffentlicht und Anthologien mit Short Storys herausgegeben.
»Der Tag, an dem Hemingway starb« (Originaltitel: »The Day Hemingway Died«)
In: ›Some Other Country. New Zealand's Best Short Stories‹. Hg.: Marion McLeod, Bill Manhire. 4. Auflage. Wellington: Victoria University Press, 2008: 315–322. © 1982 Owen Marshall.

Vincent O'Sullivan (Jg. 1937) lebt in Wellington. Er arbeitet als Dichter, Biograf, Kritiker, Verleger, Theaterautor und Prosaschriftsteller. Von ihm sind sechs Bände mit Short Storys erschienen: ›The Boy, The Bridge, The River‹ (1978), ›Dandy Edison for Lunch and Other Stories‹ (1981), ›Survivals‹ (1985), ›The Snow in Spain‹ (1990), ›Palms and Minarets: Selected Stories‹ (1992) und ›Pictures by Goya and Other Stories‹ (2006).
»Palmen und Minarette« (Originaltitel: »Palms and Minarets«)
In: ›Some Other Country. New Zealand's Best Short Stories‹. Hg.: Marion McLeod, Bill Manhire. 4. Auflage. Wellington: Victoria University Press, 2008: 274–296. © 1978 Vincent O'Sullivan.

C.K. Stead (Jg. 1932) lebt in Auckland und ist als Dichter, Schriftsteller, Essayist, Kritiker und Herausgeber tätig. Sein erster Band mit Short Storys, ›Five for the Symbol‹, erschien 1981, sein zweiter, ›The Blind Blonde with Candles in her Hair‹, 1999. Vor Kurzem veröffentlichte er eine Autobiografie mit dem Titel ›South-West of Eden‹ (2010).

»Eine angemessene Würdigung« (Originaltitel: »A Fitting Tribute«)

In: ›Some Other Country. New Zealand's Best Short Stories‹. Hg.: Marion McLeod, Bill Manhire. 4. Auflage. Wellington: Victoria University Press, 2008: 174–198. © 1965 C. K. Stead.

Alice Tawhai stammt von den Tainui und Ngā Puhi ab. Sie hat drei Sammelbände mit Short Storys veröffentlicht: ›Festival of Miracles‹ (2005), ›Luminous‹ (2007) und ›Dark Jelly‹ (2011).

»Maori-Kunst« (Originaltitel: »Maori Art«)

In: ›Some Other Country. New Zealand's Best Short Stories‹. Hg.: Marion McLeod, Bill Manhire. 4. Auflage. Wellington: Victoria University Press, 2008: 477–483. © 2007 Alice Tawhai.

Anna Taylor (Jg. 1982) hat 2010 einen Band mit Erzählungen veröffentlicht (›Relief‹), der im selben Jahr den NZSA Hubert Church Best First Book Award for Fiction erhielt. Diese Erzählungen entstanden im Zuge des Programms für Kreatives Schreiben an der Victoria University in Wellington, wo sie mit dem Adam Award for Best Folio ausgezeichnet wurden.

»Mädchen für alles« (Originaltitel: »Working Girl«)

In: ›Relief‹. Wellington: Victoria University Press, 2010: 9–31. © 2010 Anna Taylor.

Damien Wilkins (Jg. 1963) lebt in Wellington und hat fünf Romane, eine Gedichtsammlung sowie zwei Bände mit Erzählungen veröffentlicht: ›The Veteran Perils‹ (1990) und ›For Everyone Concerned and Other Stories‹ (2007). Er ist außerdem Musiker, weitere Informationen befinden sich auf dieser Website: http://theclosereaders.com. Er unterrichtet am International Institute of Modern Letters.

»Die Welt der Kinderbücher« (Originaltitel: »The World of Children's Books«)

In: ›Some Other Country. New Zealand's Best Short Stories‹. Hg.: Marion McLeod, Bill Manhire. 4. Auflage. Wellington: Victoria University Press, 2008: 458–461. © 2005 Damien Wilkins.

Charles Simmons im dtv

»Charles Simmons' Sätze sind karg und klar gebaut, voller Raum für Luft und Licht.«
Süddeutsche Zeitung

Salzwasser
Roman
Übers. v. Susanne Hornfeck
ISBN 978-3-423-**12900**-8

»Im Sommer 1963 verliebte ich mich, und mein Vater ertrank.« Meer, Sand, Wind, ein Haus in den Dünen. Feinfühlig erzählt Simmons vom Verlust der Unschuld. »Ein kleines Meisterwerk.« (Frankfurter Rundschau)

Belles Lettres
Roman
Übers. v. Klaus Modick
ISBN 978-3-423-**13363**-0

Intrigen, Chaos und Kämpfe hinter der Fassade einer angesehenen Literaturzeitschrift.

Das Venus-Spiel
Roman
Übers. v. Jörg Trobitius
ISBN 978-3-423-**13414**-9

Eine literarische Komödie über einen seltsamen Zaubertrank, der eine enorme sexuelle Wirkung entfaltet.

Geständnisse eines ungeübten Sünders
Roman
Übers. v. Klaus Modick
ISBN 978-3-423-**13609**-9

Simmons Debüt von 1964. »Dieser Briefroman ist in seiner ganz und gar unprätentiösen Art, in seinem charmant-angeberhaften Tonfall reine Gegenwart.« (Frankfurter Allgemeine Zeitung)

John Steinbeck im dtv

»John Steinbeck ist der glänzendste Vertreter der leuchtenden Epoche amerikanischer Literatur zwischen zwei Weltkriegen.«
Ilja Ehrenburg

Früchte des Zorns
Roman
Übers. v. Klaus Lambrecht
ISBN 978-3-423-10474-6

Die Straße der Ölsardinen
Roman
Übers. v. Rudolf Frank
ISBN 978-3-423-10625-2
und dtv AutorenBibliothek
ISBN 978-3-423-19135-7

Die Perle
Roman
Übers. v. Felix Horst
ISBN 978-3-423-10690-0

Tortilla Flat
Roman
Übers. v. Elisabeth Rotten
ISBN 978-3-423-10764-8

Wonniger Donnerstag
Roman
Übers. v. Harry Kahn
ISBN 978-3-423-10776-1

Eine Handvoll Gold
Roman
Übers. v. Hans B. Wagenseil
ISBN 978-3-423-10786-0

Von Mäusen und Menschen
Roman
Übers. v. Elisabeth Rotten
ISBN 978-3-423-10797-6

Jenseits von Eden
Roman
Übers. v. Harry Kahn
ISBN 978-3-423-10810-2

Stürmische Ernte
Roman
Übers. v. Alfred Kuoni
ISBN 978-3-423-13794-2

Das rote Pony und andere Erzählungen
Übers. v. Rudolf Frank
ISBN 978-3-423-12850-6

Das Tal des Himmels
Roman
Übers. v. Hans Ulrich Staub
ISBN 978-3-423-12951-0

Die Reise mit Charley
Auf der Suche nach Amerika
Übers. v. Burkhart Kroeber
ISBN 978-3-423-13565-8

Autobus auf Seitenwegen
Roman
Übers. v. Rose Richter
ISBN 978-3-423-13746-1

König Artus und die Heldentaten der Ritter seiner Tafelrunde
Roman
Übers. v. Christian Spiel
ISBN 978-3-423-14020-1